Fantastic Oriental Heroes
劍神
검신

검신 3

청산 新무협 판타지 소설

초판 1쇄 찍은 날 § 2004년 1월 25일
초판 1쇄 펴낸 날 § 2004년 2월 5일

지은이 § 청산
펴낸이 § 서경석

편집장 § 문혜영
편집 § 장상수 · 서지현
마케팅 § 정필 · 강양원 · 이선구 · 김규진 · 홍현경

펴낸곳 § 도서출판 청어람
등록번호 § 제1081-1-89호
등록일자 § 1999. 5. 31
어람번호 § 제2-0321호

주소 § 경기도 부천시 원미구 심곡1동 350-1 남성B/D 3F (우) 420-011
전화 § 032-656-4452 팩스 § 032-656-4453
http://www.chungeoram.com
E-mail § eoram99@chollian.net

ISBN 89-5505-933-7 04810
ISBN 89-5505-930-2 (SET)

劍神

검신

청산 新무협 판타지 소설

3

반검대신검

FANTASTIC ORIENTAL HEROES

도서출판 청어람

■ 목차

■ 제21장

단계(斷溪)를 뛰어넘는 소추

1

십팔마장 중 둘이 협곡 아래로 내려섰다. 그들은 앞서 철마가 휘두른 철부에 의한 폭음 소리를 듣고 찾아온 것이다.

몸 일부가 부패된 듯 고약한 냄새를 풍기는 인물은 장마(葬魔)였다. 그의 특기는 시체의 독을 흡수해 연마한 부시독골공이었다. 그와 함께 당도한 자는 편마(鞭魔)로 철사를 꼬아 만든 철편을 능숙하게 구사한다.

장마는 철마의 시체를 내려다보며 빠드득 이를 갈았다.

"이놈… 감히 철마 아우를 죽이다니!"

옆에 있던 편마가 폭풍마왕의 지시에 따라 급히 폭죽을 쏘아 올렸다.

퍼엉—!

하늘 높이 솟구쳐 터지는 폭죽으로 인해 밤하늘이 잠시 벌겋게 달아올랐다.

몇 명의 마장들이 속속들이 협곡 안으로 내려섰다. 이어 우렁찬 장소성과 함께 폭풍마왕과 벽력마왕이 당도했다. 마장들은 일제히 주먹을 가슴에 대며 예를 올렸다.

벽력마왕은 동발을 양손에 나눠어 쥐며 폭갈을 터뜨렸다.

"놈은 어디 있느냐?"

장마가 공손하게 보고했다.

"속하들이 폭음 소리를 듣고 서둘러 왔지만 놈은 이미 사라진 후였소이다."

폭풍마왕은 목이 떨어진 나간 철마의 시체를 살피고는 눈살을 찌푸렸다.

"멍청한 놈, 맞서지 말라 그렇게 엄히 지시했거늘, 놈의 쾌검에 당했다니."

"놈의 기습에 의해 죽었을 수도 있지 않은가?"

벽력마왕이 종이 깨지는 듯한 음성으로 묻자 폭풍마왕은 고개를 저었다.

"철부가 바닥에 깊이 박힌 것으로 보아 놈과 맞선 것이 분명하네. 놈은 철마가 공격을 펼친 후에 쾌검을 펼쳤지만 속도에서 앞섰지. 수급의 단면으로 미루어 절대쾌검이란 소문이 지나친 것은 아니군."

두 마왕의 표정이 심각하게 굳어졌다. 철마와 같은 고수를 단 일 초에 벨 정도라면 자신들의 목도 안전하다 장담할 수 없는 일이었다.

펑— 펑—

능선 위로 두 개의 폭죽이 연이어 피어올랐다.

폭풍마왕의 얼굴이 사납게 일그러졌다.

"빌어먹을, 우리가 놈을 쫓는 게 아니라 놈이 우리를 사냥하고 있군!"

그는 깃대로 바닥을 찍으며 높이 솟구쳐 올랐다.

"흩어지지 말고 본좌를 따르라!"

2

십팔마장 중 다섯이 죽었다. 모두 같은 수법으로 목이 베어졌다. 그들 개개인의 뛰어난 무공을 감안한다면 백마성으로서는 엄청난 손실이 아닐 수 없었다.

폭풍마왕은 비파와 함께 목이 베어진 향마(香魔)의 시체 앞에 서서 광기 어린 분노를 뿜어냈다.

"악독한 놈! 내 반드시 네놈을 산 채로 씹어먹고야 말리라!"

향마는 백마의 마두들 중 많지 않은 여마 중 하나다.

비파를 퉁겨 상대를 거꾸러뜨리는 음공(音功)이 독보적이다. 만일 그녀가 살인을 즐기지 않고 협행에 힘을 썼다면 백도인들의 사랑을 받는 여협이 되었을 것이다.

벽력마왕은 끓어오르는 분노를 참지 못하고 연신 동발을 맞부딪쳤다.

쾅! 콰쾅!

엄청난 굉음이 사위로 확산되며 아름드리 거목이 터지고 바위 더미가 폭발했다.

"윽!"

"커억!"

십삼마장은 굉음의 충격을 이기지 못하고 피를 토하며 나자빠졌다. 폭풍마왕이 급히 일갈했다.

"그만두게나! 마장들을 모두 죽일 셈인가?"

벽력마왕은 비로소 자신의 과오를 깨닫고는 동발을 내려 옆구리에 찼다.

폭풍마왕은 십삼마장을 향해 영을 내렸다.

"흩어지지 마라. 놈은 멀지 않은 곳에 있다. 놈의 행적을 발견하는 순간 포위망을 형성한다."

겨우 정신을 차린 십삼마장은 두세 명씩 조를 이루어 수색에 나섰다.

폭풍마왕은 삼경으로 치닫고 있는 짙은 밤하늘을 올려보았다.

"자칫하면 오늘 밤이 우리의 제삿날이 되겠군."

벽력마왕이 퉁명스럽게 응수했다.

"그런 소리 말게. 놈을 발견하는 순간 내 벽력동발로 놈을 꼼짝 못하게 만들겠어."

"그거야 놈을 찾았을 때지. 기습을 당한다면 놈의 쾌검을 막아낼 방법이 없단 말일세."

폭풍마왕은 폭풍번을 불끈 쥐었다.

"놈이 달아나지 않고 마장들을 하나씩 제거하는 건 우리의 목까지 노리겠다는 의도가 분명해."

"쥐새끼 같은 놈, 반드시 찾아내고야 말리라!"

벽력마왕은 벽력강기를 일으켜 몸을 보호하며 훌쩍 몸을 날렸다.

폭풍마왕은 천천히 미끄러지며 그의 뒤를 따랐다.

'대담한 놈! 한갓 현상범 추적자 주제에 감히 우리 마왕들의 목을 노린단 말인가?'

3

우우우—!

야수의 울음소리가 곳곳에서 들려온다. 능선과 계곡 할 것 없이 온통 야수들의 울음소리로 가득했다.

백마성의 마장 다섯을 차례로 처치한 환유성은 달리던 소추를 멈춰 세웠다. 점점 좁혀드는 야수들의 울음소리는 그에게 있어 보이지 않는 무형의 그물망이었다.

'백수마왕이란 놈부터 찾아 죽여야겠군.'

환유성은 산기슭 쪽으로 소추를 몰았다. 상대가 비교적 손쉽게 추격해 올 수 있도록 유도한 것이다.

능선 줄기를 타고 수많은 늑대 무리들이 추격해 왔다. 허연 이빨을 드러낸 채 침을 흘리며 안광을 번득이는 늑대 무리는 피에 굶주린 악귀 그 자체였다.

크르릉―!

늑대 몇 마리가 포진한 채 앞을 가로막았다. 아무리 영특한 준마라도 야수들 앞에서는 본능적으로 주눅이 들기 마련이다.

소추가 두려움에 주춤거리자 환유성은 소추의 엉덩이를 가볍게 쳤다.

"달려라, 소추. 널 다치게 하지는 않을 테니."

소추가 앞발을 번쩍 치켜들며 울음을 터뜨리고는 늑대 무리를 향해 그대로 돌진했다.

늑대들은 아가리를 쩍 벌리며 일제히 튀어 올랐다. 만수통령술에 의해 제어된 늑대들은 미친 야수와 다를 바 없었다. 환유성이 반검을 휘두르자 십여 마리의 늑대가 단숨에 베어졌다.

소추는 역한 피비린내를 풍기는 늑대의 사체 더미를 훌쩍 건너뛰었다.

늑대 무리들은 더욱 많아졌다. 수백의 늑대 무리는 환유성을 가운데 둔 채 겹겹이 에워쌌다. 아우성치는 늑대 떼의 울음소리가 하늘과 땅을 진동시켰다.

이어 거대한 포효성과 함께 한 사람을 등에 태운 호랑이가 늑대 무리 사이로 내려섰다. 백수의 왕이 출현하자 늑대 무리는 급히 좌우로 비켜섰다.

호랑이 등에 타고 있는 인물은 바로 백수마왕이었다.

환유성은 비로소 고삐를 당겨 소추를 멈춰 세웠다. 그는 한눈에 상대가 백수마왕임을 알 수 있었다. 입술 새로 비집고 나온 뻐드렁니와 온몸 수북한 털은 반인반수를 방불케 했다.

백수마왕은 들쥐 한 마리를 입에 넣고 으적으적 씹었다.

"크크크, 네가 환유성이란 놈이냐?"

"왜 나를 찾느냐?"

"단목휘의 딸년을 어디에 숨겼냐?"

"모른다."

"모른다고……?"

백수마왕의 번들거리는 눈빛이 가늘어졌다.

"크크, 네놈의 몸에 있는 아홉 개 구멍에 역린사(逆鱗蛇)를 넣어주지. 아마 네놈이 에미 뱃속에 있었던 일까지 모두 털어놓게 될 것이다."

그는 허리춤의 주머니에서 실뱀 몇 마리를 꺼내 쥐었다.

몸은 가늘었지만 대가리가 유난히 크고 세모꼴 눈에서 독기가 뿜어져 나왔다.

비늘이 거꾸로 돋아 있는 역린사였다. 역린사의 비늘은 아주 날카로워 스치기만 해도 살이 베어진다. 만일 역린사가 몸속으로 파고든다면 그로 인한 고통은 누구도 참을 수 없다.

백수마왕은 잔악한 독형으로 악명을 떨쳤는데 그중 가장 끔찍한 것이 역린사에 의한 고문이었다.

환유성이 권태롭게 한마디 던졌다.

"목 벨 놈들이 많으니 어서 덤벼."

"크크크, 덤비라고? 그게 감히 나 백수마왕에게 할 소리냐?"

백수마왕은 삐이익 휘파람을 불었다.

카오오!

늑대 떼가 일제히 환유성을 향해 덤벼들었다. 눈에 불을 켜고 악귀처럼 몰려오는 늑대 떼의 공격은 끔찍하기 짝이 없었다.

환유성은 마상에 앉은 채로 반검을 휘둘렀다.

한 번 섬광이 번득일 때마다 십수 마리가 동강 났다. 그의 쾌검은 단 한 차례의 실수도 없었다. 그의 반검이 춤을 출 때마다 늑대들의 사체가 주변을 가득 메웠다.

핏물이 물안개처럼 피어오르며 환유성과 소추의 몸을 흠뻑 적셨다. 지켜보던 백수마왕이 짐승 같은 침음성을 발했다.

"크으… 이러다 내 아까운 혈랑대(血狼隊)가 모조리 죽겠군."

환유성은 연신 반검을 휘두르며 소추를 몰아 백수마왕 쪽으로 다가섰다.

다른 두 마왕이 들이닥치기 전에 반드시 백수마왕을 해치워야 했다. 짐승들의 눈을 통해 자신의 행적을 쫓는 백수마왕은 그에게 있어 가장 까다로운 적이었다.

백수마왕은 호랑이의 등에서 내려서며 급박한 휘파람을 두 번 불었다. 그러자 미친 듯 달려들던 늑대 떼가 일제히 물러섰다.

"놈! 내가 직접 상대해 주겠다."

환유성도 소추의 등에서 내려섰다. 정면 대결은 그도 원하는 바였다.

백수마왕은 허리춤에 두른 뱀을 치켜들었다. 미간 사이에 눈이 하나 더 있는 기괴한 뱀이었다. 번들거리는 비늘이 마치 철갑을 두른 듯 단단해 보였다.

세상의 영물로 알려진 삼목철갑사였다.

삼목철갑사는 두 가닥으로 갈라진 혓바닥을 날름거리며 쉭쉭 바람 소리를 냈다.

"받아라!"

그는 삼목철갑사를 마치 한 자루 창처럼 내던졌다. 삼목철갑사는 아가리를 쩍 벌리며 뾰족한 독아를 드러냈다. 놀랍도록 빠른 속도였다.

팍!

섬광이 채 스러지기 전에 환유성의 반검이 삼목철갑사를 베었다. 그러나 그는 손아귀에 강한 충격을 느끼며 한 걸음 물러서야 했다.

삼목철갑사는 그의 쾌검에도 전혀 베어지지 않았다. 허공으로 퉁겨져 오른 삼목철갑사는 목 부위를 크게 부풀리고는 아가리를 쩍 벌리며 다시금 날아들었다.

백수마왕은 음침한 웃음을 흘렸다.

"크크크, 삼목철갑사는 천하무적이다. 오대신검으로도 벨 수 없지. 게다가 물리는 순간 전신이 마비되고 만다. 물론 그 해독약은 나만이 가졌으니 널 죽게 내버려 두지는 않겠다."

환유성은 일순 당황하지 않을 수 없었다. 그의 쾌검에 베어지지 않은 존재는 처음이었다. 그는 몸을 옆으로 틀며 다시 무흔쾌섬을 전개했다.

번쩍—

쾌검에 의한 검광은 실로 황홀했다. 그러나 삼목철갑사는 이번에도 베어지지 않았다. 뒤로 퉁겨진 삼목철갑사는 꼬리로 바닥을 박차고는 아가리를 벌리며 쏜살같이 달려들었다.

죽일 수 없는 마물과 싸우는 것만큼 당혹스런 일은 없다. 그런 상대와 싸우면 절대 이길 수 없다. 쾌검으로 삼목철갑사를 쳐내는 데에도 한계가 있다. 결국은 그가 먼저 지쳐 버릴 것이다.

백수마왕은 이미 환유성을 수중에 넣은 듯 회심의 미소를 지었다.

"크흐흐, 이제야 면목이 서겠군. 놈을 문초해 계집을 찾아내면 백마성의 힘만으로도 단목휘를 죽일 수 있다."

환유성이 짧은 시간 안에 이토록 여러 번 쾌검을 발출해 보기도 처음이었다. 그는 일검에 거의 모든 내공을 쏟아 붓는다. 하기에 그의 쾌검은 시간이 지날수록 그 위력이 약해질 수밖에 없다.

쉬이이익—

삼목철갑사는 더욱 기승을 부리며 달려들었다. 불사의 몸뚱이를 지닌 데다 몸놀림까지 민첩한 이런 마물을 상대할 방법은 절세적 경공술로 달아나는 것뿐일 것이다.

환유성은 연이어 자신의 쾌검이 무산되자 생각을 바꾸었다.

그는 반검을 늘어뜨린 채 날아드는 삼목철갑사를 직시했다. 아가리를 쩍 벌린 삼목철갑사는 역겨운 비린내를 발하며 그의 목을 물어왔다.

이 순간, 환유성의 심안이 빛을 발했다. 끔찍스러운 마물의 약점을 찾아낸 것이다.

퍼억!

그의 반검이 삼목철갑사의 아가리 속으로 깊숙이 박혔다. 외피는 어떤 보검으로도 벨 수 없을 만큼 견고했지만 몸속은 여느 뱀과 다를 바 없었던지 쉽게 베어졌다.

캐애액!

그토록 날뛰던 삼목철갑사가 아가리를 벌린 채 축 늘어졌다. 환유성은 반검을 휘저어 죽은 삼목철갑사를 날려 버렸다.

백수마왕의 입에서 짐승의 비명 소리가 터져 나왔다.

"크아악! 이, 이럴 수가?!"

환유성은 기회를 놓치지 않고 빠르게 달려들었다. 그의 반검이 힘차게 허공을 갈랐다.

번쩍—

백수마왕은 눈앞이 아득해졌다. 너무도 빠른 쾌검이라 막을 방법이 없었다. 그래도 그는 명색이 백마성의 마왕 중 하나였다. 그는 혼신의 힘을 다해 열 손가락을 퉁겼다.

피피핑—!

짐승의 발톱 같은 긴 손톱이 모두 빠지며 강력한 암기로 화해 환유성의 가슴으로 날아들었다.

물론 환유성과 함께 죽겠다는 의도는 아니었다. 자신의 목숨을 건지고자 고육책으로 펼친 동귀어진의 수법이었다. 위급함을 벗어나기 위한 수단으로 고수들 사이에서 흔히 사용되는 계책 중 하나다.

그는 위기를 느낀 환유성이 쾌검을 회수하는 순간 몸을 빼 달아날 계산까지 해두었다. 그러나 환유성의 쾌검은 거침이 없었다. 백수마왕의 혈탄조(血彈爪) 공격을 완전히 무시했던 것이다.

퍼억—!

백수마왕의 목이 허공 높이 솟아올랐다.

동시에 환유성은 온몸이 터지는 듯한 극렬한 고통에 젖고 말았다. 백수마왕이 혼신의 공력을 주입해 날린 열 개의 손톱이 그의 상반신

곳곳으로 파고든 것이다.

그는 뒤로 삼 장이나 날아가 털썩 나가동그라졌다. 극심한 내외상을 당한 그는 울컥울컥 선혈을 토해냈다. 상한 내장의 조각까지 섞여 나왔다.

"으윽……!"

환유성은 힘겹게 몸을 일으켜 앉았다. 엄청난 충격과 부상에 그는 아찔한 현기증을 느꼈다. 세상이 빙빙 도는 것 같아 몸을 가눌 수도 없었다.

어찌 보면 실로 무모한 공격이었다. 백수마왕의 목을 베는 데는 성공했지만 그 대가는 너무 컸다.

동귀어진 수법을 뻔히 알면서도 그는 피하지 않았다. 물론 중도에 검을 회수하지 않는 것은 그의 고집스런 성격 때문이었다. 그는 자신의 죽음에 대해 지극히 무관심했기에 두려움 따위는 없었다.

죽는 한이 있더라도 목표했던 상대를 베어온 것이 어제 오늘의 일만은 아니었다.

크허허헝—!

호랑이가 우렁찬 포효성을 지르며 다가왔다. 자신을 부리던 주인이 죽게 되자 보복에 나선 것이다.

환유성은 비틀거리며 겨우 몸을 일으켜 세웠지만 검을 치켜들 기력도 없었다. 기경팔맥이 뒤엉켜 한 줌의 진기도 운기할 수 없었다.

죽음을 눈앞에 두었지만 그의 권태로운 표정은 변함이 없었다. 그저 무심한 눈빛으로 달려드는 호랑이를 바라볼 뿐이었다.

이히히힝—!

갑작스레 소추가 뛰어들며 뒷발굽으로 호랑이를 후려쳤다. 말의 뒷발굽 힘은 철퇴보다 강력하다. 한 방에 턱뼈가 부서진 호랑이는 캑캑거리며 줄행랑을 쳤다.

아무리 한혈보마라지만 실로 대단한 용기였다. 소추는 환유성의 몸에 목덜미를 비볐다.

그는 흐릿한 미소를 지으며 소추의 콧등을 어루만져 주었다.

"녀석… 너라도 살아야지. 이제 넌 자유야."

소추는 자세를 낮추며 그의 옷소매를 입으로 잡아끌었다. 어서 타라는 뜻이었다.

그는 피 묻은 손으로 소추의 목덜미를 내리쓸었다.

"난 틀렸어……. 날 태우고 가다간 너도 죽어."

이때, 긴 장소성과 함께 폭풍, 벽력 두 마왕과 십삼마장이 주변으로 내려섰다. 만수통령술의 환술에서 벗어난 늑대 무리는 처절히 울부짖으며 사방으로 흩어졌다.

"허억! 이럴 수가?"

백수마왕의 수급을 본 벽력마왕은 분노의 불꽃을 활활 뿜어냈다.

"으으… 이 찢어 죽일 놈! 감히 백수마왕을 해치다니!"

그는 벽력동발을 철그렁 빼 들었다. 그가 환유성을 향해 동발을 날리려 하자 폭풍마왕이 얼른 그를 제지했다.

"그만두게! 놈은 이미 기력을 상실했네!"

폭풍마왕은 환유성 앞으로 미끄러지듯 다가섰다.

"네놈이 환유성이냐?"

"그렇다."

"단목비연을 어디에 숨겼느냐?"

"몰라."

"모른다고? 악인궁 놈들 손에서 네가 구해가지 않았더냐?"

"난 그 계집애를 구한 적 없어."

"이놈!"

폭풍마왕은 깃발로 환유성의 배를 콱 찍었다.

환유성은 피분수를 뿜으며 뒤로 날아갔다. 그의 가슴뼈가 송두리째 박살 났다. 피투성이가 된 그의 몸은 풀숲 사이로 데굴데굴 굴렀다.

다시 미끄러져 다가선 폭풍마왕은 환유성의 머리에 폭풍번을 들이댔다.

"계집은 어디로 갔느냐? 곱게 죽고 싶거든 사실대로 말해!"

환유성은 잔뜩 권태에 젖은 눈빛으로 그를 올려다보았다.

"모른다고 했지? 귀찮게 묻지 마."

벽력마왕이 옆으로 다가서며 분통을 터뜨렸다.

"비키시게, 폭풍마왕! 내 놈을 토막토막 요절내고야 말겠네!"

폭풍마왕은 잠시 환유성을 내려다보다 고개를 저었다. 그는 폭풍번을 어깨에 걸치며 돌아섰다.

"놈의 유인책에 말려들었군. 놈은 진작에 계집과 헤어졌네. 공연히 시간만 허비했어."

벽력마왕은 양손으로 벽력동발을 번쩍 쳐들었다.

"독한 놈, 먼저 네놈의 손모가지부터 잘라주겠다!"

예리한 파공성과 함께 동발이 떨어져 내렸다.

환유성은 자신을 향해 떨어지는 동발을 물끄러미 바라보기만 했다.

죽음을 목전에 두고도 그의 눈빛은 무심하기만 했다. 너무도 태연한 모습에 오히려 벽력마왕이 놀라워할 정도였다.

순간, 허공 저편에서 찬란한 검형이 줄지어 날아들었다. 수십 개의 검형은 폭풍마왕과 벽력마왕을 향해 내리 꽂혔다.

"엇!"

"아니?"

두 마왕은 급히 폭풍번과 벽력동발을 휘둘러 검형을 막아냈다. 잇단 폭음과 함께 두 마왕은 상당한 충격을 느끼며 뒤로 물러섰다. 어검비행술로 날아든 백삼청년은 내려서기 무섭게 현란한 검기를 발출했다.

"의천비마락!"

수십 개의 검화가 피어올랐다. 두 마왕은 각기 폭풍번과 벽력동발로 마공절기를 발출했다.

"광풍노도!"

"벽력천지!"

실로 엄청난 격돌이었다. 푸른 검기가 번갯불처럼 피어오르는 가운데 폭풍과 뇌성이 교차되었다. 일초의 격돌이었지만 삼 인이 뿜어내는 기운은 산악을 붕괴시킬 정도였다.

콰광―!

굉음이 터지며 수림의 거목들이 수수깡처럼 분질러져 날아갔다. 격돌의 현장에는 일 장 깊이의 구덩이가 패었고, 세찬 소용돌이가 허공으로 휘말려 올라갔다.

서너 걸음씩 뒤로 밀린 두 마왕은 경악에 젖어 눈을 부릅떴다.

"이, 이럴 수가!"

"대체 어느 놈이기에……!"

천하의 마왕 둘을 상대한 청년도 힘에 부친 듯 주르륵 뒤로 밀렸다. 그는 발목까지 박힌 발을 빼내고는 환유성을 막아섰다.

"당신들의 목표는 태양천일 테니 이 사람은 보냅시다."

폭풍마왕의 눈에서 칼날 같은 안광이 폭사되었다.

"네놈은 대체 누구냐?"

백삼청년은 허리춤의 검집에 보검을 꽂았다.

"난 강무영이오."

태양신룡 강무영의 등장은 참으로 의외였다.

"뭣이?!"

"하면 네가 태양신룡?"

강무영이 자신의 신분을 밝히는 순간 폭풍마왕과 벽력마왕은 화들짝 놀라 물러서며 급히 주변을 둘러보았다. 태양천주가 함께 온 것이 아닌가 싶어 잔뜩 긴장한 것이다.

강무영은 환유성을 부축해 일으켰다.

"환 대협, 소생 강무영이오. 알아보시겠소?"

"물론……."

"염치불구하고 묻겠소. 비연 사매는 어떻게 되었소?"

"헤어졌소."

"사매는… 괜찮소?"

"헤어질 때까진 사지가 멀쩡했소."

환유성은 울컥 선혈을 토했다. 그의 붉은 선혈에 강무영의 흰 장삼이 단풍잎처럼 물들어갔다.

강무영은 품속에서 약병을 꺼내 두 알의 환약을 그에게 먹여주었다.

"태양신단이오. 상세가 더 악화되는 것은 막을 수 있소."

그는 소추의 안장에 환유성을 앉히고는 말 고삐로 친친 감아주었다.

"급박한 상황이라 자세한 얘기를 나눌 수 없는 것이 아쉽소. 하지만 사매가 무사히 돌아온다면 모두 환 형의 공이오. 내 목숨을 던지는 한이 있더라도 반드시 환 형을 지켜 드리리다."

환유성을 응시하는 그의 눈빛에 감격의 빛이 역력했다.

물론 환유성이 단목비연을 지키기 위해 목숨을 걸고 싸울 사람이 아니란 점은 그도 알고 있었다. 그러나 그가 있었기에 악인궁의 손에서 단목비연이 구함받은 건 확실하다. 게다가 그가 백마성의 마왕들을 상대로 싸워준 덕분에 단목비연이 보다 안전할 수 있지 않았던가.

강무영이 그를 대협으로 칭하지 않고 형이라는 친숙한 호칭으로 부른 것도 마음에서 우러나온 고마움의 표시했다.

두 마왕은 단목휘가 나타나지 않자 적이 안도했다.

폭풍마왕은 십삼마장에게 눈짓을 보냈다. 십삼마장은 빠른 몸놀림으로 환유성과 강무영을 폭넓게 에워쌌다.

폭풍마왕은 폭풍번을 비껴 들고는 한 걸음 다가섰다.

"네놈이 정녕 단목휘의 제자란 말이냐?"

강무영은 언제 저들의 공격이 펼쳐질지 몰라 양손 가득 진기를 운집한 채 마주 섰다.

"그렇소."

"크큭, 단목휘의 딸년을 못 잡아 몹시 속이 상했는데 아쉬운 대로 네놈을 미끼로 삼을 수 있게 되었구나."

강무영은 흔쾌히 고개를 끄덕거렸다.

“좋소. 사부님께서는 날 구하러 오실 테니 기꺼이 당신들의 미끼가 되겠소.”

벽력마왕이 종 깨지는 듯한 음성으로 외쳐 물었다.

“뭐야? 스스로 미끼가 되겠다니, 그건 또 무슨 뚱딴지 같은 소리냐?”

강무영은 환유성을 막아섰다.

“반검무적을 보내주시오.”

벽력마왕이 벼락처럼 소리쳤다.

“개수작 마라! 감히 백수마왕을 해친 놈을 살려줄 것 같으냐!”

강무영은 비로소 목이 달아난 털북숭이 시체를 보고는 내심 경악을 금치 못했다.

‘틀림없는 백수마왕의 시체다!’

그는 환유성의 절대쾌검에 또 한 번 감탄하고 말았다.

백마성의 마왕을 죽일 수 있는 절세고수가 당세에 몇이나 존재할 수 있겠는가. 환유성이 비록 극심한 부상을 입었지만 백수마왕의 목을 벤 것으로 천하는 다시 진동할 일이었다.

강무영은 외곽에서 포진하고 있는 십삼마장을 빠르게 훑어보고는 나름대로 작전을 구상했다.

‘이런 상황이면 어떤 타협도 이루어질 수 없다. 정면 돌파뿐!’

환유성은 말안장에 묶인 상태에서 무기력하게 입을 열었다.

“나한테 신경 쓸 것 없소. 소신껏… 싸우시오.”

“내게 맡기시오, 환 형.”

강무영은 소추의 엉덩이를 찰싹 때렸다.

"가라, 소추!"

앞발을 번쩍 치켜든 소추는 긴 울음소리와 함께 힘차게 말굽을 놀렸다.

두두두—

소추는 마장들의 포위망을 향해 그대로 돌진해 갔다.

폭풍마왕이 깃발을 번쩍 쳐든다.

"죽여라! 절대 놓쳐서는 안 된다!"

남쪽 방위를 맡고 있던 두 마장이 소추를 향해 철편과 낭아곤을 휘둘러 왔다.

"그대로 달려, 소추!"

강무영은 힘차게 외치며 양손으로 검을 감싸 쥐었다.

그의 보검에서 일 장 길이의 검기가 찬란하게 피어오른다. 황홀한 검광과 함께 그의 신형이 검 속으로 스며들었다. 그는 검과 한 몸이 되어 소추의 뒤로 날아갔다.

신검합일(身劍合一)이라는 상승검법이었다.

콰쾅!

엄청난 폭음과 함께 소추를 공격했던 편마와 곤마 둘의 몸이 산산이 부서졌다. 신검합일에 관통된 순간 병장기만 남긴 채 형체도 없이 사라진 것이다.

이히힝—!

앞을 막던 장애물이 사라지자 소추는 최고조의 속도로 질주했다.

"이런 죽일 놈!"

벽력마왕은 벽력마공을 주입해 두 개의 동발을 날렸다. 폭풍마왕 역시 핏빛 깃발을 휘두르며 몸을 날렸다.

"놈은 우리가 맡겠다! 반드시 환가 놈을 잡아 죽여라!"

십일마장은 제각기 몸을 날려 소추를 추격해 갔다.

강무영은 그들을 제지하려 했지만 두 마왕의 극강한 절기가 그의 몸을 향해 떨어져 내리자 일단은 자신부터 보호해야 했다. 그는 급히 의천검법을 전개해 동발을 쳐내면서 태양신공으로 폭풍번과 격돌했다.

퍼퍼펑—!

귀청을 찢는 굉음과 함께 번갯불이 피어오르고 폭풍이 소용돌이치며 사위를 휘감았다.

강무영은 경맥에 심한 충격을 느끼며 주르륵 뒤로 밀렸다. 천하제일공자로 불리는 그였지만 두 마왕을 동시에 상대하는 건 역시 무리였다.

벽력마왕이 퉁겨지는 동발을 받아 들며 힘껏 마주 부딪쳤다.

"벽력천지!"

콰— 콰아앙!

하늘이 내려앉는가 아니면 땅이 뒤집히는가. 가히 하늘과 땅을 뒤흔드는 뇌성벽력이었다. 동발에 의한 음공은 벽력마왕의 독문절기로 한 번 펼쳐지면 음파를 통해 십 장 이내를 가루로 만드는 극강한 마공이었다.

태양신공을 펼쳐 호신강기로 몸을 보호하고 있던 강무영은 호신강기를 강타하는 음파에 전신을 부르르 떨었다. 쇠망치에 맞은 거울처럼 그의 호신강기에 균열이 일어났다.

"우욱!"

끓어오르는 선혈을 토해낸 강무영은 이를 악물며 장심 가득 태양신공을 운집했다. 장심을 통해 둥근 공 같은 발광체가 형성된다. 살구 씨 크기의 발광체는 급격히 확산되었다.

두 마왕은 눈알을 찌르는 광휘에 나직이 부르짖었다.

"허억! 파뇌전?!"

"태양천의 절세지공이다!"

강무영은 두 마왕을 향해 발광체를 힘껏 날렸다.

"가랏!"

화르륵—!

불꽃을 발하는 발광체는 밤하늘을 가로지르며 내리 꽂히는 유성과 같았다. 빠른 속도로 날아드는 발광체는 거대한 수레바퀴처럼 부풀었다. 발광체는 마치 밤의 장막을 가르고 내려선 태양이 되어 산비탈 전체를 환하게 밝혔다.

벽력마왕은 몸을 팽그르르 회전시키며 벽력동발을 마구 휘둘렀다. 폭풍마왕은 깃발을 쳐들어 도끼처럼 내리찍었다.

꽈광—!

발광체가 터지며 어마어마한 폭풍이 사위를 휩쓸었다. 주변 이십 장 이내의 거목들이 갈대처럼 휘어졌다. 집채만한 거석도 공깃돌처럼 날아가고 지표면이 다섯 자나 깊게 뒤집혔다. 몰아치는 광풍으로 인해 흙먼지가 자욱하게 피어올랐다.

실로 엄청난 격돌이었다.

겨우 시야를 확보한 폭풍마왕은 반쯤 타버린 깃발을 보며 질겁했다.

"이, 이럴 수가!"

벽력마왕의 아끼던 벽력동발 하나도 태양신공의 열기에 녹아 쭈글

쭈글하게 오그라들고 말았다. 그는 이를 악물며 고철이 되어버린 동발을 내동댕이쳤다.

"으으… 어린놈이 이리도 강할 줄이야!"

강무영은 어느새 남쪽 능선을 향해 날아가고 있었다. 격돌의 순간 반탄력을 이용해 몸을 날린 것이다.

폭풍마왕은 폭풍번을 어깨에 걸치고는 그대로 솟구쳐 올랐다.

"어서 추격하세!"

벽력마왕은 허공을 향해 동발을 내던졌다. 이어 회전하는 동발 위로 몸을 실었다. 동발을 밟고 선 그는 양 소매를 휘둘러 몸을 날렸다.

"두 놈 모두 찢어 죽이고야 말이라!"

4

산중의 정적이 요란한 말발굽 소리와 쫓는 자들의 외침으로 인해 산산이 깨졌다. 평지였다면 벌써 수백 리를 달아났겠지만 산중의 길은 워낙 굴곡이 심하고 단애로 끊겨 있어 소추도 함부로 치달릴 수가 없었다.

그가 방향을 찾아 이리저리 달리는 사이 추격자들은 삽시간에 거리를 좁혀왔다.

장마는 나머지 십마장을 향해 외쳤다.

"넷은 단계로 향하는 길을 봉쇄하고 다른 셋은 관도로 내려가는 길을 막아라! 나머지는 나와 포위망을 함께 좁힌다!"

마장들은 뛰어나 경신술을 발휘해 일사불란하게 움직였다.

장마는 시체가 썩는 듯한 역겨운 고루부시독공을 한껏 발휘하며 몸을 날렸다.

"내 손에 걸리기만 하면 흔적도 없이 녹여 버리겠다!"

가파른 경사를 뛰어내려 간 소추는 영민한 후각에 의지한 채 냇물을 따라 내려갔다.

말의 후각은 아주 뛰어나다.

냇물이 돌무더기 아래로 스며들어 흔적을 감추었지만 소추는 물 냄새를 찾아 계속 계곡을 따라 내려갔다. 물은 하류로 흐르기 마련이며 완만한 평지에 이르면 소추로선 천릿길도 한달음에 달려갈 수 있다.

그러나 두 명의 마장이 계곡 좌우에서 뛰어내리며 소추의 앞뒤를 막아섰다.

"크흐. 이제야 잡았군, 빌어먹을 망아지 새끼!"

"비쩍 마른 놈이 왜 이렇게 날랜 거야?"

손작두를 병기로 삼는 잔마(殘魔)와 끝이 세 갈래로 갈라진 삼지창을 쥔 창마(槍魔)가 괴소를 흘리며 다가섰다. 폭이 좁은 협곡이라 앞뒤로 막히자 소추는 달아날 길을 찾지 못하고 연신 울음을 터뜨렸다.

환유성은 과다한 출혈과 극심한 내외상으로 이미 혼절한 상태였다. 소추가 쓰러지면 그 역시 난도당하는 참혹한 죽음을 면치 못할 상황이었다.

잔마는 손작두를 펼쳐 날렸다.

"뒈져!"

손작두는 예리한 파공성과 함께 빙글빙글 회전하며 소추의 목을 향해 날아들었다. 시퍼런 칼날이 악귀의 이빨처럼 번득인다. 소추가 아무리 영특한 한혈보마라도 절정고수의 병기를 피해낼 수는 없는 일이었다.

이 순간, 하늘 저편에서 눈부신 검형이 날아들었다.

퍼엉!

폭음과 함께 손작두가 폭발하듯 분쇄되었다.

강무영이 날아들며 검기를 펼쳐 소추를 구한 것이다. 두 마왕을 상대로 격돌한 탓에 내상을 당한 그는 몹시 힘겨운 모습이었다. 안색이 백지장처럼 창백하게 변해 있었다.

그는 소추의 옆에 내려서며 목덜미를 다독여 주었다.

"두려워 마라, 소추. 내가 길을 열겠다."

잔마는 바싹 긴장하며 주춤주춤 뒤로 물러섰다. 상대가 아무리 부상을 입었다 해도 자신은 그의 적수가 될 수 없다 생각한 것이다. 게다가 병기까지 훼손된 상태라 그와 맞서 싸울 용기가 나지 않았다.

창마는 눈알을 뒤룩뒤룩 굴리다 슬그머니 강무영의 뒤쪽으로 다가섰다. 그는 상대의 허점을 노리고 삼지창을 냅다 내던졌다.

"죽어라!"

불과 삼 장 거리였다. 창마의 손을 떠난 삼지창은 그대로 강무영의 등판으로 파고들었다.

"차앗!"

강무영은 팽그르르 몸을 회전시키며 보검으로 삼지창을 후려쳤다.

태앵!

삼지창은 약간 방향을 틀어 그의 옷을 찢으며 그대로 쏘아져 날아갔다. 공교롭게도 잔마 쪽이었다. 어떻게든 시간을 끌어볼 요량으로 주춤거리던 그는 느닷없이 날아드는 삼지창에 경악하고 말았다.

"아, 안 돼!"

잔마는 기겁하며 몸을 틀었지만 삼지창의 예리한 날이 사정없이 그의 심장으로 파고들었다. 그의 입에서 검붉은 선혈이 대줄기처럼 뿜어져 나왔다. 죽음이 깃들어진 그의 눈동자가 강무영과 창마를 오갔다. 누구를 원망해야 할지 모를 일이었다.

창마는 자신의 병기에 동료가 죽자 냅다 몸을 빼 달아났다.

"어림없다!"

허공으로 솟아오른 강무영은 몸을 빙글 회전시키며 보검을 내던졌다. 보검은 한줄기 섬광이 되어 뻗어 나갔다. 등판이 꿰뚫린 창마의 상체가 폭음과 함께 소멸되었다.

탄검술로 창마를 해치운 강무영은 진기를 뻗어 검을 회수했다.

그는 가쁜 숨을 몰아쉬며 태양신단을 한 알 꺼내 입에 털어 넣었다. 서둘러 운기조식하여 내상을 치유해야 할 급박한 상황이었지만 그럴 겨를도 없었다.

그는 환유성이 안장에서 떨어지지 않도록 고삐를 바싹 당겨 동여매 주었다.

"환 형, 부디 무사하시오. 내 능력이 닿는 한 환 형을 보호하겠소."

그는 소추의 목을 가볍게 끌어안았다.

"가라, 소추. 두 마왕은 내가 유인하겠다."

소추가 그의 등에 턱을 문지르며 고마움을 표했다.

"어서 가, 소추!"

그가 소추의 엉덩이를 탁 치자 소추는 길게 울음소리를 내며 협곡 사이를 달려갔다. 얼마나 쾌속한 질주였던지 말발굽 소리보다 빨리 움직였다.

강무영은 가까이서 들려오는 요란한 호각 소리에 짙은 검미를 불끈 치켜올렸다.

"최대한 시간을 끌어야 한다."

그는 맑은 창룡음을 발하며 협곡의 북동쪽을 향해 몸을 날렸다. 소추가 달려간 반대 방향으로 두 마왕과 마장들을 유인할 요량이었다.

그들 모두가 그를 에워싼다면 살아남을 방도는 없다. 하지만 그는 의와 협을 위한 죽음이라면 두려워하지 않는 사람이다. 그것은 죽음에 대해 무관심한 환유성과는 극단적으로 비견될 기개이기도 했다.

5

콰류류류—!

굽이쳐 흐르는 단계(斷溪)는 황하의 지류 중 가장 물살이 센 곳이다. 폭은 십오 장 정도였지만 깊이는 삼십 장을 넘는다. 단계의 좌우 벼랑은 도끼로 찍어 내린 듯 매끄러워 원숭이들조차 오르내릴 수 없을 정도였다.

단계의 병풍 같은 벼랑을 때리며 굽이쳐 흐르는 물소리는 마치 천군

만마의 행군처럼 지축을 뒤흔들었다.

이히힝—!

단계 벼랑가에 이른 소추는 앞발을 높이 쳐들며 급히 멈춰 섰다. 워낙 먼 거리라 건너뛸 엄두도 낼 수 없었다. 피처럼 붉은 땀을 흠뻑 흘린 소추는 연신 허연 침을 흘리며 계곡의 위아래를 살폈다. 어느 쪽으로 달아나야 안전할지를 가늠하는 중이었다.

이 순간, 뒤편에서부터 마장들의 요란한 외침이 들려왔다.

"저기 있다!"

"단계에 가로막혀 있으니 위아래만 봉쇄해!"

"망할 놈의 새끼, 잡기만 하면 껍데기를 벗겨주겠다!"

네 명의 마장은 반원형으로 포진하면 포위망을 좁혀왔다. 앞에는 단계로 막혔고, 퇴로마저 봉쇄되자 소추는 이리저리 날뛰며 울음소리를 터뜨렸다.

손에 기다란 쇠사슬을 쥔 연마(聯魔)가 휙휙 휘두르며 바싹 다가왔다.

"흐흐, 이제 네놈이 어디로 달아나겠냐?"

소추는 뒷발굽으로 바닥을 박박 긁으며 콧김을 뿜어댔다. 자신을 보호하기 위한 본능적인 공격 자세였다.

연마는 가소롭다는 듯 쇠사슬을 촤르륵 내던졌다.

"푸하하! 어디 덤벼봐라!"

긴 쇠사슬이 요란한 쇳소리를 내며 날아들었다. 소추가 높이 뛰어오르자 쇠사슬은 바닥을 때리며 흙먼지를 피워 올렸다. 단숨에 연마를 뛰어넘은 소추는 네 발굽을 힘차게 놀렸다.

다른 세 마장이 내려서며 얼른 소추의 앞길을 가로막았다.

“뭐 이런 놈의 새끼가 다 있어?”

“이거 보통 말이 아니구먼?”

“잡아다가 극검마왕께 진상해야겠네.”

마장들이 포위망을 좁혀오자 소추는 급히 방향을 틀었다.

두두두―!

소추는 단계를 향해 그대로 돌진했다. 단계에 다가설수록 거센 물소리가 귀신의 호곡성처럼 들려왔다. 음습한 물안개가 자욱하게 피어오른다.

온몸 가득 피땀을 흘린 소추는 단계의 벼랑을 박차며 그대로 치솟았다. 소추는 등에 환유성을 태운 채 벼랑 건너편 쪽으로 몸을 날린 것이다. 달도 없는 칠흑 같은 밤이라 건너편 벼랑조차 잘 보이지 않는다.

뒤따르던 마장들은 어처구니없는 듯 입을 딱 벌렸다.

“저, 저놈이 죽으려고 환장을 했나?”

“미쳤군. 감히 단계를 뛰어넘겠다는 건가?”

소추의 모습은 이내 단계 건너편 쪽으로 사라졌다. 워낙 요란한 물소리 때문에 중도에 떨어졌다 해도 말의 비명에 찬 울음소리조차 들을 수도 없는 일이었다.

마장들은 안력을 돋우고 귀를 기울였다. 하지만 천둥 소리 같은 물소리가 귀청을 자극할 뿐 말발굽 소리는 들려오지 않았다.

이때, 시체 썩는 역겨운 악취를 풍기며 장마가 내려섰다.

“어찌 되었냐?”

장마는 네 마장들과 등급은 같아도 서열에서 앞섰다. 쇠사슬을 쥔 연마가 떨떠름한 표정으로 응대했다.

"놈을 태운 말이 단계로 뛰어들었네."

장마는 벼랑가에 서서 건너편을 응시하다 까마득한 급류 쪽으로 시선을 내렸다.

"젠장, 시체조차 찾을 수 없겠군."

그들 중 누구도 소추가 십오 장 폭의 단계를 건너뛰었다고는 생각지 않은 것이다.

"이제 강무영이란 놈만 잡으면 되겠군."

그가 서둘러 몸을 날리자 다른 네 마장도 뒤를 따랐다.

소추는 어찌 되었을까?

이것은 기적이었다. 소추는 놀랍게도 환유성을 등에 태운 채로 십오 장 폭의 단계를 건너뛴 것이다. 가히 전설적인 신마요, 천마였다. 그러나 워낙 먼 거리를 건너뛴 소추는 그만 앞다리가 겹질려 바닥으로 나뒹굴어야 했다.

겨우 몸을 추스른 소추는 환유성이 여전히 안장에 묶여 있는 것을 확인하고는 절뚝절뚝거리며 걸음을 내디뎠다. 간신히 추격의 손길에서 벗어났지만 아직 안심할 수는 없는 일이었다.

누군가의 도움이 절실히 필요했다.

소추는 문득 한 여인을 떠올렸다. 이 넓은 중원 천지에 그들을 돌봐줄 사람은 오직 그녀뿐이라 판단한 것이다.

소추는 절뚝거리면서도 웬만한 말보다 두 배는 빠르게 단계를 따라 달려갔다.

■ 제22장

태양천주의 출현

1

섬북 지역의 산동네는 대부분 황토 고원 위에 요동(窯洞)으로 지어져 있다. 요동은 담과 지붕을 황토로 쌓아 올리거나 토굴을 파서 만든 집을 말한다.

미지현(米脂縣)에서 다소 떨어진 요동에 사는 사람들은 비교적 순박했다.

산비탈을 일궈 작물을 재배해 자급자족을 하기에 세상과는 별반 교류가 없었다. 그들만의 세상 속에서 하루하루를 부지런하게 일하면 사는 게 그들만의 삶이었다.

이런 그들에게 느닷없이 찾아온 외지인은 큰 관심거리였다. 아직 스물도 안 돼 보이는 젊은 여인이, 그것도 혼자서 황토 고원의 요동으로 들어선 것이다. 부락민들은 한 요동 앞을 기웃거리며 이방인을 대하는 듯 커다란 흥미를 보였다.

요동 안은 몹시 좁아 두 사람이 자려 해도 몸을 모로 눕혀야 할 정도였다.

단목비연은 앉은뱅이 탁자에 올려진 국수와 교자 산나물과 찐 대추를 보며 눈물이 핑 돌았다. 이렇듯 사람다운 음식은 이틀 만에 처음 대하는 것이었다.

환유성과 헤어진 이후 산중 깊이 쫓겨다닌 그녀로서는 산열매로 주린 배를 달래는 것이 고작이었다. 산토끼라도 잡아먹을 수 있었겠지만 불을 피울 수 없는 상황이라 포기할 수밖에 없었다. 그녀는 아직 날고기를 먹어본 적이 없었기 때문이다.

몇 번 준령을 따라 마을 쪽으로 접근해 보았지만 자신을 추적하는 악인들과 맞닥뜨린 후부터는 감히 내려갈 생각을 못했다. 그런 그녀가 산중에서 요동의 부락민들을 만난 건 그나마 행운이었다.

단목비연은 한 짝밖에 남지 않은 귀고리를 노파의 손에 쥐어주었다.

"가진 게 변변치 않습니다. 이거라도 받으세요."

노파는 듬성듬성 빠진 이를 드러내며 웃음을 지었다.

"난 아가씨를 손님으로 맞이했어요. 이곳 사람들은 가난하게 살고 있지만 마음만은 부자라우."

노파는 그녀가 불편하게 여긴다 싶어 토굴 방을 나섰다.

단목비연은 감사의 뜻을 표하고는 서둘러 음식을 먹었다. 안새 야시장에서 먹었던 음식보다 열 배는 더 맛있었다.

식사를 마친 그녀는 대추를 우물거리며 흙벽에 등에 기댔다. 어느 정도 긴장이 풀리자 엄습해 오는 피로감에 절로 눈이 감겼다. 이대로 달콤한 잠에 빠지고 싶었다.

그러다 그녀는 퍼뜩 정신을 차리고는 몸을 일으켰다.

'안 돼. 행여 악적들이 이곳을 발견하게 되면 이곳의 순박한 양민들이 나 때문에 억울한 죽임을 당하게 될 거야.'

그녀가 지친 몸을 끌고 요동을 나서자 마당에서 수수를 다듬던 노파가 손을 털며 일어섰다.

"군불을 때두었으니 편히 쉬어요."

"말씀은 고맙지만 급히 가봐야 해요."

"곧 날이 저물 텐데 어떻게 가시려우? 산중에 사나운 짐승들도 많으니 푹 자고 새벽에 떠나시구려."

"소녀를 쫓는 악적들이 많거든요. 혹시 소녀를 찾아오는 자들이 있다 해도 절대 소녀가 이곳을 거쳐 갔다는 말씀은 하지 마세요. 워낙 흉악한 자들이라 할머니와 주변 부락 사람들한테 무슨 해코지를 할지 모릅니다."

단목비연은 자신보다는 부락 사람들의 안위가 더 걱정이 돼 단단히 일러놓고는 서둘러 요동을 떠났다.

미지현까지는 백여 리 길이 된다 했다.

'그래, 미지로 가자. 놈들의 포위망이 아무리 넓어도 미지현까지는 미치지 않을 거야. 현이라면 현청이 있을 것이고 관병들도 어느 정도 있겠지. 내 신분을 밝히면 반드시 보호해 줄 거야.'

그녀는 석양을 등진 채 북서쪽으로 몸을 날렸다.

미지현은 삼국시대의 절세가인 초선의 고향이다. 그녀가 초선의 사당이라도 찾아 향을 올리려 했던 곳이기도 하다. 냉월추혼에게 졸라 꼭 한 번 찾아가 보려 했던 곳인데 자신도 모르게 그곳을 피난처로 삼게 되었다.

한 식경 정도 지났을까.

그녀가 신중한 몸놀림으로 능선 하나를 넘어섰을 때였다.

"아악!"

여인의 비명 소리가 희미하게 메아리쳐 들려왔다. 거리가 멀어 희미하게 들려왔지만 비명에 섞인 고통스런 기운은 아주 절박했다. 혹독한 고문을 당하는 듯 채찍 소리까지 간간이 섞여 들려왔다.

단목비연은 본능적으로 비명 소리를 향해 몸을 날리다 움찔하며 멈춰 세웠다.

'아, 지금 내가 이럴 겨를이 아닌데…….'

그녀는 다시 미지현 쪽으로 몸을 돌렸다. 하지만 또다시 들려온 여인의 처절한 비명 소리가 그녀의 다리를 붙들어맸다. 나직이 한숨을 쉰 그녀는 입술을 질끈 깨물었다.

'아버님께서는 의와 협에 대해 누누이 강조하셨다. 불의를 보고 지나친다면 무공을 배운 의미가 없으며, 남의 어려움을 간과한다면 그게 곧 악이라 하셨어.'

그녀는 계곡을 따라 빠르게 몸을 날렸다.

능선 꼭대기에서는 참으로 잔악한 고문이 전개되고 있었다.

나무 기둥에 결박된 여인은 이미 형상을 찾아볼 수 없을 만큼 피투성이가 되어 있었다. 두 사내의 계속되는 채찍질에 여인의 옷은 갈가리 찢겨졌다. 가시가 돋친 채찍이 여인의 몸을 강타할 때마다 살점이

뚝뚝 떨어져 나왔다.

여인은 바로 월영팔현 중 다섯째인 오현이었다.

그녀를 고문하는 악도들은 물론 악인궁의 악인들이었다. 악인들은 빙 둘러선 채 독형을 받고 있는 월영오현을 보며 키득거리고 있었다.

"크흣, 독한 년. 저렇게 맞고도 불지 않다니."

"이년아, 어서 단목비연이 달아난 곳을 말해!"

악도들 중 하나가 화로에 피워진 인두에 술을 훅 뿜었다. 시뻘겋게 달구어진 인두에서 김이 확 피어올랐다.

"켈켈, 어디를 지져 줄까?"

오현이 절망적인 눈빛으로 중얼거렸다.

"차라리… 죽여… 죽여라."

인두를 손에 쥔 악인이 웃으며 다가섰다. 그는 벌겋게 단 인두를 오현의 얼굴 쪽으로 가져갔다.

"월영궁 계집들은 하나같이 독하다 들었다. 하지만 나 쇄혼참백(碎魂斬魄)의 손에 걸려 실토하지 않는 놈들은 없었다."

쇄혼참백은 오현의 젖무덤을 덥석 쥐었다. 얼마나 세게 쥐었는지 젖무덤은 터질 듯 부풀어 올랐다.

"흐으윽!"

그녀가 고통을 참지 못하고 진저리를 치자 그는 인두로 그녀의 젖무덤을 푹 찍었다. 비단 폭이 찢기는 비명성과 함께 살갗이 타는 역겨운 냄새가 진동한다.

순간, 능선 아래쪽에서 단목비연이 솟구쳐 올랐다.

"이 잔악한 놈들!"

그녀는 허공을 비월하며 담로검을 휘둘렀다. 푸른 검기가 피어오르며 쇄혼참백의 몸이 어깨서부터 댕강 잘려져 나갔다.

놀란 악인들은 사방으로 흩어지며 소리를 쳤다.

"단목비연이다!"

"어서 폭죽을 올려라!"

석양에 물든 하늘 위로 연이어 폭죽이 터지며 수천 개의 불꽃이 화려하게 피어올랐다.

단목비연은 급히 오현의 결박을 풀어주었다.

"오현, 괜찮겠어요?"

오현은 통나무 기둥에 등을 기댄 채 미끄러지며 털썩 주저앉았다.

"아, 아가씨. 어, 어서 피하십시오."

"등에 업혀요."

"함정입니다, 아가씨. 월영팔현이… 모두 사로잡혔습니다. 다른 동료들도 속하처럼 독형을 받으며 아, 아가씨를 유인하게끔 분산돼 있는 것입니다."

"함정이라도 상관없어요. 나 때문에 이런 몹쓸 형벌을 받고 있는데 어떻게 그냥 갈 수 있겠어요?"

단단히 각오를 한 단목비연이 오현을 업으려 하자 오현은 그녀의 등을 밀쳤다.

"어서 가십시오, 어서요!"

"오현?"

"하루만 더 피신하신다면… 태양천 고수들이 달려와 아가씨를 지켜드릴 겁니다."

오현은 쇄혼참백이 떨군 인두를 집어 들고는 그대로 엎어졌다.

"안 돼!"

단목비연이 급히 그녀를 일으켰지만 인두는 이미 그녀의 심장에 깊이 박혔다.

"흑… 오현."

단목비연은 그녀를 품에 안으며 서럽게 울었다.

자신의 장난스런 밤나들이가 이토록 엄청난 결과를 가져왔을 줄이야……. 하지만 아무리 가슴을 쥐어뜯어도 상황은 이미 돌이킬 수 없는 일이었다.

보이는 모든 것이 횃불의 행렬이었다. 수백 개의 횃불이 그녀를 중심으로 방원진을 형성한 채 조금씩 좁혀들고 있었다.

단목비연은 오현을 시체를 내려놓고는 조용히 일어섰다.

"오냐, 어서들 와라. 내 너희 악적들을 한 놈이라도 더 죽인 후 죽겠다. 더 이상 비겁하게 달아나지만은 않겠어!"

담로검을 비껴 든 그녀는 결연한 의지를 불태웠다. 막상 죽음에 대한 두려움을 떨쳐 버리자 그녀는 홀가분한 느낌이 들었다. 수백의 악인들 속에 포위돼 있지만 마음은 편안하기만 했다.

그녀는 문득 환유성을 떠올렸다. 죽음을 두려워하지 않는 자, 아니, 정확히 말한다면 죽음에 무관심한 그의 행동이 어느 정도 이해가 된 것이다.

'맞아. 이것이 그의 삶이고 의식이었어. 단신으로 오대악인을 상대하려는 그가 무지스러운 만용처럼 보였는데 그게 아니야. 그것은 용기도 아니고 오만도 아니었어. 그의 무심(無心)은 자신의 오욕칠정을 조

절할 수 있는 초인적인 정신력이지.'

일순간의 깨달음을 통해 그녀는 갑자기 시야가 확 트인 듯 상쾌함에 젖었다.

월영궁에서 삼 년 동안 수련하며 익힌 절기보다 더 많은 것을 깨닫게 되었다. 그것은 바로 무도(武道)의 기초 단계라 할 수 있는 초범무도의 경지였다.

"카하하……!"

"크큭, 이제야 잡았구나, 계집!"

기괴한 웃음소리와 함께 무수한 사람들이 그녀의 주변으로 내려섰다. 악인궁의 사대악인이었다. 이어 바퀴 달린 의자를 좌우에서 받쳐 든 두 사람이 모습을 보였다. 바로 천잔방의 삼대수괴였다.

의자에 앉아 있는 천잔투광은 섬광 같은 눈빛으로 단목비연을 쏘아보고는 음침한 괴소를 흘렸다.

"흐흐, 제 아비를 쏙 빼닮았구나."

단목비연은 마치 자신의 가슴속까지 꿰뚫어 보는 듯한 눈빛에 등골이 오싹해졌다.

"당신이… 천잔방주인 천잔투광?"

"오냐. 당장 검을 버리고 순순히 포박을 받아라. 우리의 목표는 네 아비일 뿐 어린 널 다치게 하고 싶지는 않구나."

"난 태양천의 소공녀야. 누구한테도 굴복하지 않는다!"

단목비연의 강경한 반발에 천잔투광의 표정이 가볍게 일그러졌다.

"아이야, 솔직히 난 너를 인질로 삼는 추잡한 짓은 하고 싶지 않았다. 이런 짓거리는 악인궁의 특기일 뿐이지."

악중악이 예의 간특한 미소를 지으며 말을 받았다.

"천잔방주, 무슨 말씀을 그리 섭하게 하시오? 직접 나섰든 방관을 했든 동조를 했으면 우리는 공범이오. 천잔방 혼자 고고한 체하지 마시오."

악중요도 요사스런 웃음을 지으며 동조했다.

"그래요, 천잔방주. 세상 사람들이 뭐라 손가락질을 하든 우리는 함께 욕을 먹을 수밖에 없다구요."

천잔투광이 무섭게 안광을 폭사하며 둘을 쏘아보다가 고개를 돌렸다.

틀린 말은 아니었다. 패배에 대한 복수를 하고자 했지만 태양천주의 절세무공이 두려워 파천공자의 제안대로 함정을 파는 데 동조를 하지 않았던가. 더군다나 월영팔현을 가혹하게 매질하는 수법으로 단목비연을 유인하자는 악중뇌의 악독한 계략까지 묵인한 그로서는 달리 반박할 말이 없었다.

악중요는 악중뇌의 주름진 머리통에 대고 볼을 비볐다.

"역시 뇌 오라버니야. 월영궁의 계집들을 사방 이백 리에 묶어두고 마구 채찍질하지 않았다면 저년이 어떻게 제 스스로 뛰어들었겠어?"

"크흣, 다른 계집이라면 모를까 단목휘의 딸년이라면 반드시 나설 것이라 확신했지. 백도 놈들에게 의와 협을 빼면 시체지. 과연 단목휘답게 딸자식을 제대로 키웠어."

악중뇌는 자신의 지략에 스스로 만족해하며 빙그레 미소를 지었다.

"백마성의 마왕들이 어느 곳에서 헤매고 있을지 궁금하군. 백수마왕의 만수통령술보다 내 머리가 한 수 위임이 입증된 셈이다."

혈혈파파가 냉막하게 질책했다.

"아직 저 어린 계집을 제압한 것은 아니지 않느냐? 젖비린내나는 계집 하나 제대로 붙잡지 못해 우리까지 나서게 한 주제에!"

악중잔이 일갈하며 몸을 날렸다.

"당장 잡으면 될 것 아닌가!"

그는 단목비연을 향해 사납게 낫을 내던졌다.

"이년, 당장 검을 버려라!"

그는 낫자루에 매어진 쇠사슬을 통해 낫을 자유자재로 조절할 수 있었다. 핏빛의 낫은 톱니바퀴처럼 회전하며 단목비연의 목을 향해 날아들었다.

단목비연은 한 발을 축으로 빙글 회전하며 담로검을 크게 휘둘렀다.

"월영만개!"

세상을 비추는 달빛처럼 휘황한 검광이 한껏 부풀어 올랐다. 검에 진기를 실어 날리는 상승검법 중 하나인 검강이었다. 요란한 금속성과 함께 낫이 튕겨져 올랐다.

쇠사슬을 당겨 낫을 받아 든 악중잔은 단숨에 그녀를 제압하지 못하자 적이 자존심이 상했다. 그는 낫을 거머쥐고는 보법을 펼쳐 바싹 다가섰다.

"죽일 년!"

낫이 번득이는 순간 싸늘한 예기가 단목비연의 사혈 다섯 군데로 날아들었다. 죽음을 순순히 받아들인 단목비연은 두려움없는 마음으로 악중잔과 맞섰다.

차차창—!

순식간에 오 초가 교환되었다.

악중잔의 낫이 현란하게 날아들었지만 이를 막아내는 단목비연의 월영검법 또한 만만치 않았다. 게다가 그녀의 손에 쥐어진 담로검은 약간의 진기만 주입해도 검기가 발출돼 악중잔으로서는 방심할 수가 없었다.

지켜보던 천잔투광이 싸늘한 조소를 흘렸다.

"크훗, 악인궁의 솜씨가 형편없군. 명색이 다섯 궁주 가운데 하나인 악중잔이 계집 하나 못 잡고 쩔쩔매다니."

악중악이 능글맞게 웃으며 그의 염장을 질렀다.

"흐흐, 그렇다면 한번 천잔방에서 나서보시겠소? 천하를 오시하는 천잔방의 절학을 오랜만에 견식해 봅시다."

그는 혼신의 힘을 다해 단목비연을 몰아세우고 있는 악중잔에게 외쳤다.

"막내야, 잠깐 쉬어라!"

물론 고분고분하게 지시를 따를 악중잔이 아니었다. 어떻게든 그의 손으로 단목비연을 제압해야 그나마 체면치레를 할 상황이었다. 그는 팽이처럼 회전하며 낫으로 내리찍었다.

"낙천분!"

쐐애액—

싸늘한 예기가 단목비연의 정수리를 향해 내리 꽂혔다.

무시무시한 살초였다. 여태까지는 그녀를 죽이지 않고 제압해야 하기에 살초를 펼치지 않다가 주변의 비웃음을 사자 분노가 폭발한 것이다. 그녀가 죽든 말든 쓰러뜨리는 것이 우선이었다.

악중뇌의 표정이 잔뜩 일그러졌다.

"막내야, 그만둬라!"

단목비연은 정수리로 날아드는 쾌잔한 살초에 모골이 송연해졌다. 그녀로서는 이토록 급박한 위기는 처음 겪는 일이었다. 다행히 초범무도를 깨우친 그녀는 예전처럼 당황하지 않을 수 있었다. 그녀는 혼신의 힘을 담로검을 치켜올렸다.

차앙!

"흐윽!"

가슴 앞자락이 베어진 단목비연은 답답한 신음을 토하며 뒤로 물러섰다. 겨우 목숨을 건졌지만 부상은 피할 수 없었다. 베어진 옷자락을 비집고 그녀의 봉긋한 젖가슴이 튀어나왔다.

악중잔은 자신의 동강 난 낫을 보고는 이를 부득 갈았다.

"빌어먹을!"

과연 담로검의 위력은 대단했다. 만일 악중잔의 낫을 동강 내지 않았다면 단목비연은 머리가 쪼개지는 참사를 면치 못했을 것이다.

악중요가 악중잔을 부둥켜안으며 뒤로 잡아끌었다.

"잘했어, 막내. 네가 중도에 살초를 거두지 않았으면 큰일 날 뻔했다구. 저 계집애가 죽었어 봐? 아마 우리는 태양천을 피해 죽을 때까지 평생 숨어 살아야 할 거야."

악중악도 옆에서 거들었다.

"막내야, 잘 참았다. 이제 우리는 천잔방이 얼마나 대단한 솜씨로 저 귀여운 것을 사로잡나 지켜보자. 혈혈파파의 나머지 팔 한쪽이 베어지든 단순마검이 잇몸까지 뭉텅 잘리든 즐거운 광경이 될 테니까."

악중잔이 마지못해 물러설 기미를 보이자 천잔투광이 턱짓으로 지시했다.

"파파, 마검, 당장 저 계집을 제압하라."

"예, 방주!"

혈혈파파와 단순마검은 제각기 용두괴장과 철검을 빼 들고 단목비연의 좌우로 내려섰다.

단목비연은 겨우 옷을 여며 드러난 가슴을 가리고는 가쁜 숨을 몰아쉬었다.

"비겁한 것들, 차륜진을 펼치는 것이냐?"

"닥쳐라, 이년! 네년을 삼 초 안에 제압하겠다!"

혈혈파파는 냉막하게 일갈하며 용두괴장을 휘둘렀다.

차앙!

담로검으로 겨우 막아낸 단목비연은 손아귀가 터지는 아픔과 함께 속이 매스꺼워졌다.

'윽! 엄청난 공력이군.'

단순마검은 빠른 속도로 다가서며 철검을 휘둘렀다.

아홉 개의 검화가 피어오르며 단목비연의 전신 혈도를 동시에 노려왔다. 그의 검법은 무수한 변화를 일으키는 환검(幻劍)이었다. 검법으로만 논한다면 무림십대검 다음 갈 만큼 초절한 검법의 소유자였다.

단목비연은 눈앞이 아찔해졌다. 워낙 현란한 검초라 어떻게 방어해야 할지를 몰랐다.

"월락대지!"

그녀는 극한의 공력을 주입해 최강의 월영검초로 맞섰다. 그러나 단순마검의 검극이 어느새 그녀의 팔목과 어깨를 동시에 가격했다.

"악!"

쨍그렁—!

담로검을 떨군 단목비연은 비틀비틀 뒤로 물러섰다.

절망감이 물밀듯이 엄습해 왔다. 애써 죽음을 외면하려 했지만 본능적인 공포를 완전히 떨쳐 낼 수는 없었다. 그녀는 상아빛 치아를 앵두 입술에 박으며 주먹을 불끈 쥐었다.

악중악은 한껏 미소를 지으며 천잔투광을 향해 포권을 쥐어 보였다.

"과연 천잔방의 무공은 천하일절이오. 어린 계집을 상대로 삼대수뇌 중 둘이 합공을 펼쳤으니 제압하지 못했다면 정말 망신당할 뻔했소이다그려. 크크크."

악중뇌는 굳이 자중지난을 원치 않았다.

"그만두십시다, 대형. 지금은 누가 나서든 단목비연을 제압하는 것이 중요하오."

"안다, 알아. 그래도 내가 한 말이 틀린 건 아니지?"

악중악은 물러서면서도 계속해서 이죽거렸다.

천잔투광은 상대하기도 귀찮은 듯 눈길조차 주지 않았다.

"어서 제압해라!"

그의 준엄한 일갈이 터지자 혈혈파파와 단순마검은 각기 병장기를 거두고 금나술을 전개했다. 단목비연의 손에서 담로검이 떨어져 나간 이상 두려울 게 없었다. 그들의 손은 갈퀴로 변해 그녀를 낚아채 왔다.

단목비연은 양손 가득 월영진기를 운집했다. 최후까지 사력을 다해 싸운 후 명예롭게 자결할 생각이었다.

"월영금강신공!"

그녀의 몸 주변으로 은은한 금빛 휘광이 피어올랐다.

월영서시가 창안한 절세지공이었다. 월영궁의 절학 중 소수신공이 있지만 단목비연의 체질과 성격에 맞지 않아 그녀를 위해 새로이 신공을 전수해 준 것이다.

혈혈파파와 단순마검은 심상치 않은 표정을 지으며 금나술을 거두고 제각기 장력을 뻗어냈다. 심한 내상을 입혀도 죽이지만 않으면 된다는 생각에서였다.

악중요가 입술을 삐죽거렸다.

"역시 천잔방의 수법은 악독해. 앞으로는 우리도 손속을 가다듬을 필요가 있겠어. 곱게 사로잡으려 했다가 일이 이 모양이 되었잖아."

단목비연은 좌우에서 몰아치는 장력에 가슴이 답답해졌다. 공력 면에서도 그녀는 혈혈파파와 단순마검의 적수가 될 수 없었다. 게다가 두 고수의 합공인지라 그녀의 월영금강신공은 채 뻗어 나지를 못했다. 이런 충돌이라면 최하 반신불수의 중상을 면치 못할 상황이었다.

이 순간, 그녀는 명문혈을 통해 주입되는 폭포수 같은 진기에 정신이 번쩍 들었다. 그녀를 짓누르던 두 고수의 장력이 미풍처럼 가볍게 느껴졌다.

동시에 그녀의 월영금강신공이 급속도로 분출되었다.

콰쾅!

"악!"

"크악!"

엄청난 폭음과 함께 두 줄기 비명이 밤하늘에 메아리쳤다. 혈혈파파와 단순마검은 댓줄 같은 피를 뿜으며 뒤로 나가동그라졌다. 극심한 내상을 입은 듯 그들은 허연 눈자위를 하며 가슴을 쥐어뜯었다.

"파파—! 마검—!"

천잔투광은 도저히 믿을 수 없는 듯 눈을 커다랗게 떴다.

놀라기는 사대악인도 마찬가지였다.

단목비연의 능력으로는 절대 두 고수를 날려 버릴 수 없는 일이었다. 멀리서 에워싸고 있던 일천여 악인궁, 천잔방 무사들은 충격과 경악에 사로잡혀 술렁거렸다.

월영금강신공으로 혈혈파파와 단순마검을 날려 버린 단목비연 역시 멍하니 굳어지고 말았다. 자신도 어떻게 된 영문인지 알 수가 없었다.

대체 어떻게 이런 일이 일어날 수 있단 말인가?

이때 그녀의 등 뒤에서 한 인물이 한 걸음 나섰다. 그가 언제 어느새 단목비연의 뒤로 내려서 있었는지는 아무도 눈치 채지 못했다.

문사건을 두른 중년인은 주변을 둘러보며 차분하게 입을 열었다.

"모두들 오랜만이군."

그를 대하자 단목비연은 왈칵 눈물이 솟았다. 지옥에서 부처를 만난들 이보다 반가울 수는 없을 것이다. 그녀는 중년인의 품으로 와락 뛰어들었다.

"흐흑, 아버님!"

"오냐. 아비가 왔으니 이제 안심해라, 연아야."

그러했다. 중년인은 바로 태양천주 단목휘였다.

그는 절체절명의 위기 상황에서 단목비연의 뒤로 내려서며 명문혈을 통해 진기를 주입시켜 주었다. 결국 혈혈파파와 단순마검은 단목비연에게 당한 게 아니라 태양천주의 절세적 공력에 날아가 버린 것이다.

느닷없는 단목휘의 출현에 천잔투광과 사대악인은 벼락을 맞은 듯 전신을 부르르 떨었다. 그들의 표정은 극도의 공포로 일그러졌다.

"허억! 태양천주!"

"마, 맙소사!"

"이럴 수가!"

악중요는 잔뜩 울상을 지으며 눈물까지 글썽거렸다.

"이제 우리는 모두 죽었어!"

2

"아악!"

부시독골공을 뻗어낸 장마는 강무영의 반격을 미처 피하지 못하고 가슴이 뻥 뚫린 채 날아가 버렸다.

강무영은 극악한 독공에 스치며 속이 매스꺼워졌다. 심후한 공력으로 독기를 막아냈지만 부시독골공은 워낙 극렬해 그의 옷 일부를 태워 버렸다. 피부 군데군데 검은 반점이 번져 간다.

강무영은 혈도를 찍어 독기의 확산을 막고는 한 걸음 물러섰다.

그의 주변으로는 여섯 마장이 포진해 있었다. 백마성의 십팔마장은 이제 여섯만 남은 상태였다. 다섯은 환유성의 손에 의해 사냥을 당했고 일곱은 강무영과 겨루다 목숨을 잃었다.

육대마장은 자신들 중 가장 강한 장마까지 고혼이 되자 감히 나서지 못하고 포위망만 굳게 형성했다. 강무영 역시 몹시 지친 상태라 잠시 대치 상태를 유지하며 진기를 운용했다.

이때, 긴 장소성과 함께 폭풍마왕과 벽력마왕이 하늘 저편에서 날아들었다. 폭풍마왕은 가슴에서 펑펑 피를 흘리며 쓰러져 있는 장마를 내려다보고는 잔뜩 눈살을 찌푸렸다.

"젠장, 하룻밤 사이에 마장 셋을 또 잃었군."

벽력마왕이 하나 남은 벽력동발을 힘껏 내던졌다.

"뒈져!"

휘리리링-!

동발은 맹렬히 회전하며 강무영을 향해 날아들었다. 호선을 그리며 날아드는 동발은 두 개, 네 개, 여덟 개로 불어나며 칠 장 이내를 뒤덮었다.

우르르릉-

동발에서 뿜어지는 우렛소리가 귀청을 강타한다.

강무영은 음공만으로 정신이 아찔했다. 꼬박 하루를 쫓겨다니며 마장들과 격돌한 그는 공력이 거의 소진된 상태였다. 게다가 부시독골공에 일부 중독돼 운신하기도 용치 않았다.

그는 혼신의 힘을 기울여 의천검법을 펼쳤다.

"의천파벽세!"

눈부신 광휘가 피어오르며 무수한 검형이 치솟아오른다. 푸른 검형은 화살처럼 쏘아지며 동발의 환영을 향해 뻗어 나간다.

퍼퍼펑-!

요란한 폭음과 함께 사위를 진동하던 우렛소리가 사라졌다. 검기에 퉁겨진 벽력동발은 어느새 벽력마왕의 손에 쥐어졌다.

"으음……!"

강무영은 답답한 신음을 토하며 뒤로 물러섰다. 상당한 내상을 입은 듯 입술을 비집고 선혈이 흘러내렸다.

그의 무공이라면 두 마왕 중 하나를 상대로 능히 겨룰 수 있을 정도다. 하지만 그는 환유성의 안전을 위해 정면 대결을 피하면서 계속해서 그들을 유인해 왔다. 하룻밤 사이에 단계에서 이백여 리 정도 떨어진 수림까지 피신했으니 빠른 이동은 아니었다.

이 또한 강무영의 배려였다. 두 마왕과 마장들이 더는 환유성을 추격하지 못하도록 모든 시선을 자신에게 쏠리게 한 것이다.

'더 이상 달아날 수도 없겠군. 하지만 이 정도면 충분하다. 소추가 무사히 달아났다면 환 형은 안전할 수 있어.'

그는 자신과의 약조대로 환유성을 구하는 데 최선을 다한 셈이다.

'이제 태양천의 소천주답게 싸우다 죽는 일만 남았다.'

그는 마지막 남은 태양신단을 입에 털어 넣고는 보검을 비껴 들었다.

"기꺼이 백마성의 마공절학을 견식해 보겠다."

폭풍마왕이 깃발이 찢겨 나간 폭풍번을 쳐들었다.

"오냐, 네놈이라도 쳐 죽여 죽은 마장들을 위로해야겠다."

그가 바닥을 박차고 치솟자 벽력마왕이 뒤를 따랐다. 벽력마왕의 동발에서 우렛소리가 터져 나왔다.

강무영은 극한의 태양신공을 운기해 보검에 운집했다. 비록 가볍지 않은 부상을 입었지만 그는 천하제일공자였다. 호신강기로 몸을 보호한 그는 절세적인 의천검법을 전개했다.

어마어마한 격돌이 터지기 직전이었다. 순간, 그의 귓속으로 가는 전음성이 흘러 들어왔다.

"소녀입니다, 소천주. 일초만 겨룬 후 후방 이십 장 뒤 소나무 옆으로 내려서세요."

돌 틈새를 울리며 흐르는 샘물처럼 맑은 음성을 들은 강무영은 힘이 부쩍 솟았다. 그는 빙글 회전하며 보검을 휘둘렀다.

"의천탕마세!"

푸른 검기가 승천하는 용처럼 치솟아올랐다. 강맹하면서도 지극히 화려한 공격이었다. 만일 그가 부상을 입지 않았다면 검기만으로 용의 형상을 펼쳐 냈을 것이다.

폭풍마왕과 벽력마왕은 감히 경시하지 못하고 전력을 다해 마주쳤다. 폭풍번이 불을 뿜고 벽력동발이 뇌성과 함께 회전한다. 당세에서 두 마왕의 합공을 감당할 수 있는 사람은 손가락에 꼽을 정도다.

"폭풍혈세!"

"차아앗!"

두 마왕의 가공할 마공절학이 몰아치자 강무영은 급히 검기를 회수하고는 수비로 전환했다. 두 마왕은 상대의 공세가 수그러들자 더욱 공력을 배가시켰다.

꽈아앙!

하늘과 땅이 진동할 굉음이었다. 주변의 지표가 거미줄처럼 갈라지며 폭발해 올랐다.

여섯 마장들은 사위를 휩쓰는 예기를 이기지 못하고 십여 장 밖으로 물러섰다. 수림이 송두리째 날아갔고 집채만한 바윗덩이들조차 공깃돌처럼 나뒹굴었다.

"욱!"

강무영은 울컥 피를 토하며 뒤로 날아갔다.

비록 수비로 전환해 몸을 보호하는 데 전력을 다했지만 두 마왕의 마공절학은 워낙 강맹해 심한 내상을 입게 되었다. 그 와중에도 그는 잠룡승천의 신법을 펼쳐 이십 장 뒤편에 위치한 커다란 소나무 옆으로 내려섰다.

그러자 섬세한 녹의인영이 뛰어들며 바닥에 여러 개의 나뭇가지를 꽂았다.

"응? 저건 또 웬 계집이냐?"

허공을 밟으며 날아들던 두 마왕은 녹의여인의 출현에 잔뜩 인상을 긁었다.

절세적 미모의 여인은 매혹적인 미소를 지으며 시원스런 음성을 흘려냈다.

"두 분 마왕, 정당한 대결은 훗날로 미뤄야겠군요."

그녀는 다름 아닌 만박옥혜 벽소군이었다. 그녀는 두 마왕이 폭풍번과 벽력동발로 공세를 펼쳐 오자 손에 쥔 나뭇가지를 바닥에 꽂았다.

돌연 세상이 바뀌었다.

자욱한 운무 속에 기암절봉들이 손가락처럼 치솟아 있다. 바닥은 까마득한 벼랑이며 세찬 회오리바람이 협곡 속에서 피어오른다.

폭풍마왕은 급히 천근추 수법으로 몸을 떨구며 폭풍번을 휘둘렀다.

"이따위 진세로 어쩌자는 것이냐!"

콰앙―!

엄청난 폭음과 함께 세상이 또 한 번 급변했다. 협곡 아래에 갇힌 두 마왕의 머리 위로 집채만한 바윗덩이들이 연이어 떨어졌다.

"이, 이런, 젠장!"

"이럴 수가!"

두 마왕은 각자 병기를 휘둘러 떨어져 내리는 거석들을 쳐내는 데 급급해야 했다.

여섯 마장들은 두 마왕이 진세에 빠진 것을 간파하고는 서둘러 다가섰다. 하지만 그들 역시 이내 무성한 수림 속에 빠지고 말았다. 빽빽하게 솟은 숲의 바다는 하늘까지 뒤덮어 방향을 종잡을 수 없었다.

"대, 대체 어떻게 된 거냐?"

"어서 진을 깨라!"

"주변을 경계해!"

여섯 마장들은 제각기 병장기를 휘두르고 마공절기를 펼쳐 진세를 파훼하기에 안간힘을 썼다. 그러나 파훼법을 모르는 그들로서는 좁은 공간에서 서로 부딪치며 우왕좌왕할 뿐이었다.

강무영은 백마성의 마두들이 모두 진세에 빠지자 겨우 안도하며 털썩 주저앉았다.

"우욱!"

벽소군은 자세를 낮추며 얼른 그를 부축했다.

"괜찮으세요, 소천주?"

"어떻게… 여기까지 오게 되었소?"

"소천주와 헤어진 후 남해로 갈 예정이었는데… 환유성이란 사람에 대해 좀 더 알아볼 요량으로 다시 황하를 건너왔습니다. 장안에서 잠시 그의 행적을 놓쳤는데 비연이 악인궁에 의해 납치되었다는 소문을 듣게 되었지요. 소녀 역시 비연을 구하러 가던 길에 이렇게 소천주를 만나게 될 줄은 꿈에도 생각지 못했어요."

그녀는 품속에서 약병을 꺼내 천기신단 두 알을 손에 쥐었다.

"어서 복용하십시오. 보아하니 독공까지 당하신 것 같군요."

"장마의 부시독골공에 스쳤소."

강무영은 천기신단을 복용하고는 가부좌를 틀고 앉았다. 잠시라도 운기조식을 하여 공력을 회복할 생각이었다.

벽소군은 진세에 갇힌 두 마왕과 여섯 마장들을 둘러보며 빙긋 미소를 지었다.

"혼암수해미려진에 빠졌으니 기력이 탈진될 때까지 날뛰다 쓰러지고 말 거야."

일순, 하늘 저편에서 날카로운 장소성이 들려왔다. 마치 한에 사무친 귀신이 울어대는 호곡성처럼 섬뜩했다.

벽소군은 기겁을 하며 강무영의 소매를 잡아끌었다.

"어서 피하세요, 소천주."

"벽 소저, 대체 왜 이리 놀라는 것이오?"

"혼황마곡성(混荒魔哭聲)이에요. 구마왕 중 최강이라는 극검마왕(極劍魔王)이 오게 되면 소녀는 도저히 감당할 수 없어요."

강무영의 표정이 차갑게 굳어졌다.

"극검마왕? 그자까지 나섰던 말이오?"

"비연을 납치해 태양천주를 함정으로 유인할 계책이었으니 사중악이 죄다 동원되었겠지요. 서둘러야 합니다."

두 남녀는 절정의 경공술을 발휘해 수림을 벗어났다.

곧 이어 천지가 진동하며 하나의 푸른 광채가 유성처럼 떨어져 내렸다. 바람을 타고 나는 절세적 경공인 어풍비행술이었다.

푸른 광휘에 둘러싸인 곤룡포 차림의 노인이 내려서자 주변의 수림이 새까맣게 타 들어갔다. 노인의 전신에서 뿜어지는 엄청난 마기 때문이었다.

곤룡포노인은 대나무처럼 바싹 말랐는데 눈빛이 얼음장처럼 차가웠다. 웬만한 사람은 그의 눈빛을 대하는 순간 심장이 얼어붙고 말 것이다. 그는 허리춤에 한 자루 검을 차고 있었는데, 화려한 곤룡포보다 더 화려하게 장식된 검집이 이채로웠다.

진세에 빠져 좌충우돌하는 마장들을 응시하는 그의 눈빛이 지독히도 차갑다.

그가 가볍게 소매를 젓자 잇단 폭음과 함께 진세의 일부가 허물어지며 여섯 마장이 튕겨져 나왔다. 단지 내공만으로 진세를 파훼할 정도였으니 가히 신화경에 이른 공력이었다.

여섯 마장은 곤룡포노인을 대하는 순간 일제히 고개를 처박았다.

"검마왕을 뵈오이다!"

그러했다. 곤룡포노인은 바로 구대마왕 중 첫째인 극검마왕이었다.

과거 그는 검궁(劍宮)의 주인이었다. 한때 천하제일검으로 불릴 만큼 검법에 있어 무극지경에 이른 자다.

그는 평생토록 단 한 번 패했는데, 바로 백마성주인 불립마제에 의해서다. 이후 그는 검궁을 해체하고 백마성에 입성해 구마왕의 으뜸인 극검마왕으로 불리게 되었다.

과거 백마성이 괴멸될 때 그는 불립마제의 간곡한 부탁으로 생존한 마왕들과 마두들을 이끌고 백마성을 탈출했다.

만일 그가 불립마제와 합공을 펼쳤다면 태양천주도 이기지 못했을 것이라는 풍문도 있다. 하지만 그는 지독히도 자존심이 강해 절대 불공평한 대결을 벌이지 않는다. 비록 마도의 대마왕이지만 그는 불립마제와 더불어 마웅(魔雄)으로 추앙받는 단 두 사람 중 하나다.

극검마왕은 배알하는 여섯 마장들을 무시한 채 폭풍마왕과 벽력마왕 쪽으로 미끄러져 갔다.

진세에 갇혀 있는 두 마왕은 폭풍번과 벽력동발을 휘둘러 우박처럼 떨어지는 거석들을 쳐내는 데 여념이 없었다. 물론 외부에서 보여지는 그들은 미친 사람처럼 빈 허공을 향해 병장기를 휘두를 뿐이다.

극검마왕은 빙굴에서 흘러나올 법한 냉막한 음성으로 말했다.

"폭풍, 벽력, 이 한심한 놈들. 당장 진세를 깨뜨리지 못한다면 네놈들의 목을 베겠다!"

두 마왕은 고막으로 파고드는 한기 어린 음성에 등골이 오싹해졌다. 그들은 누구보다 극검마왕에 대해 잘 알고 있었다. 한 번 내뱉은 말은 반드시 실행에 옮기는 사람이 극검마왕이었다.

"아, 알겠소이다, 검마왕!"

두 마왕은 사력을 다해 각기 최강의 절기를 구사했다.

"폭풍마공!"

"벽력뇌공!"

두 마왕의 마공절학이 진방(震方)을 향해 뻗어 나갔다.

만일 진세를 깨뜨리지 못하면 강한 반탄력으로 큰 부상을 당하게 된다. 하지만 극검마왕의 냉엄한 명령을 받은 이상 부상 따위에 연연할 계제가 아니었다. 진세를 파훼하지 못하면 그들의 목이 날아갈 것이다.

콰쾅—!

엄청난 폭음과 함께 진세가 깨지며 나뭇가지와 돌무더기가 어지럽게 흩어져 날았다. 겨우 진세를 돌파한 두 마왕은 극검마왕 좌우로 서며 정중히 허리를 굽혔다.

"검마왕을 뵙소."

"부끄럽소이다, 검마왕."

극검마왕은 뒷짐을 진 채 주변을 쓸어보았다.

"단목휘의 딸년은 어쩌고 진세에 갇혀 허둥대고 있었던 것이냐?"

폭풍마왕이 잔뜩 불안한 표정으로 아뢰었다.

"백수마왕이 제대로 찾아냈지만 반검무적… 이란 놈 때문에 놓치게 되었소. 백수마왕도 놈의 손에 죽었소이다."

극검마왕은 생존한 오마왕 중 하나인 백수마왕이 죽었다는 보고에도 눈 하나 꿈쩍하지 않았다.

"단목휘가 태양천을 나왔다 하던데?"

"놈의 경공술을 감안하면 아마도 섬북에 당도해 있을……."

"가자!"

극검마왕은 폭풍마왕의 말이 채 끝나기도 전에 꼿꼿하게 솟아올랐다. 절정의 어기충소 신법이었다. 이어 그는 바람을 타고 북쪽을 향해 날아갔다.

벽력마왕은 손등으로 땀을 닦고는 사납게 주변을 쓸어보았다.

"그 교활한 년을 어디 가서 잡지?"

"우리의 목표는 단목휘일세. 놈만 죽이면 태양천은 대가리를 잃은 거인에 불과하지. 단목휘가 태양천을 나섰다면 절반은 성공한 셈인 아닌가? 어서 가세."

폭풍마왕이 여섯 마장을 대동하고 몸을 날리자 벽력마왕도 서둘러 뒤를 따랐다.

■ 제23장

공포의 암흑사마신(暗黑四魔神)

1

단목휘가 능공섭물로 바닥에 꽂힌 담로검을 끌어들이자 일천 악인들은 모두 벌벌 떨었다. 그의 손에 검이 쥐어지는 한 그들 모두가 달려들어도 적수가 되지 않음을 절감하고 있기 때문이다.

천잔투광은 안광을 폭사한 채 투살섬광을 발출할 태세를 갖추었다. 내상을 입은 혈혈파파와 단순마검은 각기 용두괴장과 철검을 바싹 거머쥐었다.

사대악인은 잔뜩 긴장한 채 비지땀만 줄줄 흘렸다. 그들 중 누구도 단목휘와 맞부딪쳐 목숨을 잃고 싶지는 않았다. 그들은 연신 눈알을 굴리며 달아날 궁리만 했다.

단목휘는 담로검을 딸에게 건넸다.

"적과 싸워 검을 놓친다는 건 수치다, 연아야."

"송구하옵니다, 아버님."

단목비연은 얼굴을 붉히며 담로검을 받아 쥐었다. 담로검이 그녀의 손에 쥐어지자 일곱 수뇌와 악도들은 겨우 안도했다.

단목휘는 일곱 수뇌들을 직시하며 준엄하게 꾸짖었다.

"명색이 일파의 지존급인 그대들이 이렇듯 비열한 계책을 꾸밀 줄은 몰랐소. 내 목이 필요하다면 정당히 명첩을 보내야 옳지 않소? 어찌 나의 어린 딸을 납치할 생각을 했단 말인가?"

악중악이 예의 간특한 미소를 지으며 역겨우리만치 공손하게 응대했다.

"천주, 우리 악인궁이 앞서 나섰지만 이 계책을 꾀한 자는 결코 우리가 아닐세."

"그대들이 아니라고?"

단목휘는 악중뇌 쪽으로 시선을 돌렸다.

"악 궁주의 말은 믿을 수 없으니 당신에게 묻겠소. 정말 당신의 사악한 머리에서 나온 계책이 아니오?"

악중뇌는 쓴 입맛을 다시며 주름진 머리통을 긁적거렸다.

"사실이네. 이 계책을 마련한 자는 파천공자라는 자일세. 그자가 악인궁, 천잔방, 백마성을 끌어들여 태양천주를 함정에 빠뜨리자고 했지."

"파천공자……?"

"그 내력은 나도 모르네. 확실한 건 세상을 암흑천지로 만들겠다는 것이 놈의 목표지."

단목휘의 얼굴에 수심이 드리워졌다.

"천기자 어른께서 숨어 있는 악을 조심하라 암시하셨는데… 그자란 말인가?"

단목비연이 그의 소매를 잡아끌었다.

"아버님, 놈들에 의해 월영팔현이 참혹하게 죽었어요. 이 악독한 자들을 죽여 팔현의 원혼을 달래주세요."

"그래, 월영서시에게 갚지 못할 신세를 졌구나. 너로 인해 월영궁의 제자들이 죽었으니 이 아비로서는 부끄러워 월영서시를 대할 면목이 없다."

단목휘가 한 걸음 나서며 일곱 수뇌와 마주 섰다. 그는 주변을 빽빽이 에워싸고 있는 천잔방과 악인궁 무리들을 향해 외쳤다.

"너희들은 모두 물러가라! 난 일곱 수괴들의 목만 베어 월영서시에게 사죄할 것이다!"

음성은 크지 않았지만 일천 악도들 모두는 똑똑히 그의 말을 들을 수 있었다. 칠백여 악인궁도들은 병기를 접고는 일제히 몸을 돌렸다.

악중악이 사납게 외쳤다.

"멈춰라! 네놈들에게 영을 내릴 수 있는 사람은 바로 나 악중악이다! 오늘 이 자리에서 단목휘를 죽이지 못하면 악인천하는 영원히 이루어질 수 없다! 모두 병기를 빼 들고 싸워라!"

악인궁도들은 잠시 술렁이다 그대로 달아났다. 본래 비겁하고 용렬한 무리들이라 죽음 앞에서는 한없이 약한 자들이었다.

반면 천잔방의 방도들 삼백은 그대로 자리를 지켰다. 그들은 불구자들의 한으로 결맹한 자들이라 악인궁과는 비교할 수 없는 결속력을 지녔다.

천잔투광이 악중악을 향해 조소를 퍼부었다.

"크훗훗, 역시 악인궁이군. 졸개들이나 그 우두머리나 그 비열함은 똑같아."

악중악은 워낙 철면피라 전혀 부끄러워하는 기색이 없었다.

"훗날을 기약하는 것도 하나의 방법 아니겠소? 천잔방은 오늘 이곳에서 씨가 마를 테니 누가 현명한지 봅시다."

악중요는 악중뇌의 등 뒤에 선 채 나직이 속삭였다.

"뇌 오라버니, 정말 이렇게 죽을 거야? 무슨 수를 좀 내봐."

"요매, 태양천주 앞에서는 어떤 계략도 통하지 않는다. 그는 비열한 자를 아주 경멸하지. 정 살고 싶으면 무릎 꿇고 사정하는 수밖에 없어. 죽일 가치도 없다 싶어 살려줄 수도 있으니까."

"정말? 그렇게 하면 살 수 있는 거야?"

악중요가 눈알을 굴리며 계략을 꾸미자 악중잔이 동강 난 낫을 들어 그녀의 목에 들이댄다.

"닥치시오, 누님. 죽으나 사나 싸울 수밖에 없소. 목숨을 구걸하려 했다가는 내 손으로 누님의 목을 베어버리겠소."

단목휘는 손을 쳐들어 가볍게 주먹을 쥐었다.

츄리릭—

그의 손아귀에서 다섯 자 길이의 기검(氣劍)이 발출되었다. 기검이란 진기를 응집한 검으로 보검과 같은 위력을 지닌다. 물론 엄청난 공력을 소모하기에 웬만한 내가고수는 한 자 길이의 기검도 발출하지 못한다.

단목휘는 기검을 비스듬히 내렸다.

"선공을 펼칠 기회를 주겠소."

개개인이 천하를 진동시킬 일곱 수괴들이었지만 태양천주 앞에서는 달빛과 겨루는 반딧불에 불과했다. 천하제일인의 기도와 위엄 앞에 그들은 위축될 수밖에 없었다.

천잔투광이 바퀴 달린 의자에서 둥실 떠올랐다.

"파파, 마검, 형제들의 원혼이 지켜보고 있다!"

혈혈파파가 용두괴장을 꼬나 쥐며 솟구쳐 올랐다.

"원수 단목휘, 오랜 세월 이날을 기다렸다!"

단순마검은 양손으로 철검을 거머쥔 채 화려한 검화를 피워 올렸다.

"단목휘, 너와 함께 죽을 수 있다면 여한이 없다!"

혈혈파파와 단순마검이 단목휘의 좌우로 날아들자 천잔투광이 가운데를 향해 돌진했다.

단목휘는 산책을 나온 사람처럼 한가한 표정이었다. 그는 용두괴장과 철검이 몸 가까이 다가오자 비로소 기검을 내리그었다. 마치 대붓으로 글을 쓰는 듯한 단순한 수법이었다.

차창—!

"악!"

"크윽!"

용두괴장과 철검이 대번에 동강 나며 혈혈파파와 단순마검은 줄 끊어진 연처럼 뒤로 튕겨졌다.

천잔투광은 두 눈에 혼신의 공력을 주입시켰다.

"투살섬광!"

번쩍—

폭죽이 터지듯 사위가 환해졌다. 천잔투광의 눈에서 뿜어진 두 줄기 번갯불이 단목휘의 면전으로 꽂혔다. 단목휘는 왼손을 쳐들어 소매로 얼굴을 가렸다.

퍼엉—!

고막을 강타하는 폭음이 터지며 천잔투광의 몸뚱이는 오 장이나 높이 퉁겨져 올랐다. 그는 허공을 빙글빙글 돌다 바퀴 달린 의자에 털썩 내려앉았다. 강한 반탄력 때문인지 그의 두 눈에서 피눈물이 주르륵 흘러내렸다.

"크으으… 네놈을 꺾기 위해 십수 년을 연공했건만 이리도 강하단 말인가?"

단목휘는 구멍난 소매를 살피며 가볍게 고개를 끄덕였다.

"과연 천잔방주의 투살섬광은 강호일절답소."

사대악인은 등줄기가 축축이 젖어들었다.

천잔방의 삼대수괴가 동시에 합공을 펼쳤건만 단목휘를 한 걸음도 물러서게 만들지 못하자 가슴이 타는 것 같았다. 그들 일곱이 모두 힘을 합쳐도 결과는 마찬가지라 생각되었다.

악중요가 입술을 잘근잘근 씹었다.

"죽일 놈의 백마성 마왕들은 대체 어디를 간 거야? 코빼기도 보이지 않으니!"

악중악은 간특한 미소를 짓다가 냅다 몸을 날렸다.

"모두 튀어라!"

과연 그는 악중악이었다.

어차피 승산이 없는 싸움에 목숨을 걸 그가 아니었다. 단목휘가 천잔방의 삼대수괴를 제거한 다음에는 그들 차례가 된다. 악인궁주답게 장렬하게 죽을 그였다면 악인궁 따위는 세우지 않았을 것이다.

악중뇌는 무슨 생각에서인지 두 아우의 손목을 꽉 쥔 채 제자리를 지켰다.

"움직이지 마라. 악중악만 죽어주면 되니까."

단목비연이 다급히 외쳤다.

"아버님, 악중악이 달아나요!"

단목휘는 어느 정도 예상을 한 듯 시선만 악중악 쪽으로 돌렸다.

악중악은 이미 삼십 장 밖으로 달아나고 있었다. 그는 세 아우가 함께 달아나리라 예상했다가 자신 혼자만 도망치는 꼴이 되자 순간 당황하지 않을 수 없었다. 본래 그는 여럿이 동시에 도주하여 단목휘의 시야를 흐리게 하려던 속셈이었다.

"빌어먹을!"

돌아본 그는 단목휘가 기검을 치켜들자 전신 모공이 일제히 솟구치는 공포감에 젖고 말았다.

번쩍—!

단목휘이 기검이 한줄기 광선으로 화해 허공을 갈랐다.

기검으로 펼치는 어검술이었다. 한 번 펼쳐지면 백 리 밖의 상대를 죽일 수 있다는 검도 최절정의 절학이 바로 어검술이다. 백 년 이래 이런 어검술을 터득한 사람은 다섯도 되지 않는다.

악중악은 광선처럼 날아드는 어검술을 빤히 바라보면서 석상처럼 굳어지고 말았다.

"컥, 죽… 었다!"

삼대악인은 의리없이 저 혼자 살겠다고 도주한 악중악의 죽음을 기정사실로 여겼다.

악중악의 능력으로는 어검술을 피해낼 방도가 없기 때문이다. 삼대악인은 누가 죽든 슬퍼할 감정마저 없는 자들이지만 막상 악중악이 죽는다 싶자 조금은 안됐다는 생각을 갖게 되었다. 명색이 이십여 년을 함께해 온 의형제가 아닌가.

그러나 끈질긴 게 악인의 목숨이었다.

돌연 하나의 그림자가 유령처럼 내려서며 악중악을 밀쳐 버렸다. 순간 단목휘의 어검술은 악중악을 밀쳐 낸 자의 가슴을 향해 그대로 꽂혔다.

콰앙—!

요란한 폭음과 함께 어검술에 적중된 복면괴인은 오 장이나 뒤로 퉁겨져 나갔다. 괴인의 가슴 부위에서 뽀얀 연기가 뭉클뭉클 피어오른다.

"……?"

단목휘는 느닷없는 훼방꾼의 출현에 가볍게 눈살을 찌푸렸다. 그의 시선이 야음으로 짙어가는 하늘 저편으로 옮겨졌다. 그는 또 다른 불청객들을 찾아낸 것이다.

"호호홍. 늦어서 미안하외다, 동지들!"

느끼한 음성과 함께 화복 차림의 청년이 세 명의 복면괴인들을 대동한 채 날아들었다. 청년은 멋들어지게 회전하며 주저앉아 있는 악중악 옆으로 내려섰다. 복면괴인들은 무릎도 굽히지 않은 채 껑충껑충 뛰어왔는데 한 번 도약할 때마다 십 장씩을 건너뛰었다.

삼대악인이 나직이 부르짖었다.

"파천공자다!"

"염병할 자식, 왜 이제야 나타나는 거야?"

"그래도 대형을 구했소."

파천공자는 품속에서 작은 방울을 꺼내 딸랑딸랑 흔들었다.

"일어나거라, 제삼마신!"

어검술에 의해 가슴 부위가 크게 훼손된 복면괴인이 시체처럼 꼿꼿하게 일어섰다. 실로 놀라운 일이 아닐 수 없었다. 여기저기서 탄성이 터져 나왔다.

"금강불괴지신이다!"

"맙소사! 어검술을 맞고도 살아나다니."

"우우, 믿을 수가 없군!"

단목비연이 겁에 질려 부친 옆으로 바싹 붙어 섰다.

"아버님……?"

단목휘는 그녀의 어깨를 다독이며 진정시켜 주었다.

"안심해라, 연아야. 저자는 인간이 아니다. 아무리 금강지체라도 이 아비의 어검술에 적중되었다면 저토록 멀쩡히 살아날 수는 없어."

"인간이 아니라구요?"

"그래. 아마도 전설의 철강시임이 분명해."

겨우 목숨을 건진 악중악은 삼대악인 옆으로 다가서며 숨을 헐떡였다.

"헉헉. 아, 아우들, 내 목이 붙어 있기는 한 거냐?"

악중요가 매섭게 눈을 흘겼다.

"흥, 저 혼자 살겠다고 달아난 주제에 무슨 낯짝으로 돌아와?"

"이년아, 넌 내가 그렇게 죽었으면 좋겠냐?"

"명색이 악인궁주면 궁주답게 굴어. 내가 보기에는 악중악이 아니라 악중졸이야!"

"이, 이 쳐 죽일 년 보게!"

둘이 한바탕 설전을 벌일 듯하자 악중뇌가 손을 들어 만류했다.

"그만들둬. 어쨌든 파천공자가 왔으니 잘하면 재미있는 대결이 되겠어."

일곱 수괴들은 모두 숨을 죽인 채 파천공자 쪽으로 시선을 모았다.

파천공자는 유연하게 미끄러지며 단목휘 앞에 내려섰다. 그는 공손히 포권지례를 취했다.

"천하제일인이신 태양천주를 뵙게 뵈어 무한한 영광이외다. 본인은 파천공자라 하오."

"광오한 별호군. 하늘을 깨겠다는 의미인가?"

"호호홍, 무림의 하늘인 태양천을 깨뜨리지 않고서 어떻게 암흑천하를 이룰 수 있겠소?"

그는 요사한 웃음을 터뜨리며 단목휘 옆에 서 있는 단목비연을 힐끔 훑어 내렸다. 그녀는 마치 징그러운 뱀을 만난 듯 소름이 돋았다. 그의 느끼한 눈빛이 그렇게 역겨울 수가 없었다.

단목휘가 차분한 어조로 물었다.

"자네의 사문은 어떻게 되는가?"

"오늘이 천주의 제삿날이 될 테니 알려주겠소. 본인은 암흑마국(暗黑魔國)의 태자요. 이름은 을주환이라 하오."

"암흑마국이라… 본 천의 비찰각에서 의문스런 무리들을 발견한 적이 있었는데 바로 자네의 수하들이었단 말인가?"

을주환은 섭선을 펼쳐 들며 여유있게 저었다.

"호호홍, 호랑이를 끄집어내는 조호이산지계(調虎離山之計)는 본인의 작품이었소. 아쉽게도 악인궁의 형편없는 작전 때문에 완벽한 함정을 설계하지 못했지만 결과는 변함이 없을 것이오."

단목휘는 청아한 웃음을 터뜨렸다.

"하하, 네 구의 철강시를 믿고 감히 내 앞에서 큰소리를 치는 겐가? 내 십 년 이래 자네처럼 오만한 자는 처음 대하는군."

"태양천주, 본국의 암흑사마신을 과소평가하지 마시오. 만약 이들이 철강시가 아니라 살아 있는 몸이었다면 천주는 한 명도 감당할 수 없을 것이오."

둘의 대화를 지켜보던 악중뇌가 뭔가를 간파한 듯 앓는 듯한 신음성을 흘렸다.

"으음… 말도 안 돼. 설마 그들을 철강시로 만들었단 말인가?"

악중요가 눈을 동그랗게 뜨며 묻는다.

"악 오라버니, 저 괴물들의 정체를 알아냈어?"

"아직 확실치는 않다. 하지만 내 짐작이 맞다면… 단목휘라도 살아날 수 없을 것이다."

그가 더 이상 덧붙여 말하지 않자 다른 세 악인은 궁금하지만 상황을 마저 지켜볼 수밖에 없었다.

을주환은 단목비연을 바라보며 묘한 눈웃음을 쳤다.

"호호홍, 예쁘지는 않아도 아주 귀엽군. 인형 같은 계집들한테 이력이 났는데 오히려 신선해."

단목비연은 매스꺼움을 참고 매섭게 쏘아붙였다.

"이 역겨운 놈! 네가 진정한 흉수이니 네 목을 베어 월영팔현의 넋을 위로해 주겠다!"

단목휘가 팔을 뻗어 그녀를 뒤로 물렸다. 행여 그녀가 나서 다칠까 우려한 것이다.

"물러서 있거라. 오늘은 길보다 흉이 많으니 결코 경거망동해서는 안 된다."

을주환은 섭선을 허리춤에 꽂고는 검을 뽑아 들었다.

"우선 천주의 절기를 한 수 배워보겠소."

투명한 검신에서 뿜어지는 광휘가 놀랍도록 강렬했다. 전체적으로 붉은빛을 띠었는데, 검신 중앙에는 한줄기 가는 혈선이 심어져 있었다. 일견해도 절세적 신검임을 알 수 있었다.

"오, 간장검(干將劍)!"

가장 식견이 뛰어난 악중뇌가 앞서 외쳤다. 단목휘 역시 나직이 탄성을 발했다.

"틀림없는 간장검이군. 이렇게 전설의 신검을 대할 줄이야……."

간장검은 전국시대 명장(明匠) 간장이 제작한 절세신검이다.

그는 당시 오나라 왕 합려의 명을 받아 두 자루 신검을 제작했다. 한 자루는 자신의 이름을 따 간장검으로 명했고, 다른 하나는 검을 만들기 위해 스스로 용노(鎔爐)에 몸을 던진 아내를 기려 막사검으로 명했다. 두 자루 검은 용으로 변신해 하늘로 승천했다는 전설을 가질 만큼 세상에 드문 신검이었다.

을주환은 간장검을 비스듬히 비껴 들었다.

"천주의 의천검법만이 천하제일은 아니오."

그는 한 걸음 앞으로 미끄러지며 검을 휘둘렀다.

빠르지도 않고 느리지도 않은 검법이다. 그다지 강해 보이지도 않은 그저 평범한 검법처럼 보인다. 이런 검법이라면 강호의 이류검사도 충분히 시전할 수 있는 단조로운 검법에 불과하다.

단목휘는 검법을 대하는 순간 드물게 심각한 표정을 지으며 단목비연에게 손을 내밀었다.

"연아야, 담로를 빌려야 할 것 같구나."

단목비연은 부친의 표정에 몹시 놀라워했지만 얼른 담로검을 건네주었다. 검을 받아 든 단목휘는 신중한 모습으로 검을 내려쳤다.

"의천비마락!"

그의 절학 중 하나인 의천검법이 펼쳐졌다.

강호의 사중악을 격파한 천하제일의 검법이자 절기가 십수 년 만에 재현된 것이다. 누구도 막아낸 적이 없으며 어떤 사마의 절기도 격패시킨 당세 최고의 검법은 출수하는 순간 하늘 가득 광휘를 뿜어냈다.

차차창—!

잇달은 금속성과 함께 무수한 검형이 폭죽처럼 피어올랐다.

신검과 명검에 의해 펼쳐진 검법은 예술처럼 아름답다. 흐르는 검기는 물 흐르듯 유연하고, 번득이는 검광은 푸르고 흰 빛으로 현란한 기운을 발한다.

순식간에 오 초가 교환되었지만 찬란한 검기 속에 금속성만 들려와 도대체 어떠한 검법이 전개되었는지 알 수가 없었다.

악중뇌가 마른침을 꿀꺽 삼켰다.

"과, 과연 천하제일검이로군. 하지만 파천공자란 자의 검법 또한 그에 못지않아."

악중악은 가는 실눈을 더욱 가늘게 뜨며 격전장을 응시했다.

"단목휘가 인간 한계라는 검선의 경지에 올랐다 하더니 사실인가 보구나. 놈의 검법은 인간의 검법이 아니야."

예리한 파공성과 함께 검기가 잇달아 충돌하며 답답한 신음성이 터져 나왔다.

"으윽!"

파천공자는 간장검을 늘어뜨린 채 뒤로 주르륵 밀려났다. 그의 옷자락 곳곳이 심하게 베어졌다. 하지만 큰 부상을 입은 표정은 아니었다.

"과, 과연 태양천주로군."

그가 찢겨진 장삼을 부욱 뜯어내자 은은한 은빛을 띤 호신보의가 드러났다. 무림의 보물이라는 천잠보의였다. 만일 그가 천잠보의를 입지 않았다면 몸의 일부가 베어지는 중상을 면치 못했을 것이다.

그러나 검을 들고 단목휘와 수초나 겨룰 정도라면 그의 검법 조예는 천하에서 두 번째라 해도 과언은 아닐 것이다.

단목휘는 담로검을 내리며 검미를 치켜올렸다.

"세상에 이런 검법이 있는 줄은 미처 몰랐구나. 대체 어떤 검술이냐?"

"내 사부님이자 암흑마국의 국왕께서 창안한 파천검법이오. 사부님 말씀으로는 의천검법과 겨뤄도 십 초는 버틸 수 있을 것이라 하셨는데 칠 초 만에 패하다니 분하군. 하지만 이건 내 공력이 미흡해서지 검법이 뒤져서가 아니오."

을주환은 계집처럼 표독스런 표정을 짓고는 간장검을 거두었다.

"천주를 철강시로 만든다면 천하무적이겠군."

그는 구리 방울을 딸랑딸랑 흔들었다.

"암흑사마신, 출동하라!"

면괴인 넷이 꼿꼿이 선 채로 단목휘를 향해 날아들었다. 단목휘는 급히 딸을 들쳐 업었다.

"아비의 등에 꼭 붙어 있거라."

"소녀는 아버님을 믿사옵니다."

"오냐, 걱정할 것 없다. 아무리 철강시라지만 이 아비가 패하는 일은 없을 것이다."

암흑사마신은 삼 장 거리를 둔 채 단목휘를 에워쌌다.

악중요가 배시시 미소를 지었다.

"뇌 오라버니, 오늘 단목휘가 죽을 것 같아. 그렇지?"

"물론 그가 피신하고자 한다면 그를 막을 사람은 없다. 하지만 태양천주라는 신분 때문이라도 결코 달아나지는 않을 것이다."

"적이지만 정말 멋진 사람이야. 꼭 한 번 잠자리를 하고 싶었는데……."

악중요가 몹시 아쉬워하자 악중악과 악중잔은 죽일 듯이 그녀를 쏘아보았다.

악중뇌는 반짝이는 쥐눈을 뒤룩뒤룩 굴리며 혀로 입술을 핥았다.

"내 짐작이 맞다면 저 네 구의 철강시는 실로 무시무시한 마신들이다. 단목휘의 무공이 천하최강이라해도 저 넷을 모두 파괴하려면 자신

또한 무사하지 못할 것이야. 결국 단목휘의 최후를 볼 수 있겠어."

악중잔이 주먹을 불끈 쥐었다.

"놈이 쓰러지는 순간 숨통은 내 손으로 끊겠소."

악중악이 그의 목덜미로 두툼한 손을 올렸다.

"막내야, 그런 영광은 이 형에게 맡겨야 하지 않겠냐? 네가 만일 앞서 나선다면 네 골통을 먼저 부수겠다."

단목휘를 둘러싼 암흑사마신은 제각기 병기를 뽑아 들었다.

어검술에 가슴 일부가 파괴된 자는 손에 두 자루 비수를 쥐었다. 다른 셋은 반투명한 도신의 혈도(血刀), 가시가 돋친 쇠사슬, 긴 자루의 도끼를 병기로 삼았다.

단목휘는 딸을 단단히 업은 채 담로검을 비스듬히 비껴 들었다.

"지독한 마기로군. 대체 이들의 정체가 뭐지?"

을주환은 구리 방울을 요란하게 흔들었다.

"호호홍. 쳐라, 암흑사마신!"

그의 명이 떨어지는 순간 비수를 쥔 마신의 모습이 어른거리며 연기처럼 사라졌다. 동시에 단목휘의 등 뒤로 내려선 마신은 비수를 내질렀다. 실로 믿을 수 없을 만큼 쾌속한 신법이었다.

단목휘는 빙글 몸을 회전시키며 담로검으로 비수를 쳐내고는 일학충천의 신법으로 솟아올랐다. 다른 삼마신이 허공에 뜬 그를 향해 일제히 공세를 펼쳐 왔다.

번쩍—

핏빛의 혈도가 번갯불 같은 도광을 발하고, 쇠사슬이 요란한 쇳소리를 내며 그를 휘감아왔다. 거대한 도끼는 그의 정수리를 향해 내리 꽂힌다.

단목휘는 호신강기로 몸을 보호하며 담로검을 휘저었다.

"의천분광!"

피피핑―!

무수한 검형이 부챗살처럼 뻗어 나온다. 보이는 것은 수백 개의 검형뿐이다. 암흑사마신은 순식간에 검형 속에 휘감겼다.

콰콰쾅―!

엄청난 폭음과 함께 검형에 적중된 암흑사마신이 칠 장 밖으로 퉁겨져 나갔다. 그러나 바닥에 떨어진 사마신은 곧바로 몸을 곧추세웠다. 그들의 도포 곳곳이 구멍나고 피부의 일부가 훼손되었지만 그다지 큰 충격은 입지 않은 듯 보였다. 복면이 뜯겨져 나가 비로소 그들의 끔찍한 모습이 드러났다.

바닥으로 내려선 단목휘의 안색이 다소 해쓱해졌다. 사마신과의 강력한 격돌로 인해 약간의 내상을 입은 것이다.

단목비연은 사마신이 부친의 절학에도 쓰러지지 않자 오싹한 두려움에 휩싸였다.

"아버님……."

단목휘는 결연한 표정으로 입을 열었다.

"연아야, 너를 위해서라면 피신을 해야겠지만 이 아비는 이 마물들과 싸워 분사하는 일이 있더라도 피할 수 없다. 이 아비는 태양천주다. 무슨 말인지 알겠지?"

"예, 아버님. 소녀는 아버님과 함께라면 지옥의 유황불도 두렵지 않습니다."

"그래, 월영서시가 연아를 제대로 가르쳤구나."

단목휘는 담담히 미소를 짓고는 천천히 사대마신을 둘러보았다.

사대마신은 반쯤 부패된 듯한 흉악한 몰골들이었다. 눈망울에서 검푸른 마광이 번득일 뿐 눈동자는 보이지 않았다.

단목휘는 사마신을 조종하는 을주환 쪽으로 시선을 돌렸다. 그의 표정에 은은한 노기가 서렸다.

"실로 악독한 놈이로군. 어쩌자고 천마제국의 마신들을 되살렸단 말이냐?"

을주환은 느끼한 미소를 머금었다.

"호호홍, 과연 태양천주답소. 한눈에 사마신의 정체를 간파하다니 말이오."

그가 순순히 인정하자 수괴들과 천잔방도들은 공포감에 얼어붙고 말았다.

"뭐, 뭐라, 천마제국의 마신들?"

"저들이 정녕 십대마신 중 넷이란 말인가?"

"맙소사! 백 년 전의 마신들이 부활했다!"

천마제국의 십대마신(十大魔神)!

그 얼마나 공포스런 존재인가. 무림 사상 최강의 마국인 천마제국이 천하를 피로 물들일 때 십대마신은 가히 사신(死神)과도 같은 존재였다. 인성을 상실한 이들은 죽은 자의 피로 목욕을 할 만큼 살육을 즐겼다. 이들의 손에 의해 죽은 백도인들의 수효가 일만에 달했다.

한데 천마제국의 붕괴와 함께 말살된 것으로 알려진 이들이 다시 백 년 만에 모습을 드러냈으니 실로 통천경악할 일이 아닐 수 없었다.

유령마신(幽靈魔神).

지옥마신(地獄魔神).

혈황마신(血荒魔神).

천살마신(天殺魔神).

이들 사대마신이 비록 철강시로 되살아났지만 그들의 마공 절기는 여전히 천하를 멸절시키기에 충분했다.

일곱 수괴가 진땀을 흘리자 을주환은 그들을 쓸어보며 눈웃음을 쳤다.

"호호홍, 두려워할 것 없소. 암흑마국의 목표는 태양천이지 그대들이 아니니까. 그대들은 그저 암흑마국과 더불어 천하를 지배하면 되오."

그는 구리 방울을 흔들어 사대마신을 조종했다.

"죽여라!"

사대마신은 엄청난 마기를 발하며 단목휘 주위를 빠르게 맴돌았다. 검붉은 폭풍이 피어오르며 비릿한 피 냄새를 풍겨냈다.

한쪽으로 물러선 일곱 수괴는 머리를 맞댄 채 의견을 교환했다.

"이제 어떻게 하지?"

"놈이 가공할 대마신들을 부활시켰다면 단순히 천하를 지배하는 데 그치지 않을 거야."

"맞아. 과거 천마제국에 의해 흑백무림이 멸절될 뻔한 적이 있었잖아?"

천잔투광이 악중뇌를 향해 물었다.

"자네가 한번 말해 보게. 우리가 어떻게 처신해야 옳겠는가?"

악중요는 단목휘와 대치하고 있는 사대마신 쪽을 살피며 대답했다.

"물론 우리가 원하는 최선의 상황은 사대마신과 단목휘가 함께 죽는 거요. 단목휘가 죽게 되면 혼란에 빠질 것이고 우리는 재기할 힘을 얻게 될 것이오. 또한 태양천은 암흑마국이란 신비 집단과 결전을 벌이게 될 테니 우리는 둘이 양패구상을 할 때까지 지켜보다가 뒤통수를 치면 되는 것이오."

악중요가 물었다.

"단목휘가 사대마신을 물리치면 어떻게 하지?"

"그냥 튀는 거다. 철강시로 화한 사대마신을 물리칠 정도면 그는 검신의 경지에 오른 고금제일인이다. 그와 같은 시대에 태어난 것을 불운하게 여길 수밖에."

이번에는 악중악이 물었다.

"둘째야, 내가 보기에는 사대마신이 능히 단목휘를 쳐 죽일 것 같구나."

"그건 최악이오. 사대마신이 단목휘와 함께 죽지 않게 되면 누구도 저 마물들을 상대할 수 없소. 우리는 암흑마국에 빌붙어 충성을 맹세해야만 목숨을 부지할 수 있게 될 테니까."

흑도의 수뇌들은 어마어마한 격돌이 벌어지고 있는 격전장으로 시선을 돌렸다.

콰콰쾅—!

장내는 풍운변색의 대격돌로 인해 온통 아수라장이었다. 사람의 형체는 보이지 않고 검붉은 폭풍 속에서 번득이는 푸른 검광만 가득했다.

단목휘는 업고 있는 단목비연이 다칠 것을 우려해 호신강기를 펼치는 데 삼 할의 공력을 분산했기에 전력을 다할 수가 없었다.

그의 손에 담로검이라는 천하의 명검이 쥐어져 있지만 사대마신은 무쇠보다 단단한 철강시들이라 여간해서는 베어지지 않았다. 게다가 그들은 두려움과 고통마저 모른다.

'하나씩 파괴하지 않으면 내가 먼저 지치겠다.'

그는 유령마신의 비수를 쳐내고는 빙글 회전하며 양손으로 담로검을 움켜쥐었다.

"어검파천황!"

엄청난 광휘가 폭발하며 담로검이 한줄기 섬광이 되어 뻗어 나갔다. 불꽃을 발하는 섬광은 그대로 혈황마신의 가슴에 꽂혔다.

콰아앙―!

대폭음과 함께 가슴 일부가 파괴된 혈황마신이 기괴한 비명성과 함께 뒤로 튕겨졌다.

단목휘는 오른손을 쳐들었다. 장심에 눈부신 발광체가 형성된다. 그의 절학 중 하나인 파극뇌였다. 강기를 운집해 날려 보내는 지극히 파괴적인 무공이었다.

"가랏!"

발광체가 뿌려진다. 밤하늘을 가로지르며 추락하는 유성처럼 발광체가 긴 꼬리를 이끌며 쓰러진 혈황마신의 몸으로 내리 꽂힌다.

파천공자는 대경실색하며 미친 듯이 방울을 흔들었다.

"죽여라, 죽여―!"

삼대마신은 극렬한 마기를 발휘하며 단목휘를 향해 공세를 펼쳐 왔다. 지옥마신의 혈도가 허공을 가르고, 천살마신의 쇠사슬이 휘감겨

오며, 유령마신의 비수가 등판으로 파고들었다.

그러나 단목휘는 파극뇌 공격을 거두지 않은 채 그대로 펼쳐 냈다.

꽈꽝—!

지표가 폭발하며 화산이라도 터진 듯 들썩거렸다. 어검술에 의해 가슴이 으깨진 혈황마신이 파극뇌에 적중돼 산산이 부서진 것이다.

파천공자는 전신을 와들와들 떨었다.

"이, 이럴 수가! 절대 깨지지 않는다는 철강시가 파괴되다니!"

하나의 철강시를 파괴했지만 단목휘는 급박한 위기에 처하고 말았다. 삼대마신의 위력적인 마공절학이 그의 전신을 그대로 강타했다.

"우욱!"

호신강기가 흩어지며 그의 몸은 줄 끊어진 연처럼 뒤로 날아갔다. 단목비연을 보호하기 위해 배후로 공력을 집중하는 바람에 전면에서 날아든 지옥마신의 혈도를 미처 막아내지 못한 것이다.

그는 되돌아오는 담로검을 받아 들고는 일곱 바퀴를 회전하고서야 겨우 바닥에 내려설 수 있었다.

악중뇌는 쓴 입맛을 다셨다.

"과연 천하제일인이군. 무적의 철강시를 파괴하다니… 정말 무섭도록 강한 자야."

악중악이 예의 간특한 미소를 지었다.

"둘째야, 네 판단대로 양패구상이 될 것 같구나. 단목휘가 피를 흘리다니… 이건 세상이 뒤집혀질 일이야."

단목휘는 급히 진기를 운기해 끓어오르는 기혈을 가라앉히며 입가의 피를 소매로 닦았다. 그가 이런 부상을 당해보기는 과거 백마성주와의 격돌 이후 처음이었다.

단목비연이 눈물을 글썽거렸다.

"아버님, 소녀를 내려주십시오. 소녀만 없다면 아버님께서는 능히 저 마물들을 물리칠 수 있을 것이옵니다."

"그런 소리 마라. 딸 하나를 보호하지 못한 데서야 어찌 태양천주일 수 있겠느냐? 너를 보호해야 하기에 이 아비는 더 힘을 낼 수 있다."

단목휘는 오히려 단목비연을 격려하고는 양손을 교차시켰다.

삼대마신은 황갈색 연기를 뿜으며 그의 좌우와 전면으로 내려섰다. 일단 배후의 적이 없어진 것으로 적이 안심이 되었다. 하지만 상당한 내상으로 인해 그의 신위는 전만 못했다.

을주환이 미끄러지며 다가섰다.

"무서운 자. 하지만 철강시가 모두 파괴되는 한이 있더라도 반드시 널 죽이고야 말리라!"

그가 구리 방울을 흔들어대자 삼대마신이 동시에 공세를 펼쳐 왔다.

차차창—!

담로검을 휘둘러 삼대마신의 공세를 막아낸 단목휘는 장심 가득 진기를 운집했다. 또 한 번 파극뇌로 철강시를 파괴할 심사였다.

물론 이것은 크나큰 모험이었다. 파극뇌를 펼치는 순간 거의 전신의 공력이 소진돼 다른 둘의 공력을 받으면 목숨이 위험할 수도 있다.

'어차피 하나씩 파괴하지 않으면 내가 먼저 쓰러진다.'

단목휘는 전면으로 날아드는 지옥마신을 향해 일장을 내질렀다.

"파극뇌!"

아찔할 만큼 강렬한 발광체가 뻗어 나가며 급격히 확산된다. 두려움을 모르는 지옥마신은 발광체를 향해 그대로 혈도를 내려친다. 동시에 천살마신의 철삭과 유령마신의 비수가 단목휘의 좌우로 파고든다.

콰콰— 쾅—!

굉음과 함께 세 구의 철강시와 단목휘가 동시에 퉁겨져 나갔다.

지옥마신은 칼과 함께 팔 하나가 사라진 채 바닥에 데굴데굴 굴렀다. 내상을 입은 단목휘라 그의 팔 하나를 파괴하는 데 그친 것이다. 반면 단목휘는 비수에 옆구리가 찍히고 철삭에 가슴이 강타당하는 심한 부상을 입고 말았다. 강력한 태양신공이 아니었다면 그의 몸은 산산이 부서졌을 것이다.

"아버님!"

단목비연은 비틀비틀 물러서는 부친의 목을 얼싸안으며 눈물을 흘렸다. 모두 자신 때문에 빚어진 일이라 가슴이 찢어지는 듯 아팠다.

단목휘는 담로검을 거머쥔 채 나직이 숨을 몰아쉬었다. 부상의 고통은 의지로 참아낼 수 있었지만 진기가 제대로 이어지지 않는 게 안타까웠다.

그는 검을 가슴 앞에 세웠다. 그는 죽음을 불사하고서라도 하나의 철강시를 더 파괴할 심사였다.

악중악은 얼굴 가득 간특한 미소를 지었다.

"크크, 마침내 단목휘의 최후가 왔어. 내 저놈의 살을 씹어먹고야 말리라."

악중뇌는 잔뜩 이맛살을 찌푸렸다.

"좋지 않군. 단목비연만 아니었다면 사대마신을 모두 파괴했을 텐데."

유령마신과 천살마신이 좌우에서 미끄러져 왔다.

을주환은 심한 부상을 당한 지옥마신을 옆에 세워두었다. 단목휘의 중상을 감안한다면 두 마신만으로 충분하다 생각한 것이다. 그는 요란스럽게 방울을 흔들었다.

"어서 숨통을 끊어라!"

유령마신은 직선으로 날아들며 두 자루 비수를 휘둘렀다. 천살마신의 철삭이 뒤를 이어 뻗어왔다.

단목휘는 양손으로 담로검을 감싸 쥔 채 혼신의 공력을 기울였다. 그의 전신에서 눈부신 광휘가 발산되며 검과 몸이 합체되어 갔다.

극상승 검도인 심기어검술(心氣御劍術)!

몸과 마음, 검이 일치가 되는 삼일합체의 이 검법은 검신만이 펼칠 수 있다는 전설적인 무공이다. 한 번 펼쳐지면 산을 관통하고 강물을 되돌릴 수 있다. 마음을 먹으면 하늘의 구름을 베고, 십 리 밖의 적을 죽일 수 있는 절대지검이다.

아쉽게도 단목휘의 화후는 삼성에 불과해 진정한 심기어검의 단계에는 미치지 못했다.

퍼억―!

담로검은 유령마신의 한쪽 눈을 뚫고 박혔다. 사람이었다면 그만한 치명상만으로 절명했겠지만 철강시는 파괴되지 않는 한 절대 죽지 않는다.

유령마신은 담로검에 눈알이 관통된 채로 날아들며 단목휘의 가슴과 어깨에 비수를 박았다.

"욱!"

단목휘는 검극에 진기를 주입해 유령마신을 파괴하려 했지만 경맥이 막혀 진기를 끌어올릴 수가 없었다. 그런 그를 향해 천살마신의 철삭이 화살처럼 날아들었다.

촤르륵—!

천하제일인이 맞는 절체절명의 순간이며, 모두들 단목휘의 죽음을 환호하기 직전이었다.

쐐애액—!

허공 저편에서 구름 사이를 헤집는 달빛과 같은 광선이 날아들었다. 광선에 강타당한 유령마신은 담로검에서 뽑혀져 뒤로 날았고, 천살마신의 철삭은 유령마신의 등판을 세차게 강타했다.

콰앙—!

등가죽이 벗겨진 유령마신은 충격을 이기지 못하고 바닥을 데굴데굴 굴렀다.

을주환은 결정적인 순간 일이 틀어져 버리자 이를 바드득 갈았다.

"이, 이런 젠장!"

모두들 어떻게 된 영문인가 의아해할 때였다.

단목휘 옆으로 하나의 흑영이 그림자처럼 내려섰다. 얼마나 쾌속한 신법이었는지 마치 땅속에서 솟아난 듯이 보였다.

바닥까지 끌리는 긴 치마를 두른 여인은 온통 흑색으로 일관된 궁장 차림이었다.

그녀의 옷 위로 드러난 손과 얼굴, 그리고 새하얀 백발은 검은 옷과 극반돼 몹시 차가운 느낌을 주었다. 사십 줄에 이른 중년의 나이였지만 그 빼어난 용모는 밤하늘의 모든 별을 잠재울 달처럼 아름다웠다.

피부는 여전히 팽팽해 주름살 하나 보이지 않았고, 두 눈은 보석을 박은 듯 반짝거렸다. 도도한 콧날 아래 주사를 바른 듯 붉은 입술은 흑과 백으로만 분별되는 그녀의 몸 중에서 유일하게 붉은색을 띠고 있었다.

세월의 흐름만 아니었다면 누구도 비교할 수 없는 천하일미의 절세가인이었다.

그녀를 보는 순간 일곱 수괴는 사색이 되고 말았다.

"허억! 워, 월영서시!"

"맙소사! 저 백발마녀가 나타나다니!"

"모두 튀어라!"

일곱 수괴가 일제히 달아나자 천잔방 삼백여 방도들 역시 머리를 감싸고 뿔뿔이 흩어졌다.

월영서시(月影西施) 한소소(韓素素).

과거 중원지화로 불린 월영궁주가 바로 그녀였다.

그녀는 백 년 전 천하를 위해 천마대제와 분사한 삼천공의 절기를 한 몸에 터득한 절세적 기녀다. 단목휘가 등장하기 전까지 그녀는 중원제일의 고수로 군림했다. 하지만 냉혹한 심성의 소유자로 흑백무림 모두로부터 경원시되어 한때는 백발마녀라는 악명을 떨치기도 했다.

그녀가 단목휘를 연모했지만 뜻을 이루지 못해 격돌했다는 풍문은 강호의 오랜 얘깃거리다.

그녀가 멀리 곤륜산으로 물러가 월영궁을 세운 후 중원과 발을 끊은 것도 단목휘와의 사랑을 이루지 못한 한 때문이라는 얘기도 있다.

단목휘가 중원지화인 그녀를 마다하고 천하의 박색인 위지운설을 아내로 맞이한 것은 강호의 큰 비사 중 하나다.

월영서시의 등장에 천잔방과 악인궁이 모두 달아나자 을주환도 급히 방울을 울려 삼대마신을 끌어들였다.

"운이 좋군, 태양천주. 다음에는 당신들 둘을 한꺼번에 묻어주겠다."

그는 행여 월영서시가 공격해 올세라 급히 몸을 날렸다.

섬북의 대격돌은 순식간에 종식되었다.

월영궁주 한소소는 검을 환(環)으로 변화시켰다. 그녀는 월환검(月環劍)을 팔찌처럼 팔목에 찼다.

"사부님!"

단목비연은 눈물을 뿌리며 한소소의 품으로 뛰어들었다.

"흑흑… 잘 오셨어요. 적시에 오시지 않았으면 아버님과 제자가 크게 당했을 겁니다."

한소소는 그녀의 등을 다독이며 냉담하게 말을 받았다.

"그럴 리가 있겠니? 철강시 따위가 어찌 천하제일인이신 태양천주를 해치겠느냐?"

단목휘는 한소소를 응시하며 감회 어린 표정을 지었다.

"소소……."

"실망이에요, 천주. 천하 위에 군림하다 보니 그간 무공 수련을 게을리 했나보군요?"

"부끄럽소. 하지만 철강시들은 과거 천마제국의 마신들이라……."

"알아요. 진작 도착해 있었지만 당신이 어떻게 상대하나 지켜보고 있었지요."

단목비연은 눈을 커다랗게 떴다.

“사부님……?”

한소소는 그녀를 옆으로 떼어놓았다.

“연아가 악인궁에 의해 납치되었다는 통문을 받고 오던 중 냉월추혼을 만나게 되었어요. 월영팔현 중 셋이 악인궁에 의해 고문당하는 것도 보았지요. 덕분에 여기까지 찾아올 수 있었던 거예요.”

단목휘는 단목비연에게 담로검을 건네주었다.

“소소, 당신에게 너무 큰 죄를 지었소. 연아로 인해 월영궁 제자들이 고통과 죽임을 당했으니 어떻게 사죄를 해야 할지 모르겠소.”

“연아의 호휘를 맡은 냉월추혼의 실책 때문이니 천주가 사죄할 이유가 없어요. 오히려 이런 일 하나 제대로 처리하지 못한 총호법을 문책해야지요.”

단목비연은 한소소 앞에 털썩 무릎을 꿇었다.

“사부님, 모두 제자의 잘못이옵니다. 제자가 총호법의 지시를 어기고 함부로 빠져나가지만 않았다면 이런 일은 없었을 거예요. 제발 총호법을 용서해 주세요.”

한소소는 그녀를 내려다보며 메마른 어조로 말했다.

“총호법은 스스로 한 팔을 끊고 참회동에 들어가기로 했다.”

“흑… 사부님, 제발 자비를…….”

“어서 일어나거라. 넌 이 사부의 제자이기에 앞서 태양천의 소공녀다. 함부로 몸을 낮춰서는 안 된다고 하지 않았더냐?”

“예, 사부님.”

단목비연은 겨우 몸을 일으키며 한쪽으로 물러서 연신 눈물을 닦았다. 자신의 순간적인 장난기로 인해 월영팔현이 모두 죽고 총호법마저 벌을 받았다는 사실에 그녀는 쏟아지는 눈물을 참을 수가 없었다.

단목휘는 그런 그녀의 어깨를 감싸 위로하고는 한소소에게 청했다.

"소소, 이왕 궁을 나서 중원까지 왔으니 함께 천으로 가십시다. 나눌 얘기가 참 많을 것 같소."

한소소의 입가에 서리처럼 찬 미소가 서린다.

"내가 천으로 가면 운설이 반겨 맞을 것 같나요? 혹시 천후의 자리에서 밀려나지 않을까 전전긍긍할 텐데요?"

단목휘는 힐끔 딸을 보고는 당황한 기색이 되었다.

"소소, 무슨 말씀이오? 연아가 듣고 있는데."

"내가 언제 틀린 말 하던가요?"

한소소는 냉소를 치며 몸을 돌렸다.

"가세요. 당신을 평생 만나지 않기를 바랐는데… 정말 우연치 않게 상면하게 되었군요."

"소소……."

단목휘가 그늘진 표정을 짓자 그녀는 천천히 고개를 돌렸다. 눈부신 백발에 덮인 그녀의 얼굴이 눈꽃처럼 희다.

"운설에게 내 안부나 전해주세요."

단목비연이 부친의 품을 빠져나와 그녀에게 다가섰다.

"사부님, 조만간 다시 찾아뵙겠어요."

"그럴 필요 없다. 만일 사내를 멀리하고 평생 혼자 살겠다는 맹세를 할 자신이 있다면 그때 찾아와라."

한소소는 둘을 등진 채 한 걸음 내디뎠다. 그녀의 늘씬한 교구는 흩어지는 달빛처럼 순식간에 사라졌다.

허공으로 공허한 시선을 던진 단목휘는 길게 한숨을 내쉬었다.

'소소, 대체 우리 사이가 왜 이렇게 되었단 말이오?'

■ 제24장

반검(半劍) 대 신검(神劍)

1

여인의 섬세한 손가락은 명공이 정성 들여 조각한 듯 아름다웠다. 따뜻한 물수건으로 사내의 얼굴을 닦아주는 여인은 아찔한 미소를 지었다.

"닷새 만에 깨어나셨군요."

"……."

"공자를 치료하기 위해 장안의 명의가 다섯이나 왔었어요. 모두들 공자가 살아날 수 없을 거라 하더군요. 다행히도 의독성수(醫毒聖手)께서 우연히 장안을 지나시는 바람에 공자를 살릴 수 있었어요."

신비로운 푸른 눈의 미녀는 가녀린 몸을 일으켜 대야를 치웠다.

사내의 몸 대부분은 부목을 대 흰 천으로 친친 동여매져 있었다. 바로 환유성이었다.

그는 백마성의 마두들과 격돌하던 중 죽음 직전에 강무영의 도움으로 겨우 목숨을 구할 수 있었다. 당시는 혼절한 상태라 소추가 자신을 태우고 십오 장 강폭의 단계를 뛰어넘은 사실을 전혀 알지 못했다.

"여기는… 어디요?"

푸른 눈의 미녀는 탐스런 금발을 귀 뒤로 넘기며 눈웃음을 쳤다.

"원앙각에 있는 소녀의 처소인 벽향원(碧香園)이옵니다. 하룻밤 유하는 데 천하에서 가장 비싼 곳 중 하나죠."

장안제일기녀인 옥잠화다운 자부심이었다. 물론 그녀의 말이 과장된 것은 아니다.

원앙각은 장안제일의 기루답게 천하의 부호들이 아니면 감히 발을 들여놓을 수도 없다. 가장 하급의 기녀를 상대하는 데에도 백 냥의 은자를 아낌없이 내놓아야 한다. 홍화원의 일급기녀와 하룻밤을 보내려면 오백 냥의 은자가 필요하고, 벽향원에 들려면 최하 황금 삼백 냥은 지녀야 한다.

"아직 벽향원에서 하루 이상을 유한 손님이 없었지만 공자를 위해서라면 한 달이라도 벽향원의 문을 닫아놓겠습니다."

"……."

환유성은 자신이 옥잠화에 의해 목숨을 구함받았다는 사실에 몹시 심기가 상했다.

얼마 전 그가 그녀를 구하게 된 건 전혀 의도하지 않았던 일이다. 그녀는 당연히 보답이라 생각할 수 있겠지만 그로서는 정말 원치 않은 신세를 진 것이다.

"내가 어떻게 여기까지 오게 되었소?"

옥잠화는 따뜻하게 데워진 죽을 소반에 받쳐 들고 다가섰다.

"영특한 소추 덕분이죠. 한혈보마는 아주 뛰어난 후각을 지녔는데 용케도 소녀의 체향을 추적해 이곳까지 찾아온 겁니다."

"미련한 놈!"

환유성이 잔뜩 짜증스런 표정을 짓자 침상가에 앉은 옥잠화는 고개를 절레절레 저었다.

"어떻게 그런 말씀을 하실 수 있습니까? 소추는 주인을 구하고자 천릿길을 달려와 탈진하고 말았습니다. 이 넓은 땅에서 소녀를 찾아온 것은 마땅히 주인을 맡길 만한 곳이 없기 때문이지요. 그토록 슬기롭고 충성스런 소추를 어찌 질책하십니까?"

"아무 데나 떨궈놓아도 난 죽지 않소."

"그런 말씀 마세요. 의독성수라면 천하의 명의 중 한 분이신데 그분조차 공자의 상세를 보고는 혀를 내둘렀습니다. 과다한 출혈로 웬만한 사람이었다면 이미 절명했을 거라더군요. 의독성수께서도 공자를 구명하는 데 꼬박 한나절을 소비하셨어요."

환유성은 스르르 눈을 감으며 무심하게 한마디 던졌다.

"치료비와 방 값을 치르려면 여럿 놈 베어야겠군."

옥잠화는 나직이 한숨을 내쉬었다. 그의 성격상 감격스런 고마움을 표하지는 않으리라 생각했지만 이렇게 매정한 인간인 줄은 너무도 예상 밖이었다.

'아, 이런 사람을 구하기 위해 내가 닷새 밤을 꼬박 세웠단 말인가.'

그녀는 참을 수 없는 허탈감에 빠져들었다.

소추가 그를 등에 태우고 벽향원으로 뛰어들었을 때 그는 거의 시체나 다름없었다. 뼈와 살이 짓이겨져 있었고, 전신의 피는 절반이나 빠져 회생이 불가능해 보였다. 그런 그를 부둥켜안고 얼마나 애타게 울었던가.

비록 단 한 번의 짧은 만남이었지만 그녀는 은살귀서의 손에서 자신을 구해준 은혜를 깊이 간직하고 있었다. 물론 그가 의협심의 발로에서 그녀를 구한 것은 아니었지만 어쨌든 그가 있어 위기에서 벗어난 것은 사실이다.

그녀를 더욱 가슴 아프게 한 건 자신을 철저하게 무시하고 떠난 그의 매정함이다. 그녀를 꽃으로 보지 않는 유일한 사람이기에 오히려 그에 대한 인상은 그녀의 가슴에 깊이 새겨졌었다.

그녀가 원했던 건 그저 건성으로도 고맙다는 한마디 사례였다. 그 한마디로 그녀는 모든 피로와 고단함을 말끔히 씻고 행복할 수 있었다. 그러나 그녀는 비로소 깨달았다. 그의 입에서는 끝내 수고했다는 말 한마디도 흘러나오지 않으리라는 것을 확신한 것이다.

소반을 받쳐 든 옥잠화의 손끝이 달달 떨린다.

"그, 그래요. 신세를 갚으려면… 꽤 많은 황금이 필요할 겁니다."

막연한 상상에서 깨어난 그녀는 모질게 한마디 던지고는 몸을 일으켜 소반을 탁자에 탁 내려놓았다.

"여홍을 들일 테니 죽이라도 드시고 원기를 회복하세요."

그녀는 북받치는 가슴을 누르며 서둘러 침실을 나섰다. 그 앞에서 눈물을 보이는 것조차 수치스러웠기 때문이다.

침실 밖 접견실에서 약을 달이던 두 시비가 깜짝 놀라 일어섰다.

"아가씨……?"

"공자의 상세가 다시 안 좋아지셨어요?"

옥잠화는 원탁에 딸린 의자에 앉더니 두 손으로 얼굴을 가리며 소리 없이 흐느꼈다.

여홍이 다가서며 조심스레 물었다.

"아가씨, 최선을 다하셨지 않았습니까? 인명이 재천이라면 어쩔 수 없는 일입니다."

"그래요, 아가씨. 장례라도 후히 치러 드려야지요."

두 시비는 영문도 모르고 그녀를 위로하려 애썼다.

한참을 오열한 옥잠화는 옷소매로 눈물을 씻으며 미움에 찬 감정을 달랬다.

"아, 아니야. 환 공자가 어떤 사람인데 쉽게 돌아가시겠느냐? 여홍이가 나 대신 백삼죽을 드시게 해라."

"예, 아가씨."

여홍이 수건으로 손을 닦고는 침실로 향했다.

옥잠화는 침실로 향하는 그녀를 바라보다 다시 생각을 고쳐 먹었는지 그녀를 불러 세웠다.

"아니다, 여홍아. 아무래도 내가 해야겠어."

여홍은 갈피를 잡지 못하는 상전을 돌아보며 눈을 동그랗게 떴다.

"아가씨……?"

옥잠화는 옷매무새를 고치고는 몸을 일으켰다.

"명색이 천하의 영웅이신데 내가 모셔야지."

그녀는 다시 침실로 향했다. 그녀는 가볍게 숨을 들이키며 마음을 다졌다.

'그래, 내가 이럴 필요 없어. 내가 왜 그 사람 때문에 가슴 아파하는 거지? 그는 본래 무심한 사람이야. 다행히 이렇게 신세를 갚게 되었으니 서로의 빚은 해결된 거야. 몸이 회복되면 그는 떠나갈 것이고 나는 잊으면 돼. 그저… 스쳐 지나가는 인연일 뿐이라 생각하면 되는 거야.'

침실로 들어선 그녀는 본래의 쾌활한 기색을 회복했다.

그녀는 소반을 받쳐 들고 침상가로 다가가 앉았다. 그녀는 은수저로 죽을 떠 그의 입으로 가져갔다.

"고려산 삼왕으로 쑨 죽이에요. 닷새를 못 드셔서 몹시 시장하실 겁니다."

환유성은 먹는 것도 귀찮은 듯 잠시 권태로운 표정을 짓다 억지로 입을 벌렸다. 그녀의 성의에 대한 배려보다는 얼른 기운을 차려 떠나고 싶은 생각에서였다.

옥잠화는 죽을 떠 먹여주며 배시시 미소를 지었다.

"천하의 반검무적께서 그렇게 꼼짝도 못하고 계시니 꼭 아이 같아요."

"아이 키워봤소?"

"어마, 기녀의 몸으로 아이를 낳는다는 것이 말이나 되나요? 하지만 아이는 무척 좋아한답니다."

"소추는 괜찮소?"

"예. 이제 기력을 많이 회복했어요. 깨끗하게 씻겨놓으니 마치 천마 같아요."

"그럴 필요 없소. 여물이나 주면 되오."

옥잠화는 하는 말마다 밉기만 한 그였지만 이상하게 반감은 들지 않았다. 그 앞에서는 굳이 고상함과 품위 어린 예법이 거추장스럽게만 느껴졌다. 그가 거침없이 내뱉듯 자신도 하고 싶은 말을 마음껏 떠들어대고 싶었다.

"소추도 벽향원의 손님이에요. 여기서는 내 방식대로 합니다. 혈통 좋은 암말을 몇 붙여줄까도 생각 중이에요. 소추의 피를 받아 태어난다면 훌륭한 명마가 될 테니까요."

"그럴 종마는 못 되는 놈이오. 짐수레 하나 제대로 못 끌어 맞아 죽을 뻔한 녀석이었으니까."

"말도 자존심이 있답니다. 천하의 한혈보마를 짐수레나 끄는 말로 삼았으니 제대로 끌기나 하겠어요?"

둘이 대화를 주고받은 사이 죽 한 그릇이 깨끗하게 비워졌다.

옥잠화는 깨끗한 천으로 환유성의 입가를 닦아주었다.

"죽은 처음 끓여봤는데… 입에 맞으셨는지 모르겠군요."

"난 맛을 잘 모르오."

"어련하시겠어요? 꽃향기도 못 맡는 분이 맛이나 느끼시려구요."

옥잠화는 한마디 쏘아붙여 주고는 소반을 치웠다.

환유성이 몸을 일으키려 몸을 꿈적이자 그녀는 놀라 그의 어깨를 찍어눌렀다.

"안 돼요. 성수 어른이 적어도 보름 이상은 꼼짝도 하지 말고 누워 있어야 수족을 예전처럼 움직일 수 있다 했어요."

"그런 돌팔이 말을 믿으란 말이오?"

"맙소사. 의독성수라면 천하삼대명의 중 한 분이세요. 그 어른이 아니었으면 공자는 회생키 어려웠을 겁니다. 그런 분을 돌팔이라니요!"

"내 몸은 내가 더 잘 알고 있소."

"고집 부리지 마세요. 벽향원에서는 소녀의 말을 따르셔야 합니다."

옥잠화는 행여 그가 억지로 몸을 일으킬까 우려해 자신의 몸으로 그를 눌렀다. 그 바람에 둘의 몸은 가깝게 밀착되었다. 그녀의 향긋한 체향이 그의 코를 자극한다.

환유성은 물끄러미 그녀를 바라보았다. 그의 품에 안기듯 누르고 있던 그녀가 살며시 고개를 들자 둘의 시선이 정통으로 맞부딪쳤다.

사내의 눈은 끝을 알 수 없는 계곡의 심연처럼 깊고, 여인의 눈은 벽옥을 옮겨다 박아놓은 듯 푸르다. 서로의 눈망울을 통해 자신의 모습을 비쳐 볼 수 있을 만큼 가까운 거리다. 두 남녀의 눈빛이 실타래처럼 엉킨다.

옥잠화는 그의 눈빛에서 어떤 감정도 읽을 수 없었다. 차갑지 않다는 것이 그나마 위안이 될 정도였지만 그녀는 그의 심연 같은 눈빛 아래 초라해지는 자신을 느끼며 눈길을 돌렸다.

"송구하옵니다."

그녀는 약간 상기된 볼을 하며 몸을 일으켰다.

"제발 무리하지 마세요. 원앙각을 떠나신 후라면 어찌 되든 상관없지만 나가실 때만은 건재한 모습으로 보내 드리고 싶어요."

긴 치맛자락이 끌리며 그녀의 모습이 사라진다.

환유성은 꽃무늬가 수놓아진 천장으로 시선을 고정시켰다.

백수마왕의 동귀어진 수법을 무시한 채 목을 벤 것은 그의 고집이었지만 실로 무모한 행위였다. 더군다나 다수의 적을 주변에 둔 상태에서 자신의 안위를 무시한 공격은 만용에 불과했다.

그는 자신을 소추의 등에 매어주고 떠나보낸 강무영을 떠올렸다.

워낙 혼미한 상태라 잘 기억이 나지 않지만 그가 자신을 구하기 위해 무진 애를 쓴 것은 확실하다. 위험을 무릅쓰고 두 마왕을 유인하려는 그의 용기있는 행동이 단편적으로 떠올랐다.

'죽지 않았어야 빚을 갚을 텐데…….'

그는 자신이 살아났다는 사실에 그다지 안도하거나 기뻐하지 않았다. 자신의 존재가 남에게 부담이 되었다는 사실에 오히려 불쾌감마저 들었다.

그는 모친이 죽은 이후 혼자였다.

그가 죽음에 대해 무관심한 것은 그 때문이었다. 자신이 죽어도 슬퍼할 사람이 없기에 타인의 죽음에 대해서도 아무런 감정을 느낄 수 없었다.

하지만 중원에 들어와 그는 숱한 사람을 만나게 되면서 자신 혼자만의 세상이 아님을 느끼게 되었다. 목에 현상금이 걸린 자를 제외한 무수한 사람들은 어떤 형태로든 그와 인연을 맺었다.

그는 예전처럼 혼자로 존재하기가 어려운 상황이 되어버린 것이다.

그것이 애정이든 증오이든!

2

"그가 깨어났다고?"

곱게 늙은 노파가 마시던 찻잔을 내리며 자애로운 미소를 지었다.

"예, 어머님."

"그런 떠돌이 무사와 두 번씩이나 상면을 하게 되다니 아무래도 전생의 인연이 있는 듯싶구나."

"인연이라면 악연인 듯싶습니다."

옥잠화가 표정을 흐리자 노파는 눈을 가늘게 떴다.

"네 표정이 왜 이리 어두우냐? 그가 너를 가슴 아프게 하더냐?"

"아니옵니다, 어머님. 그런 목석 옆에서 꽃이 아름답기를 바라는 소녀가 어리석었습니다."

노파는 손을 뻗어 그녀의 탐스런 금발을 어루만졌다.

"이럴 수가… 천하의 옥잠화가 요동 촌구석에서 흘러 들어온 무사를 사랑하다니……."

옥잠화는 화들짝 놀라 정색을 지었다.

"아, 아닙니다, 어머님. 소녀는 천하인의 사랑을 받을지언정 누구를 사랑할 수 없는 기녀가 아니옵니까?"

"잠화야, 기녀는 사랑을 하면 안 된다는 법이라도 있느냐? 기녀는 타고난 핏줄이 아니니 기적에서 몸을 빼면 그뿐이다."

"아닙니다, 어머님. 소녀는 그저 옥잠화이고 싶습니다."

옥잠화는 노파의 손을 감싸 쥐며 얼굴을 묻었다. 노파는 나직이 혀를 차며 그녀의 등을 어루만져 주었다.

노파는 원앙각의 각주다. 과거 홍예화(紅藝花)란 기명으로 명성을 떨친 기녀 출신이다. 한때 장원 부호의 소실이 되었다가 부호가 죽게 되자 거액을 상속받아 원앙각을 설립하였다.

그녀는 기녀 출신답게 안목이 뛰어나 노예로 팔려 온 옥잠화를 의녀로 삼아 기녀 수업을 받게 하였다. 옥잠화가 장안제일의 기녀로 명성을 떨치게 된 것도 그녀의 엄격한 가르침 덕분이다.

원앙각주는 옥잠화 옆으로 자리를 옮겨 앉으며 차를 따라주었다.

"금번 있었던 섬북의 대격돌로 무림의 평화가 깨졌다고 하더구나. 조만간 천하에 피바람이 불 것 같아. 무림의 절대자이신 태양천주께서 암흑마국의 마물들에게 큰 곤욕을 치렀다 하니 중천의 해도 저물었나 보구나. 다행히 반검무적과 같은 영웅이 탄생한 것도 중원의 복연이지."

"그는 영웅이 아닙니다. 영웅이 되는 것도 원치 않지요."

"영웅이란 제 스스로 원해서 되는 것이 아니다. 세상이 만들어주는 것이지. 이번에 태양천의 소공녀를 구출한 것으로 그는 위대한 영웅이 되었어. 지난번 화옥군주를 구출한 것보다 더한 공명을 세운 거지."

"소녀는 그분이 의협심 때문에 소공녀를 구한 것이 아니라고 확신합니다."

옥잠화가 고개를 설레설레 젓자 원앙각주는 안면 가득 웃음을 띠었다.

"잠화야, 넌 정말 그를 좋아하는구나."

"모르겠습니다, 어머님. 오히려 그를 미워하는 마음이 더 강한 것 같습니다."

"그것이 바로 애증이라는 거다. 너를 꽃으로 보지 않기에 네가 더 가슴을 태우는 것이 아니겠니? 사실 그런 무심한 자들이 우리 같은 기녀들에게는 무서운 독이란다."

"독… 이요?"

"그래. 꺾으려 하는 자들이 오히려 경박해 보이는 거지. 너처럼 많은 사랑을 받아보기만 한 여인일수록 그런 무심한 사람에게 매력을 느끼는 법이야. 만일 그가 의도적으로 그런 행동을 취했다면 그야말로 천하제일의 풍류객이지."

전각을 나오면서 옥잠화는 원앙각주의 말을 되새겨 보았다.

'의도적이었다면 천하제일의 풍류객이라고?'

그녀는 잠시 환유성이 일부러 그런 모습을 보이는 것이라 가정해 보았다. 그렇다면 그녀에게도 기회는 있는 셈이다. 하지만 그녀는 이내 고개를 내저어야 했다.

'절대 그럴 인간은 아니야. 내 목을 걸어도 좋아.'

그녀는 후문을 통해 은밀히 벽향원으로 들어섰다.

외부에 알려지기론 그녀는 중병을 앓고 있는 상황이다. 장원의 명의들이 다섯이나 드나들어야 할 만큼 위중한 병이라 당분간 벽향원이 문을 닫은 것으로 알려져 있었다. 물론 명의들이 진찰한 사람은 그녀가 아니라 환유성이다.

이 사실은 철저히 비밀로 감추어졌다.

기녀의 처소에 외간 사내가 숨겨져 있다는 것은 기녀의 입장에서 보면 치명적이다. 특히 옥잠화 같은 장안제일의 명기라면 더욱 그렇다. 뛰어난 기녀는 모두의 꽃이어야 하지 어느 누구의 꽃이 될 수는 없기 때문이다.

옥잠화는 마구간으로 걸음을 옮겼다.

주인을 구하기 위해 사력을 다한 소추도 어느덧 기력을 회복하고 있었다. 깨끗하게 씻겨진 소추는 천마를 방불케 했다. 은빛의 갈기가 출렁이고 매끄러운 몸에서는 광택이 났다.

"소추."

옥잠화는 환히 웃으며 소추의 목을 얼싸안았다.

이히힝!

소추 역시 몹시 반가워하며 그녀의 어깨에 턱을 문질렀다. 그녀의 체향에서 고향의 향내를 느낄 수 있기 때문일까? 소추는 그녀의 옷에 대고 연신 킁킁거렸다.

옥잠화는 소추의 콧등을 문질러 주며 심술난 아이처럼 중얼거렸다.

"네 주인이 너의 반만큼만이라도 날 반겨줬으면 좋겠어."

3

한 척의 작은 범선이 황하를 따라 흘러가고 있었다.

늙은 사공 부부가 배를 몰고 있는데 짐짝이 없는 것으로 보아 화물선도 아니었고, 갑판에 누구 하나 보이지 않는 것으로 보아 유람선도 아니었다. 두 늙은이가 조종하기에는 다소 큰 배였지만 물살을 따라 내려가기에 그다지 힘들어 보이지는 않았다.

선내의 침상에는 상체를 벗은 청년이 단정히 누워 있었다. 오관이 또렷한 준수한 용모의 청년이었다. 그의 상체 요혈마다 금침이 깊숙이 박혀 있었다.

벽소군은 금침 끄트머리를 손끝으로 퉁기며 하나씩 뽑기 시작했다.

"소천주의 공력이 워낙 심후해 회복이 빠르군요."

그녀가 금침을 모두 뽑아 나무 상자에 챙겨 넣자 강무영은 몸을 일으켜 옷을 걸쳐 입었다. 그는 그녀를 향해 정중히 포권을 취해 보였다.

"벽 소저 덕분에 내상이 거의 치유된 것 같소. 애 많이 쓰셨소."

"아직 완치된 것이 아니니 무리하지 마세요."

"사부님이 걱정돼서 서둘러 천으로 가봐야겠소."

"소천주, 지금 무리를 하면 내상이 도져 반 갑자 이상의 공력을 잃게 됩니다. 애써 쌓아 올린 공력을 상실한다는 건 너무 가슴 아픈 일이에요."

벽소군이 안타까운 표정을 짓자 강무영은 나직이 한숨을 쉬다 고개를 끄덕였다.

"알겠소. 그럼 하루만 더 수고를 끼치겠소."

그녀는 그제야 표정을 풀며 상쾌한 음성으로 말했다.

"잘 생각하셨어요. 태양천주께서는 이미 천에 당도하셨으니 더 이상의 위험은 없을 겁니다. 비연도 무사히 구출됐으니 달리 우려할 일도 없죠."

그녀가 탁자 앞에 앉아 차를 따르자 강무영이 그리로 향했다. 그는 그녀와 마주 앉으며 물었다.

"대체 암흑마국이란 집단이 어떻게 생겨났는지 모르겠소. 전서구에 의한 전문이 사실이라면 천마제국과도 연관있는 것이 분명하오."

"그렇지는 않을 겁니다."

"벽 소저, 저들은 사대마신을 철강시로 부활시키지 않았소?"

벽소군이 슬기로운 눈을 반짝이며 말을 받았다.

"그러기에 드리는 말씀이에요. 과거 십대마신은 천마제국의 수호무장과도 같은 존재였죠. 암흑마국이 천마제국의 후예라면 그들의 사체를 강시로 만들어 써먹는 불경스런 짓은 하지 않았을 테니까요."

강무영은 크게 고개를 끄덕였다.

"그렇군. 저들이 천마제국과 무관하다면 그나마 다행이오."

"하지만 저들의 손에 아직도 삼대마신이 남아 있다는 건 천하무림으로선 치명적이에요. 철강시는 일반 강시와 달리 살아생전의 무공까지 구사할 수 있는 마물이죠. 결국 천하는 철강지체로 화한 삼대마신과 맞서 싸워야 하는데 그 끔찍한 마물들을 상대할 수 있는 절세고수는 천하에 다섯도 안 돼요."

벽소군은 찻잔을 손바닥으로 감싼 채 빙글빙글 돌렸다.

"게다가 암흑마국의 태자란 자는 더욱 무섭습니다. 검을 들고 천주와 칠 초를 겨뤘다면… 소천주보다 앞선 무공이 아닌가 싶어요."

"천하에서 사부님과 삼 초 이상을 겨룰 수 있는 사람이 몇이나 되겠소? 확실히 암흑마국의 위력은 가공하다 할 수밖에."

강무영은 침울한 표정으로 찻잔을 내리다 문득 떠오르는 생각에 그녀를 직시했다.

"참, 환 형은 어찌 됐나 몹시 걱정이 되는구려. 소추가 워낙 영특한 명마이기는 하지만 무사히 탈출했는지 마음이 놓이지가 않소."

"환 공자는 천하의 영웅이 됐으니 만일 불상사가 생겼다면 이미 소문이 파다하게 퍼졌을 거예요. 아직까지 그런 소문이 없는 것으로 보아 무사한 듯싶어요."

"비연이 무사한 건 오로지 환 형의 공이오. 태양천은 너무도 큰 신세를 졌소. 게다가 환 형에 의해 백마성의 마장들과 백수마왕까지 죽었으니 이는 백도무림의 크나큰 광영이기도 하오."

"이렇게 되면 환 공자가 사부님이 예견하신 동방의 별이 확실시되는 건가요?"

벽소군은 스스로 말해 놓고 고개를 저어 부인했다.

"소녀가 판단컨대 그는 의협심 때문에 비연을 구한 것은 아닐 거예요. 악인궁의 악적들이 그를 만난 건 정말 재수가 없는 일이었고, 비연의 입장에서는 참으로 다행한 일이었겠죠. 비연을 만나봐야 자세한 사정을 알겠지만, 그가 비연과 헤어진 것은 귀찮아서였을 겁니다. 만일 그가 비연을 진심으로 구하고자 했다면 끝까지 보호했어야 옳아요."

"소생은 그렇게 생각지 않소. 환 형이 아니었다면 비연이 어떻게 미지까지 피신할 수 있었겠소. 환 형이 위험을 무릅쓰고 백마성의 마두들을 유인했기에 가능했을 것이오."

벽소군은 정감 어린 눈빛으로 그를 응시했다.

"소천주는 반검무적에게 단단히 반하신 것 같군요?"

"그가 의협인지 아닌지는 판단하기 힘들지만 대장부인 것은 확실하오."

그가 힘주어 말하자 벽소군의 볼에 보조개가 깊이 패인다.

"소녀가 생각해도 천하에서 소천주의 친구가 될 수 있는 유일한 사람인 것은 분명해요."

철썩철썩……!

물살을 가르는 뱃전으로 흰 포말이 피어오른다.

강무영은 선두에 선 채 남서쪽을 응시하고 있었다. 벽소군이 간곡히 만류하지 않았으면 그는 태양천을 향해 달려가고 있을 것이다.

그를 바라보며 벽소군은 내심 한숨을 쉬었다.

'세상을 덮을 지혜가 있다 한들 무슨 소용이 있겠어? 그는 태양천을 떠날 수 없는 몸이고 그에게는 비연이 있는걸…….'

그녀는 그와 단둘이 지낸 지난 며칠이 너무도 행복했다.

뛰어난 금침술로 그의 내상을 간단히 치유할 수 있었지만 그녀는 일부러 그의 회복을 늦추었다. 그와 함께할 시간을 조금이라도 더 갖기 위해서였다.

하지만 떠날 사람은 떠나야 하는 법.

가을날의 창공을 차고 솟구치는 물새들을 바라보는 그녀의 시선이 너무도 쓸쓸하기만 했다.

4

날이 저물자 원앙각의 담장 주변으로 화려한 홍등이 줄을 이어 밝아진다. 취객들을 맞을 영업이 시작된 것이다. 비싼 화대에도 불구하고 향기로운 요리와 귀한 술이 무한정 제공되기에 원앙각은 장안제일의 기루답게 늘 북적인다.

취객들은 오늘도 굳게 문을 닫아 건 벽향원을 바라보며 쓴 입맛을 다셔야 했다.

어지간한 취객들은 문턱을 밟아보기도 어렵지만 담장 너머로 들려오는 옥잠화의 신기에 이른 탄금 소리만으로 아쉬움을 달래곤 했다. 한데 탄금 소리와 함께 꾀꼬리처럼 맑고 청아한 그녀의 노랫소리가 끊긴 지 벌써 열흘이 넘었다.

옥잠화가 심한 중병을 앓고 있는 것은 아닌가.

모두들 안타까워했지만 개중에 몇은 벽향원에 어떤 샛서방이 숨겨져 있다며 질시 어린 투정을 부리기도 한다.

높은 담장과 아름드리 나무로 둘러진 벽향원은 깊어가는 가을을 맞아 온통 국화 향으로 가득하다. 만개한 희고 누런 국화가 융단처럼 뜰 전체에 펼쳐져 있다. 정원은 장안제일기녀의 처소답게 다양한 조각상과 분수로 화려하게 조성돼 있었다.

옥잠화는 누각의 난간에 서서 정원을 가득 메운 국화를 감상하며 미묘한 감상에 빠져 있었다.

환유성은 놀랍도록 빠르게 쾌유되고 있었다.

부러진 뼈를 보호하기 위해 덧댄 부목마저 떼어낼 정도였다. 전신의 여러 군데 찢긴 피부도 거의 아물어 약간의 상흔만 남았다. 본래 체력이 뛰어난 것인지 의독성수의 치료와 처방이 훌륭해서인지는 알 수 없지만 오늘 아침 그는 처음으로 혼자 걷기까지 했다.

옥잠화는 그의 빠른 쾌유가 반가웠지만 가슴 한편으로는 안타깝기만 했다.

'이제 떠나면 다시는 만나지 못할 것 같아.'

그녀는 난간을 따라 옥보를 옮겼다. 그녀의 마음 한구석에서는 그의 다리를 부러뜨려서라도 붙잡고 싶은 간절함이 샘물처럼 솟았다. 하지만 그녀는 어린 나이에도 불구하고 세상의 흐름을 잘 알고 있었다.

'영원히 붙잡을 수 없을 바에야 완쾌되시는 대로 보내 드려야 돼. 공연히 아쉬움과 미련 때문에 내 마음만 병들 거야.'

그녀가 누각의 계단을 따라 내려설 때였다. 여홍이 급히 뛰어왔다.

"아가씨, 어서 가보세요!"

"왜 호들갑이냐?"

"공자님께서 떠, 떠날 채비를 하고 계십니다!"

침실은 촛불도 밝히지 않아 어둑어둑하기만 했다.

환유성은 손에 집히는 대로 장삼을 걸쳐 입고는 반검을 어깨에 멨다. 본래 가진 짐이 거의 없어 꾸려야 할 행장은 없다고 해도 과언이 아니었다. 오히려 자신의 실수로 더 가져가는 것이 없는지 확인해야 할 정도였다.

문갑 위에는 자신이 지녔던 약간의 금은이 비단 주머니에 넣어진 채 보관돼 있었다.

그는 비단 주머니를 탁자 위에 올려놓고는 문으로 향했다. 갑자기 문이 열리며 옥잠화가 들어섰다.

"대체 제정신이십니까? 오늘 아침 겨우 걸음을 디뎠는데 떠나시다니요?"

그녀는 세차게 문을 닫으며 빗장을 걸었다.

"공자는 손님이시라고 말씀드리지 않았나요? 떠나실 때가 되면 소녀도 더 이상은 붙잡지 않겠어요."

"내가 이곳에 더 머물러 있어야 할 이유가 없소."

"그렇겠지요. 천한 기루에 계실 분이 아니니까요."

옥잠화가 모진 마음을 먹고 독한 소리를 하자 환유성의 입술 끝이 약간 일그러졌다.

"난 남에게 신세 지는 게 싫소. 그뿐이오."

"소녀는 보답으로 생각하는데 공자께서는 끝내 신세로 생각하시는군요. 좋아요. 그럼 신세라고 해두죠."

그녀는 그에게 한 걸음 다가섰다.

"그 신세를 어떻게 갚을 셈이죠? 도망치듯 이렇게 훌쩍 떠나는 것이 도리인가요?"

"달아나는 게 아니오. 속히 현상범들의 목을 베어 신세를 갚으려는 것이오."

"호호, 그러세요? 얼마나 많은 사람의 목을 베어야 하는지는 아세요?"

"여홍에게 물으니 벽향원에서 하루를 유하는 데 황금 삼백 냥이라 들었소. 열흘을 있었으니 황금 삼천 냥으로 갚겠소. 시일은 좀 걸릴 것 같소."

환유성은 시종 사무적인 말투였다.

옥잠화는 감정의 물기 한 점 묻지 않은 그의 메마른 어조에 질려 버리고 말았다. 자신의 속내를 눈곱만치도 몰라주는 그가 그렇게 야속할 수가 없었다. 벽옥처럼 푸른 눈망울에서 맑은 이슬이 넘실거린다.

"어쩜… 사람이 이리도 잔인할 수 있단 말입니까? 내가 황금이나 벌자고 공자를 벽향원으로 모셨단 말입니까? 사람 사이에서 황금보다 소중한 건 신뢰와 사랑입니다. 소녀는 성의로써 공자를 대했건만 공자는 끝내 소녀를 버러지로 취급하시는군요."

"그런 적 없소."

"하면 소녀가 공자의 황금을 받고 감격할 줄 아십니까? 소녀가 가진 금은만 해도 수만 냥은 족히 넘습니다. 소녀가 원하는 건… 원하는 건… 공자의 따뜻한 말 한마디입니다."

"……."

"흑흑, 정녕 모르신단 말입니까?"

옥잠화가 서럽게 울어대자 환유성의 표정에 잔뜩 권태 어린 짜증이 피어올랐다.

"울지 마시오. 난 여자의 눈물이 정말 싫소."

"그렇다면 울리지 말아야지요. 소녀의 가슴을 마구 헤집어놓고 울지 말라고요?"

"내가 당신을 가슴 아프게 했단 말이오?"

"그래요. 소녀는 간절히 여자이기를 원했건만 공자는 언제 소녀를 여자로 보아준 적이 있나요?"

"난 당신이 여자가 아니라고 말한 적 없소."

"그만 해요!"

옥잠화는 와락 그의 품으로 안겨 들었다. 그녀는 작은 주먹으로 그의 가슴을 마구 때렸다.

"아무 말도 하지 말아요. 공자와 얘기하다 보면 소녀는 미칠 것만 같아요."

"……."

옥잠화는 그의 가슴에 안긴 채로 볼을 기댔다.

"이제야 말씀드리지만 성수 어른은 공자가 열흘이면 자리를 털고 일어설 거라 하더군요. 공자의 몸에 잠재된 신비한 힘 때문이라 했어요. 그 신비한 힘 때문에 공자는 몸이 절단 나지 않는 한 죽지 않는다는 말도 했어요."

환유성은 그 신비한 힘이 무엇인지 알 수 있을 것 같았다. 그것은 만년인형설삼이 건네준 영기(靈氣)다. 그 영기를 흡인한 이후 그는 놀랍도록 공력이 증진되었고 어떤 내외상도 신속하게 회복되었다.

옥잠화는 그를 부둥켜안은 채 떨어질 생각을 하지 않았다.

"의독성수께서는 공자를 치유하는 대신 훗날 사례를 받겠다 했어요."

"얼마라 했소?"

"금은이 아니라 공자의 피 한 사발입니다."

환유성은 그녀의 동그란 어깨를 감싸 쥐고는 가만히 떼어놓았다.

"내 피를 말이오?"

"공자의 피는 보혈이라 했어요. 심한 출혈만 아니었으면 미리 한 사발을 뽑아갔을 거라더군요."

"별 괴팍한 돌팔이가 다 있군."

그가 문을 향해 매정하게 돌아서자 옥잠화는 가슴이 메어지는 기분이었다. 그녀는 입술을 잘근잘근 씹다 결연한 표정으로 외쳤다.

"멈춰요! 신세를 갚기 전에는 보내 드릴 수 없어요!"

환유성은 빗장을 벗기려다 말고 손을 내렸다.

"그건 억지요. 이곳에 있는 한 난 당신한테 진 신세를 갚을 수 없소."

"소녀도 공자를 믿지 못하겠어요. 최소한 일부는 갚고 가셔야 합니다."

"어떻게 말이오?"

환유성이 짜증스런 표정을 지으며 돌아서자 옥잠화는 요대를 풀었다. 질 좋은 비단옷이 그녀의 매끄러운 어깨를 타고 흘러내린다. 그녀의 불룩한 젖가슴이 붉은 젖가리개 아래서 연신 요동 친다.

"……?"

옥잠화의 둔부를 타고 치마까지 흘러내린다.

한 겹 속옷만 걸친 그녀의 몸은 거의 완벽에 가까웠다. 월동창을 통해 스며드는 달빛을 받아 빛나는 흰 피부는 너무도 눈부셨다. 서역의 여인답게 쭉 뻗은 다리가 대리석처럼 아름답다. 중요한 부위만 가린 반라의 몸이었지만 오히려 나신보다 강렬한 유혹의 향기를 풍겨냈다.

옥잠화는 꽃잎 같은 입술을 파르르 떨었다.

"내, 내일 아침 보내 드리겠어요. 오늘 밤은… 소녀와 함께 보내셔야 합니다."

환유성의 눈에 싸늘한 냉기가 흘렀다. 불꽃 같은 관능을 풍겨내는 옥잠화의 아리따운 자태를 눈앞에 두고도 그는 전혀 동요되지 않았다.

"그렇게 사내가 그리웠소?"

그의 한마디 한마디는 그대로 화살이 되어 옥잠화의 전신으로 꽂혔다.

그녀는 엄청난 모멸감과 수치심에 전신을 와들와들 떨었다. 어떻게든 그의 가슴에 자신의 영상을 심고자 모든 자존심을 떨치고 애원을 했건만 돌아온 것은 너무도 무서운 경멸의 칼날이었다. 그녀의 마음은 만신창이가 되어버렸다.

옥잠화는 미칠 것만 같았다. 참을 수 없는 울화와 격분으로 그녀의 얼굴이 발갛게 달아올랐다. 눈물이 비 오듯 쏟아진다.

"그래요! 난 사내가 없으면 하루도 견딜 수 없는 색녀예요. 공자 때문에 열흘을 독수공방하느라 참을 수 없었어요!"

"난 내가 하고 싶은 일만 하오. 누구의 강요도 받지 않소."

"흑흑… 강요하겠어요. 반드시 황금 삼천 냥을 갚아야 하며 이건 선이자에 불과해요. 공자의 성격상 절대 그냥 가지는 못할 겁니다."

"차라리 황금 천 냥을 더해 갚겠소."

"필요없어요! 내일 아침 떠날 때까지 소녀를 안아줘야 합니다. 낙천 유곽에서 하룻밤에 계집을 열셋이나 갈아치운 솜씨를 보고 싶군요."

환유성은 눈물을 펑펑 쏟아내는 그녀를 직시했다. 그의 시선이 모호해졌다가 다시 얼음장처럼 차가워졌다.

"당신… 미쳤소?"

"그래요. 난 미쳤어요. 당신을 만난 게 저주스러워요. 당신을 죽이고 싶을 만큼 증오스럽다구요!"

급기야 옥잠화는 상심을 이기지 못하고 풀썩 주저앉았다. 그녀는 두 손으로 얼굴을 가린 채 서럽게 울어댔다. 황금빛 모발이 물결처럼 넘실거린다.

"……."

환유성은 물끄러미 그녀를 내려다보다 천천히 걸음을 내디뎠다.

그는 그녀의 가녀린 몸을 덥석 안아 들었다. 그녀를 안은 채 침상으로 향한 그는 조용히 입을 열었다.

"다시 생각해 보시오. 난 강요받는 일과 여자의 눈물이 정말 싫소."

"……."

그는 그녀를 침상 위에 가만히 내려놓았다. 그의 손이 그녀의 하얀 목덜미를 타고 가슴으로 옮겨졌다. 젖가리개로 위로 도드라진 유실이 그의 손바닥을 간지럽힌다.

"아……!"

옥잠화는 길게 한숨을 내쉬고는 자신의 가슴 위에 얹어진 그의 손을 감싸 쥐었다. 그녀는 퉁퉁 부은 눈으로 그를 올려다보았다.

"가세요."

"……?"

"아무리 공자를 원망한들 무엇 하겠어요? 이렇게 강제로 연을 맺더라도 공자의 가슴에 소녀가 비집고 들어갈 틈은 없을 것 같군요."

그녀는 처연한 표정이 되어 몸을 일으켰다. 한바탕의 발작과 눈물이 그녀의 가슴에 쌓인 앙금을 어느 정도 풀어준 듯싶었다.

"한 가지만 말씀드리고 싶군요. 서로에게 빚이 있었으니 이것으로 해결되었으면 좋겠어요. 소녀에게 신세를 갚겠다고 황금을 보내온다면 소녀는 그 자리에서 죽겠습니다."

"난 갚아야 홀가분해질 수 있소."

"제발… 한 걸음만 양보해 주세요. 정 마음에 부담되신다면 장안을 지나실 때 한 번 찾아와 주세요. 그때는 정식으로 손님으로 맞이하겠습니다."

"약속할 수 없소."

"알아요. 소녀는 그냥 기다릴 뿐입니다. 사람은 누구나 보금자리를 필요로 합니다. 사해를 떠돌다 잠시 쉬고 싶을 때 마땅히 쉴 곳이 있어야 하니까요. 이곳 벽향원이 공자의 보금자리라 생각하세요."

"……."

옥잠화는 그의 시원스런 대답을 듣기도 지친 듯 그의 목에 팔을 두르며 가만히 포옹했다.

"그조차도 부담이 되신다면 그냥 소추에게 갈 길을 맡기세요. 힘들고 지칠 때 소추가 스스로 찾아오게 말이에요."

"그렇다면 소추가 결정할 문제로군."

"그렇죠. 공자께서 신경 쓰실 일은 아닙니다."

옥잠화는 비로소 포옹을 풀며 부드럽게 미소를 지었다.

"소녀가 잠시 억지를 부렸다면 용서해 주십시오."

"벌써 잊었소."

환유성이 몸을 일으키자 그녀는 얼른 침상에서 내려서며 옷을 걸쳐 입었다. 그녀는 다소 상기된 표정으로 어렵사리 말을 꺼냈다.

"사, 사실 소녀는 색녀가 아닙니다. 홧김에 함부로 내뱉은 말이니 잊어주십시오."

"알고 있소. 나도 색한은 아니오."

환유성은 빗장을 열고는 침실을 나섰다.

옥잠화는 그가 한 번만이라도 돌아봐 주기를 바랐지만 그는 그대로 사라져 버렸다.

그녀는 마치 외딴 섬에 혼자 떨어진 듯 허전하기만 했다. 절로 쏟아지는 눈물을 애써 참았다. 그녀는 화장대 동경 앞에 앉으며 억지로 미소를 지었다.

"다시는 울지 않을게요. 당신이 싫어하신다면 죽어도 울지 않을 겁니다."

5

환유성은 소추를 타고 벽향원의 후미진 비밀문을 통해 밖으로 나섰다.

좁은 산책로를 제외하고는 수목이 우거져 외부인들의 시선을 피하기에는 안성맞춤이었다. 모처럼 외부로 나선 탓인지 소추의 발걸음이 무척이나 가볍다. 바닥에 수북이 덮인 낙엽을 밟으면서도 바스락거리는 소리 하나 내지 않는다.

두 시진이나 지났을까.

환유성이 이른 곳은 넓은 황하가 내려다보이는 언덕이었다. 유유한 달빛 아래 보이는 황하의 물결이 지옥의 강인 양 검푸르다.

"황하를 건너자는 뜻이냐?"

그는 소추의 고삐를 느슨하게 풀어주었기에 방향을 정한 것은 소추였다.

언덕 아래로 황하변을 따라 여러 개의 포구가 형성돼 있었다. 야심한 시간이라 강을 건너는 배가 출항하지 않지만 포구마다 훤히 불을 밝힌 채 손님을 맞이하고 있었다. 새벽 첫 배로 떠날 요량인지 수레 가득 짐을 실은 마차들이 속속 포구로 들어가고 있었다.

환유성이 소추를 몰아 언덕 아래로 향할 때였다.

"멈춰라!"

느닷없는 외침과 함께 섬전 같은 검기가 엄청난 기세로 쏟아져 내렸다. 상당한 내가진기가 실린 검기는 원형을 이룬 채 그의 주변으로 벼락처럼 떨어졌다.

퍼퍼펑—!

요란한 폭음과 함께 자욱한 흙먼지가 피어올랐다. 그를 중심으로 무려 다섯 자 깊이의 구덩이가 흡사 성벽을 에워싼 해자(垓子)처럼 패였다. 만일 그가 섣불리 피하려 했다면 강력한 검기에 어디가 절단 나도 절단 났을 것이다.

그의 눈에 드물게 정광이 피어났다.

'무서운 자다. 이토록 강력한 패검(覇劍)은 처음 대하는군.'

무도를 통해 터득한 심안으로 그는 자신을 향해 날아든 검기의 향방을 정확히 감지하고 있었다.

엄청난 위력을 담고 있지만 살기가 없어 보였기에 피하지 않고 제자리를 지킨 것이다. 아니, 살기를 머금은 검기라 해도 막상 어떻게 대처해야 할지 고민했을 것이다.

그가 옆으로 시선을 돌리자 두 사람이 한 덩이가 되어 날아들었다. 행운유수와 같은 유연한 신법이었다.

겨우 다섯 자 크기의 노인은 한 사람을 옆구리에 끼고 있었다. 그는 환유성 앞에 내려서기 무섭게 청년을 바닥에 팽개쳤다.

"못난 놈, 똑똑히 보아라. 이놈이 분명하냐?"

옷을 털고 일어선 청년은 쥐를 방불케 할 역겨운 용모의 소유자였다. 바로 환유성에 의해 외팔이가 된 은살귀서였다.

그는 환유성을 직시하며 원독에 찬 눈빛을 뿜어냈다.

"틀림없습니다, 사부님. 바로 제자의 팔을 벤 그 흉악한 놈입니다."

은살귀서는 환유성에 의해 팔이 베어진 후 복수의 기회만 노리고 있었다.

그 대상은 환유성과 옥잠화 둘이다. 한데 열흘 전 갑자기 벽향원이 문을 닫자 그는 나름대로 이 이유가 궁금했다. 그는 왕진을 다녀온 의원 하나를 혹독하게 족쳐 내막을 알아냈다.

옥잠화가 당분간 손님을 받지 않는 이유는 그녀가 아파서가 아니라 누군가를 은밀히 보살피고 있기 때문이다. 그가 누구인지는 확실히 모른다. 단지 귀공녀를 구하기 위해 악적들과 싸우다 크게 다친 청년이다.

이것이 그가 알아낸 전부였다. 하지만 그는 인상착의만 듣고도 벽향원에서 치료를 받는 자가 환유성임을 확신할 수 있었다.

은살귀서는 줄곧 벽향원을 감시하고 있다가 환유성이 나서자 사부를 졸라 이곳까지 추격해 온 것이다.

환유성은 왜소한 체구의 노인 쪽으로 시선을 돌렸다.

세모꼴 눈매와 매부리코, 긴 구레나룻의 노인은 한눈에도 범상치 않은 인물임을 짐작케 할 만큼 폭발적인 기도의 소유자였다. 노인은 왜소한 체구에 걸맞지 않게 긴 장검을 허리춤에 찼는데 검집이 바닥에 끌릴 정도였다.

노인은 음산한 눈빛으로 환유성을 쏘아보고는 고개를 절레절레 저었다.

"귀서야, 네놈이 말하기로 거지발싸개 같은 비렁뱅이 차림이라 하지 않았더냐? 한데 이놈의 풍채는 글 선생처럼 수려하구나. 말 또한 세상에 드문 명마로다."

"분명 그놈입니다, 사부님. 옥잠화 그 요사한 년이 깨끗하게 씻긴 후 새 옷을 입혀준 것이 틀림없습니다."

노인은 뒷짐을 진 채 거만하게 다가섰다.

"네놈이 반검무적으로 불리는 요동의 촌놈이냐?"

환유성의 입가에 희미한 미소가 피어올랐다.

"당신이 천사신검이오?"

"뭐… 당신?"

왜소한 체구의 노인은 발로 바닥을 쿵 찍었다.

"이런 쳐 죽일 놈을 봤나!"

실로 엄청난 공력이었다. 지표면이 쩍 갈라지며 환유성을 향해 뻗어왔다. 소추가 놀라 뛰어오르자 환유성은 한 바퀴 몸을 회전시키고는 바닥으로 내려섰다.

왜소한 노인의 전신으로 불꽃 같은 강기가 화르륵 피어오른다.

"이놈, 노부가 누구인지 알면서 감히 거들먹거린단 말이냐!"

환유성은 눈까풀이 반쯤 내려간 권태로운 표정을 지었다.

"천사신검이란 명호가 그렇게 대단하오?"

"뭐, 뭐라?"

왜소한 노인은 너무도 어처구니가 없는 듯 울지도 웃지도 못하는 묘한 표정이 되었다.

천사신검(天邪神劍)!

이 얼마나 생생한 명호인가. 그는 절대패검 사공인, 백마성의 극검마왕 등과 더불어 천하오대신검으로 손꼽히는 절세적 고수다.

그의 천사멸절검법은 과거 사도제일인으로 추앙받았던 사황(邪皇)의 독문절학이다. 더군다나 그는 전설적인 신검인 막사검을 지녔기에 감히 그와 맞설 자가 없었다.

그의 검법은 사도의 무공답게 독랄해 한때는 백도무림의 공적이 되기도 했다. 하지만 그는 태양천이 사중악을 격파할 때 백도무림을 지원했기에 현상자 명단에 오르는 곤경을 피할 수 있었다. 나름대로 현명한 판단을 한 것이다.

게다가 그는 태양천주가 하사한 은사금전을 지니고 있었다. 하기에 그는 웬만한 만행을 저지르고도 천하를 활보하는 데 거리낄 것이 없었다.

천사신검은 세모꼴 눈을 가늘게 뜨며 환유성을 직시했다.

"네놈이 노부의 제자를 다치게 한 죄는 죽어 마땅하다. 하지만 스스로 팔 하나를 벤다면 용서해 주겠다."

옆에 있던 은살귀서가 펄쩍 뛰었다.

"무슨 말씀이십니까, 사부님! 제자를 위해 저놈의 목을 베겠다고 하지 않았습니까?"

천사신검은 냅다 제자의 귀싸대기를 갈겼다.

"닥쳐라, 못난 놈!"

은살귀서는 충격을 이기지 못하고 바닥에 데굴데굴 굴렀다. 입에서 깨진 이빨이 섞인 피가 주르륵 흘러나왔다.

"적수를 골라 싸워야지. 사부의 얼굴에 먹칠이나 하고 나다니는 주제에!"

천사신검은 제자를 심하게 질책하고는 다시 환유성에게로 돌아섰다.

"노부는 태양천주와 제법 교분이 깊다. 네가 비연이를 구했다니 노부의 조카딸을 구해준 것과 진배없는 일이다. 이런 연유로 네 목을 베려다 참는 것이지. 하지만 노부의 제자의 팔을 베었으니 노부의 체면이 영 말이 아니야. 네 스스로 팔 하나를 벤다면 널 용서해 주겠다."

그 나름대로 크게 자비를 베풀고 있다는 태도였다. 은살귀서가 피 섞인 침을 내뱉으며 구시렁거렸다.

"사부님은 너무 옹졸하십니다. 태양천과 연관된 자들한테는 왜 이리 관대하십니까?"

"이놈, 그 주둥이 다물지 못하겠느냐! 이 사부가 태양천과 다퉈 무슨 득이 있겠느냐!"

환유성이 건조한 음성으로 한마디 던졌다.

"최소한 못난 제자한테 옹졸한 소인이라는 소리는 안 듣게 될 거요."

천사신검의 눈에서 번갯불 같은 살기가 뿜어졌다.

"으으, 네놈이 그리도 죽고 싶으냐?"

"죽고 사는 게 뭐 그리 큰 문제요?"

"미친놈, 그렇다면 뭐 하러 살아 있느냐? 진작에 뒈질 것이지."

"스스로 죽어야 할 만큼 절박하지도 않소."

"젠장, 주둥이만 나불대는 놈이군."

천사신검은 허리춤의 장검을 스르릉 뽑아 들었다.

검신은 반투명했고, 검신 중앙에 간장검처럼 한줄기 가는 혈선이 심어져 있었다. 환유성은 삼 장 거리를 둔 상황에서도 검신에서 뿜어지는 예기에 피부가 베어지는 통증을 느껴야 했다.

"과연 막사검이군."

그러했다. 아득한 이천 년 전에 제련된 고검이었지만 여전히 그 빛을 잃지 않은 절세신검 막사검이었다.

"그렇다, 미친놈!"

천사신검이 가볍게 손목을 틀자 세 줄기 검기가 광선처럼 뿜어졌다. 세 줄기 검기는 환유성의 미심, 전중, 단전 삼대요혈을 향해 날아들었다. 실로 쾌속한 출수였다.

환유성은 본능적으로 반검의 손잡이를 쥐었다. 하지만 그의 쾌검은 발출되지 않았다. 그는 심안을 통해 자신에게 날아든 검기가 허초임을 간파한 것이다. 과연 천사신검일 발출한 세 가닥 검기는 급격히 휘어지며 그의 머리카락과 옷깃만 스치며 지나갔다.

천사신검은 그가 자신의 검초에도 전혀 동요하지 않자 잔뜩 인상을 붉혔다.

"고얀 자식, 소문에 의하면 무도를 터득했다던데 사실이로군."

환유성은 양손을 늘어뜨린 채 눈을 반쯤 내리깔았다.

"제자의 복수를 할 요량이면 확실히 해야 할 거요. 당신이 죽을 수도 있으니까."

천사신검은 불끈 화를 내며 재차 막사검을 펼치려다 상대의 차디찬 기도에 움찔 손을 멈추었다. 비록 편협하고 옹졸한 성격의 소유자였지만 그는 절세적 고수였다. 상대의 범상치 않은 기도를 간과해 어처구니없는 죽임을 당할 만큼 우둔한 자가 아니었다.

'이, 이놈은 검 그 자체로군!'

천사신검은 상대를 경시하던 오만을 싹 지운 채 바짝 긴장했다. 막사검을 쥔 그의 손이 희미하게 떨린다. 수십 년간 검술을 연마해 온 그가 오늘처럼 막사검이 무겁게 느껴지기는 처음이었다.

간장 막사검은 영기(靈氣)를 지닌 신검이다. 그런 신검이 만만치 않은 적수를 만나서인지 웅웅 소리를 낸다.

천사신검은 호흡을 정지한 채 머리 속으로 수많은 검초를 그려냈다. 상대는 절세적 쾌검의 소유자다. 과연 어떤 수법으로 그 쾌검을 방어할 것인가. 이후 어떻게 공격해야 할지를 가늠하는 중이었다.

환유성 역시 전신의 피가 싸늘하게 냉각될 만큼 긴장하고 있었다.

그가 만난 최고의 고수는 마검노인이었다. 그의 진실한 신분은 절대패검 사공인. 그가 검을 쳐들었을 때 그는 숨도 쉴 수 없었다. 그의 엄청난 기도 앞에 압도된 것이다.

천사신검은 그런 마검노인과 비견될 수 있는 자였다.

그의 모습은 스러진 채 막사검과 함께 허공에 둥실 떠 있다. 그의 심안으로도 미세한 온기 하나 찾아낼 수 없었다. 완벽한 방어다. 이런 상대라면 그의 절세적 쾌검도 소용없다. 일검에 그를 베지 못한다면 당하는 것은 그가 될 테니까.

반검 대 신검, 쾌검 대 패검의 대치!

비록 서로가 일 촌도 움직이지 않았지만 이미 무형 중에 격돌은 펼쳐졌다. 그것은 검술에 의한 대결이라기보다 기도에 의한 대결이었던 것이다.

■ 제25장

술 한 잔에 피한 사발

1

옆에서 지켜보던 은살귀서는 무형의 격돌 속에서 뿜어지는 예기를 견디지 못하고 주춤주춤 물러섰다. 그는 사부인 천사신검의 무공에 대해 절대적으로 자신했지만 지금은 확신할 수가 없었다.

그의 온몸은 땀으로 축축하게 젖었다.

'내가 미쳤지, 저런 절세고수를 상대로 싸우려 했다니.'

그는 자신의 목이 여태 붙어 있다는 사실이 오히려 믿을 수가 없을 정도였다.

두 사람의 대치는 일각을 넘고 있었다.

사라라……!

미풍에 날아들던 몇 개의 낙엽이 두 사람 근처에 이르자 수백 개의 조각으로 베어지며 흩어진다.

이런 대치 상황에서는 정신력이 강한 자가 이길 수밖에 없다. 두려움을 느껴 스스로 물러설 수도 없는 상황이었다. 극한까지 치솟은 긴장감으로 누군가 먼저 움직이는 순간 검이 발출될 것이기 때문이다.

검법의 조예와 내공으로 가늠한다면 천사신검이 한 수 위다. 하지만 그는 자신의 목숨을 던져 가면서까지 이런 위험한 대결을 벌일 마음이 전혀 없었다. 게다가 그는 죽음을 두려워한다. 그것이 그가 환유성을 압도할 수 없는 결정적 이유였다.

반면 환유성은 일초 승부에만 모든 정신력을 집중시켰다. 삶과 죽음에 무관심한 그로서는 쾌검만이 전부였다.

천사신검의 얼굴 근육이 파르르 떨린다.

'재수 더럽군. 하필 이런 놈을 만나게 되다니.'

그의 등줄기가 축축이 젖어들었다. 그는 물러서고 싶은 마음이 굴뚝같았다. 못난 제자 때문에 이런 절박한 대결에 뛰어든 것이 못내 후회스러웠다. 그의 간절한 바람은 누군가가 나서 이 피 말리는 대치를 해소시켜 주는 것이었다.

환유성은 양손을 늘어뜨린 자세 그대로 요동도 하지 않고 있었다.

반개한 눈이 나른해 보이지만 눈빛만큼은 칼날처럼 예리하다. 그는 상대의 검이 흔들리고 있음을 간파했다. 간장검에 의해 완벽하게 가려져 있던 천사신검의 모습을 언뜻언뜻 볼 수 있었다.

평소 같았다면 그의 쾌검이 벼락처럼 펼쳐졌을 것이다. 하지만 상대의 흔들림은 미약하다. 한 수 위의 무공을 감안한다면 겨우 평수를 이룬 상태다.

쾌검을 전개하려면 절대적 확신이 필요하다. 상대가 동요하기 시작했다면 시간은 그의 편이다. 일각, 아니, 반 각만 더 흐른다면 그는 상대를 압도할 수 있다는 자신이 생겼다.

천사신검은 자신의 불리함을 깨달았다.

기도에서 제압된다면 이 대결에서 승산이 없다 판단한 것이다. 결국 그는 원치 않는 결정을 내려야 했다. 혼신의 힘을 다한 일격으로 속히 결판을 내야 했다.

그는 천사멸절검법 중 가장 독랄하면서 파괴적인 검초를 머리에 떠올렸다.

"차아앗!"

그가 막 검초를 전개할 순간이었다. 느닷없이 둘의 대치 사이로 하나의 검은 탄환이 날아들었다.

퍼엉—!

탄환은 폭발하며 자욱한 검은 연기를 피워냈다. 아주 짙은 운무가 뭉클뭉클 주변을 에워쌌다.

"젠장!"

천사신검은 욕설을 퍼부었지만 막사검은 이미 발출된 상태였다. 동시에 환유성의 쾌검도 찬란한 광휘를 뿜어냈다.

번쩍—

시커먼 운무가 두 절세고수의 검기에 의해 여러 가닥으로 베어졌다. 그러나 운무는 한순간 두 사람 사이를 검은 장막처럼 가렸기에 두 사람의 검초는 찰나지간 목표를 잃으며 흩어지고 말았다.

차아앙!

긴 금속성과 함께 무수한 검화가 피어올랐다. 짙은 운무는 검화에 의해 순식간에 타버렸다.

"으음……!"

답답한 신음과 함께 천사신검이 비틀비틀 세 걸음을 물러섰다. 그의 목을 따라 네 치나 되는 긴 혈흔이 그어졌다. 다행히 상처는 깊지 않은 듯 그의 목이 꺾이지는 않았다.

환유성 역시 무사하지는 못했다.

어떤 수법에 당했는지 머리카락은 온통 풀어헤쳐졌고 옷은 갈기갈기 찢어졌다. 피부 곳곳에 혈흔이 새겨졌지만 피가 배어 나올 정도는 아니었다. 오랜만에 그의 회수되지 못한 반검이 모습을 드러냈다.

반검을 쥔 팔뚝을 타고 피가 흐른다. 상대의 강맹한 검초를 막아내느라 그의 손아귀가 터지고 만 것이다.

서로가 치명적인 부상을 입지 않은 것이 불행 중 다행이었다.

외견상 막상막하의 승부였다. 하지만 천사신검은 새까만 후배와 평수를 이루었다는 사실에 심한 모욕감에 젖었다. 잠시 동요된 것은 사실이지만 명색이 천하오검 중 하나인 그가 아닌가.

은살귀서가 안도를 하며 사부 옆으로 다가섰다.

"사부님, 괜찮으십니까?"

천사신검은 상대를 꺾지 못한 화풀이를 제자에게 했다. 그는 냅다 은살귀서를 후려쳤다.

"우라질 놈의 새끼, 왜 쓸데없는 분쟁을 일으켰단 말이냐!"

환유성은 천천히 반검을 회수했다. 그는 손바닥에 흥건한 피를 보며 가볍게 이를 물었다. 상대의 패도적인 공격에 그는 자칫 검을 놓칠 뻔했다. 만을 검을 놓쳤다면 그것은 평생 씻을 수 없는 치욕이었다.

'역시 중원무림이군. 절세적 고수들이 구름처럼 많다더니…….'

그는 최근 잇달아 강적들과 격돌하면서 자신의 한계를 절감했다. 그의 쾌검이 과거보다 몇 배는 빨라졌지만 그가 만난 상대들은 그의 쾌검 아래 간단히 쓰러지지 않았다. 그의 쾌검이 번번이 빗나갔고, 이제는 자신의 검마저 놓칠 위기까지 겪게 되었다.

'검술을 더 연마하지 않는다면 비참한 꼴을 당하겠군. 내 한계를 스스로 돌파하지 못한다면 요동으로 돌아가는 게 낫다.'

천사신검은 홧김에 은살귀서를 한 번 더 걷어차고는 커다란 나무를 향해 외쳤다.

"썩 나오지 못할까!"

그는 예민한 이목으로 나무 뒤에 숨어 있는 누군가를 찾아낸 것이다.

"히힛… 여전하구나, 천사신검."

머리카락과 수염에서 푸른빛이 감도는 노인이었다.

구 척에 달하는 장신이었지만 어깨가 꾸부정해 아주 큰 키로는 보이지 않았다. 특이한 것은 노인의 옷이었다. 장삼 소매서부터 하단까지 온통 주머니로 가득했다. 주머니마다 작은 병이 들어 있는지 울룩불룩했다.

그는 노인답지 않게 어린아이와 같은 동안(童顔)의 소유자였다.

"내 덕분에 자네 목이 붙어 있는 줄 알라고."

천사신검은 그와 구면인지 냅다 욕설을 퍼부었다.

"이 돌팔아, 너 때문에 저 건방진 녀석을 쓰러뜨릴 수 있는 기회를 놓쳤잖아!"

"공연히 객기 부리지 말게. 내가 흑연무로 시야를 가리지 않았다면 자네 목은 이미 바닥에 떨어졌을 것이네."

"오냐, 네 목부터 벤 후 다시 놈과 대적하겠다!"

천사신검이 길길이 뛰자 노인은 주머니 속에서 작은 약병을 이것저것 꺼내보더니 인상을 찡그렸다.

"이런… 흑연무가 아니라 절명독무를 터뜨렸잖아?"

천사신검의 표정이 싹 변했다. 그는 두려움에 젖어 이빨을 딱딱 마주쳤다. 그의 등등했던 기세가 씻은 듯 사라졌다.

"이, 이보게, 정말 절명독무(絶命毒霧)였단 말인가?"

노인은 작은 환약 하나를 던져 주었다.

"어서 복용하게. 실수로 옛 친구를 죽일 수야 없지."

천사신검은 얼른 환약을 씹어 삼키며 다그치듯 물었다.

"돌팔아, 이제 괜찮은 거냐? 혹시 다른 독탄을 터뜨린 건 아닌지 잘 생각해 봐."

노인은 능글맞게 웃었다.

"히힛, 오래 살고 싶은 욕망은 여전하구먼 그래. 해독약을 복용했으니 안심해도 좋아."

천사신검은 미심쩍은 눈빛으로 그와 환유성을 번갈아 보았다.

"한데 왜 저놈한테는 해독약을 안 주는 거냐?"

"사실 저 녀석한테 약간 볼일이 있거든. 밀린 빚을 받을 게 있어서 말이야."

노인이 둘러대자 천사신검은 세모꼴 눈을 빠르게 굴리다 짐짓 오기를 부렸다.

"자네 빚은 내가 놈의 목을 벤 후 받아가게나."

"이보게, 친구. 저 녀석은 심한 부상에서 아직 회복되지도 않았어. 다친 사람을 상대로 막사검을 휘두른다면 천사신검이라는 자네의 명성에 흠이 가지 않겠나?"

노인이 정곡을 찌르자 천사신검은 떨떠름한 표정이 되었다. 틀린 말은 아니었다. 환유성이 죽을 정도의 심한 부상을 당했다는 건 제자를 통해 이미 알고 있는 사실이다.

노인은 천사신검의 성격을 잘 아는 듯 능숙하게 그를 다루었다.

"이건 공평한 대결이 아닐세. 설사 자네가 반검무적을 격파한다 해도 결코 명예롭지 않아. 아니, 오히려 명성을 탐해 부상당한 사람을 공격했다는 비난을 면치 못할 것이네."

천사신검은 엄한 표정을 짓고 있었지만 내심은 반갑기 그지없었다. 원치 않은 대결이었기에 누가 말려주기를 바랐는데 그야말로 불감청(不敢請)이언정 고소원(固所願)이었다.

천사신검은 막사검을 검집에 척 넣으며 호기를 부렸다.

"생각해 보니 자네 말이 맞는 것 같군. 못난 제자 놈이 하도 졸라대는 바람에 깜빡했네."

그는 환유성을 향해 거만스레 외쳤다.

"요동의 촌놈, 늙은 돌팔이 덕분에 산 줄 알아라! 노부와 대결하고 싶거든 좀 더 검술을 연마하다 몸이 회복된 후 찾아오너라!"

대결의 긴장감이 풀린 환유성은 예전처럼 나른한 권태로움에 젖었다.

"당신 목에 현상금이 걸려 있지 않은 것을 다행으로 생각하시오."

천사신검은 주먹을 불끈 쥐며 눈알을 부라렸다. 끝내 굽히지 않고 독설을 퍼부어대는 그의 혀를 잡아 뽑고 싶은 심정이었다.

"이, 이놈이 끝내!"

노인이 얼른 은살귀서에게 눈짓을 보냈다.

"귀서야, 어서 네 사부를 모시고 떠나지 않고 뭐 하는 거냐?"

은살귀서는 재빨리 상황을 판단하고 천사신검의 소매를 부여잡았다. 그는 쥐눈을 번들거리며 살살거렸다.

"헤헤, 사부님. 성수 어른의 중재도 있고 하니 그만 돌아가시지요. 성수 어른의 말씀대로 공연히 다친 놈 건드렸다 사부님의 높으신 명성에 흠이 갈까 두렵습니다."

"하면 네놈의 복수는 어쩌란 말이냐?"

"청산이 변치 않는 한 땔감 걱정은 없는 법입니다. 언제고 복수할 날이 있겠지요."

격돌의 원인이 된 제자까지 나서 만류하자 천사신검은 물러설 명분을 충분히 세웠다 싶은지 헛기침을 하며 거드름을 피웠다.

"허엄, 네놈 따위를 직접 상대한다는 건 노부의 수치다. 내 제자를 잘 가르쳐 네놈의 팔을 베도록 하겠다."

그는 환유성의 입에서 또 자존심을 긁는 독설이 터져 나올까 싶어 은살귀서의 목덜미를 쥔 채 냅다 몸을 날렸다. 그는 허공을 밟고 걷는 능공허보의 상승경공으로 삽시간에 사라졌다.

노인은 나직이 혀를 찼다.

"쯧쯧, 저런 소인배가 사황의 절기를 얻었으니 머지않아 사황절학은 퇴색되겠군."

그러다 그는 들려오는 말 방울 소리에 흠칫 놀라 고개를 돌렸다. 환유성이 어느샌가 소추의 등에 올라앉아 언덕을 내려가고 있었다.

"이런 고얀 놈 보게!"

노인은 초상비 경공으로 억새풀 위를 미끄러지며 대뜸 환유성을 가로막았다.

"이놈아, 아무리 배운 게 없는 변방의 촌놈이기로서니 두 번씩이나 목숨을 구해준 은혜도 모른단 말이냐!"

"난 당신한테 목숨을 구함받은 적이 없소."

"넌 노부가 누구인지 아느냐?"

"의독성수가 아니오?"

노인은 건성으로 고개를 끄덕거렸다.

"히힛, 그래. 아주 멍청한 놈은 아니구나."

노인은 바로 천하의 명의인 의독성수(醫毒聖手)였다.

그는 목숨만 붙어 있다면 누구라도 살릴 수 있는 뛰어난 의술을 지녔으며, 심기가 틀어지면 수백 명을 몰살시킬 만큼 악랄한 독술까지 지녔다. 아이 같은 얼굴과 달리 성격이 몹시 괴팍하고 짓궂어 천하인들이 경원시하는 인물 중 하나다.

의독성수는 가볍게 소매를 뿌렸다. 하얀 가루가 피어오르며 소추가 앓는 신음성과 함께 풀썩 주저앉았다.

안장에서 내려선 환유성은 드물게 분노의 표정을 지었다.

"무슨 짓이오?"

"히힛, 제 몸은 남의 살처럼 여기는 녀석이 한갓 망아지한테는 끔찍하구나."

"소추에게 독을 펼쳤다면 용서치 않겠소."

"걱정할 것 없다. 최혼향이니 한숨 푹 자고 나면 일어날 것이다. 노부가 네 녀석을 올려다보며 얘기할 수는 없지 않겠냐? 네놈 성격에 순순히 말에서 내리지도 않을 테고 말이야."

의독성수는 완만하게 경사진 풀밭을 가리켰다.

"어서 누워라. 네 녀석을 두 번 살려주었으니 피를 두 사발만 가져가겠다."

그는 어깨에 멘 바랑에서 가는 은 대롱과 은 사발을 꺼내 들었다.

"내가 왜 당신한테 피를 줘야 한단 말이오?"

"히힛, 벌써 잊었단 말이냐? 벽향원에서 죽어가는 널 살린 사람이 노부다. 장안의 돌팔이들로서는 어림도 없는 일이었지. 덕분에 네가 사지 멀쩡하게 다닐 수 있게 된 것 아니냐?"

환유성은 소추 옆에 앉아 말갈기를 쓸어주었다.

"사기 치지 마시오."

"뭐, 뭐야, 사기?"

의독성수의 양 볼이 아이처럼 발갛게 달아올랐다.

"이런 후레자식을 보았나! 감히 노부를 사기꾼으로 몰아?"

"난 누구의 치료를 받지 않고도 스스로 회복할 수 있소. 어긋난 뼈에 부목을 덧대는 정도는 촌골의 의원도 할 수 있는 일이오. 그 정도로 내 목숨을 구해줬다 할 수 있소?"

"끄응……!"

의독성수의 표정이 묘하게 일그러졌다. 그는 환유성 앞에 털썩 주저앉으며 눈을 가늘게 떴다.

"좋아. 그건 그렇다 치고, 만일 노부가 적시에 흑연무를 뿌리지 않았다면 넌 천사신검에 의해 전신이 갈기갈기 찢어졌을 것이다. 그건 부인하지 않겠지?"

"내가 언제 당신한테 도와달라 했소?"

"이놈아, 어쨌거나 네 목숨을 구해준 건 사실이잖아?"

"그건 알 수 없소. 천사신검이 죽었을 수도 있었으니까."

의독성수는 도대체 씨알이 먹혀들지 않자 몹시 난감한 표정이 되었다. 잠시 생각을 굴린 그는 표정을 바꾸었다.

"오냐, 넌 노부에게 신세를 진 적이 없다. 이제 됐냐?"

"조금은 진 것 같소."

"으으, 이 녀석이 노부를 놀리고 있군. 왜 이랬다저랬다 하는 거냐?"

"목숨을 구함받은 적은 없지만 약간의 도움을 받는 것은 사실이니까."

환유성은 약에 취해 늘어지게 잠들어 있는 소추의 몸에 편안히 기대앉았다.

"그래도 내 피는 줄 수 없소."

의독성수는 허리춤에서 호로병을 끄집어내었다.

"넌 노부가 두렵지 않느냐? 노부가 마음만 먹으면 세상에서 가장 극렬한 독으로 널 고통스럽게 죽일 수 있다."

"내 피가 필요하다면서 날 중독시킬 수 있겠소?"

"고얀 놈, 정말 돼먹지 않은 놈이야!"

의독성수는 협박과 회유가 연이어 무산되자 거푸 호로병의 술을 마시며 씨근거렸다. 평소의 그였다면 독술을 펼쳐 상대를 죽였겠지만 지금은 그럴 상황이 아니기에 함부로 독공을 전개할 수도 없었다.

"피야 며칠만 지나면 다시 보충되는데, 그깟 피 한 사발을 아까워하다니."

"왜 내 피가 필요한 거요?"

"귀한 신단을 제련하기 위해서다. 네놈의 몸에는 세상에서 노부가 구하지 못한 성약의 약효가 스며들어 있다. 그래서 네 피가 필요한 거지."

"어떤 성약 말이오?"

환유성이 넌지시 묻자 의독성수는 눈을 부라렸다.

"이놈이 이제는 노부를 시험하기까지 하는 것이냐! 네놈은 만년인형설삼을 복용하지 않았더냐? 금강불괴지신을 이루지 못한 것으로 봐서 일부만 복용했겠지만. 하여간 만년인형설삼의 영기를 흡입해 생사현관이 타통된 이상 몸이 절단 나지 않는 한 절대 죽지 않는다. 덕분에 백 년 공력을 얻었겠지만 제대로 된 내공심법을 배우지 못해 아까운 공력이 대부분 단전에 응집돼 있더구나."

환유성은 그의 박식한 의학 지식 덕분에 아주 유익한 정보를 알게 되었다. 그는 나른한 표정으로 다시 물었다.

"신단을 제련해 어디에 쓰려는 것이오?"

"그것은 밝힐 수 없다."

의독성수는 호로병을 내리고는 그에게 권했다.

"침만 흘리지 말고 마셔라."

그가 선뜻 받아 들지 않자 의독성수는 괴이한 웃음을 흘렸다.

"히힛, 술에다 독을 탔을까 봐 그러냐? 노부는 허공을 격하고도 독술을 전개할 수 있는데 아까운 술에다 왜 독을 타겠냐? 술맛만 버리게."

"그래서가 아니오. 난 지금 빈털터리라 술 한 잔 값도 내줄 수 없소."

"쯧쯧, 이런 벽창호 같은 녀석이 다 있단 말인가! 세상에서 가장 후한 게 술 인심이다. 그깟 술 한 잔이 얼마나 된다고 은자를 받겠냐."

환유성은 그제야 호로병을 받아 들고 한 모금 마셨다.

생각해 보니 술을 마셔본 지가 꽤 되었다. 안새의 야시장에서 마신 게 마지막인 듯싶었다. 식도를 타고 짜르르하게 흐르는 술맛이 제법 괜찮았다.

그는 한 모금을 더 마시고는 호로병을 의독성수에게 던져 주었다.

"뽑아가시오."

"뭐야?"

"내가 마신 술만큼 내 피를 뽑아가란 말이오."

의독성수는 나름대로 열심히 궁리를 하고 있다가 느닷없이 고민이 해결되자 오히려 믿을 수가 않았다.

"저, 정말 네 보혈을 뽑아가도 된단 말이냐?"

"술 한 잔 값은 해야 하지 않겠소?"

환유성이 소매를 걷고 팔뚝을 내밀자 의독성수는 이해되지 않는 듯 고개를 절레절레 저었다.

"정말 희한한 녀석이야. 도무지 속내를 모르겠어. 목숨 대신 보혈 한 사발 달라 할 때는 그렇게 인색하더니 고작 술 한 잔에 선뜻 보혈을 내주다니. 네 목숨 값이 술 한 잔밖에 안 된단 말이냐?"

"뽑아갈 거요 말 거요?"

환유성이 짜증스런 표정을 짓자 의독성수는 얼른 그의 팔뚝을 쥐며 가는 실을 감았다.

"조금 따끔할 게다. 마비산을 가져왔어야 했는데 네가 벽향원을 떠났다는 말을 듣고 서둘러 오는 바람에 말이야."

의독성수는 그의 혈관을 찾아 은 대롱을 꽂았다. 은 대롱을 통해 붉은 피가 은 사발 안으로 똑똑 떨어져 내렸다. 그는 사발에 조금씩 고이는 선혈을 보며 입맛을 다셨다.

"그래, 옥잠화와 재미는 좀 보았느냐?"

"재미?"

"히힛, 내숭 떨 것 없다. 장안제일의 기녀가 널 벽향원에 숨겨 치료할 정도면 각별한 감정이 있어서가 아니냐? 소문에 의하면 넌 하룻밤에 창녀 열셋을 해치웠다던데, 옥잠화라도 네 절륜한 정력에 반했겠지. 하기는 네가 떠난 후 몸져 누웠다더구나."

"쓸데없는 소리 마시오. 옥잠화는 그런 여인이 아니오."

환유성이 불쾌한 표정을 짓자 의독성수는 빙글빙글 웃으며 팔뚝에 감은 실을 풀었다. 그는 조심스럽게 은 대롱을 빼냈다.

"계집이야 다 그런 거 아니냐? 노부도 소싯적에 여럿 계집을 거느린 적이 있었지. 노부의 극락단 한 알이면 하룻밤에도 열 계집을 상대할 수 있으니까."

그는 주머니를 뒤져 약병을 꺼내 들며 짓궂은 표정을 지었다.

"히힛, 기분이니 모두 가져라."

소추가 정신을 차린 듯 눈을 깜빡이자 환유성은 고삐를 쥐고는 벌떡 일어섰다.

"그런 건 개돼지한테나 주시오."

모처럼의 성의가 냉담하게 거부당하자 의독성수는 혀를 차며 다시 약병을 챙겨 넣었다.

"하여간 별종이야. 훗날 어떤 계집이 네 여편네가 될지 모르겠지만 네 더러운 성격 맞추고 살려면 마음 고생깨나 할 게다."

환유성이 별 대답 없이 안장에 오르자 의독성수는 장난기를 지우며 말했다.

"네 피는 세상에 드문 보혈이니 함부로 피를 흘리지 마라. 그만큼 만년인형설삼의 영기가 사라지니까. 그리고 딱 한 놈 조심해야 한다. 네가 만년인형설삼을 복용한 줄 알면 네 피를 모두 뽑아가려는 놈이 있을 거다."

"누구요?"

"네 보혈을 이용해 성약으로 제련할 수 있는 사람은 노부를 포함해 천하에 세 명뿐이다. 한 분은 만사무불통(萬事無不通)이신 쌍뇌천기자 어른이고, 다른 한 놈은 귀심신의(鬼心神醫)란 악당이지. 놈은 약이 된다면 무덤을 파헤쳐 죽은 임산부의 태아까지 끄집어내는 극악한 놈이야."

환유성은 그를 내려다보며 물었다.

"그자의 목에도 현상금이 걸려 있소?"

"유감스럽게도 없다. 놈은 무림사에 별반 관여하지 않는다. 그저 의술에 미친 광인일 뿐이지."

"그렇다면 만날 일 없겠군."

환유성은 소추를 몰아 포구 쪽으로 향했다.

의독성수가 그의 향해 외쳤다.

"고맙다, 인석아! 네 덕분에 십수 년간 노부를 옭아맨 속박에서 벗어나게 되었어!"

환유성을 태운 소추는 가벼운 발걸음을 놀려 이내 달빛 속으로 사라졌다.

의독성수는 은 사발 가득 넘실거리는 붉은 선혈을 보며 흐뭇한 표정을 지었다. 혀끝으로 선혈을 음미한 그는 감탄에 젖었다.

"좋아! 정말 좋은 피군!"

■ 第26장

천하에 피어오르는 전운

1

태양천에 비상 경계령이 내리기는 십 년 만에 처음이었다.

태양천의 오천 무사들은 삼 교대로 밤낮 할 것 없이 천의 주변을 순시하며 철통같은 경계를 펼쳤다. 무상인 사자천왕 연풍헌의 추상같은 엄명이라 누구 하나 불만을 토로할 수 없었다.

암흑마국이란 절대강적의 출현으로 인해 천하가 발칵 뒤집힌 것은 당연한 일이다. 천리전서구들이 무수한 전문을 싣고 중원의 하늘을 연신 오간다.

무림의 절대자인 태양천주가 부상을 당했다!

그것이 중상이든 경상이든 무림의 하늘에 흠집이 난 것은 사실이다. 더군다나 암흑마국의 주도로 태양천주를 함정으로 몰아넣어 죽이려 했다는 사건의 전모는 무림의 크고 작은 문파에 상반된 긴장감을 불러일으켰다.

백도문파들은 무림의 오랜 평화가 깨지는 것을 우려했고, 흑도문파들은 마침내 숨 막히는 어둠 속에서 벗어날 수 있다는 희망을 가졌다. 흑백이 뚜렷하지 않은 문파들은 사태를 관망하며 어떻게 처신해야 할지를 고민해야 했다.

아직 암흑마국의 존재에 대해 상세히 아는 사람은 아무도 없다.

그 세력이 세상 어느 곳에 있는지, 그들의 수효가 얼마나 되는지, 그 내력이 무엇인지, 그리고 그들의 국왕이 누구인지…….

알려진 것은 암흑마국의 태자라는 파천공자 을주환과 천마제국의 무시무시한 마신들을 부활시킨 철강시 네 구가 전부일 뿐이다. 그러나 그것만으로도 무림천하를 흔들기에 충분했다.

천마제국은 백 년이 지난 당세까지도 천하무림을 공포에 떨게 할 만큼 피와 죽음의 대명사였다.

그러한 천마제국의 마신들이 되살아났으니 두렵지 않을 자가 누가 있겠는가. 비록 태양천주에 의해 한 구가 박살 났다지만 아직도 세 구가 남아 있다. 또한 얼마나 더 많은 철강시들이 존재할지 모르는 일이었다.

암흑마국(暗黑魔國)!

태양을 갉아먹는 일식처럼 마국의 장막은 서서히 천하를 뒤덮기 시작했다.

2

"정말 아무 이상 없는 거죠?"

태양천의 안주인인 위지운설은 수심을 지우지 못하고 재차 물었다.

남궁현은 은으로 만든 침을 향나무 상자에 가지런히 담으며 온화한 미소를 지었다.

"염려 마시오, 천후. 소공녀의 몸에는 어떤 이상 증후도 없소. 노신이 열흘 동안 관찰했지만 독기나 마기에 침해된 흔적도 없었소."

위지운설은 그래도 미덥지 않은 듯 미간에 드리워진 그늘을 지우지 못했다.

"문상, 악도들이 체내에 깊이 잠재되는 고독(蠱毒)을 심어놓았을 수도 있지 않습니까? 한 번 더 살펴봐 주세요."

단목비연이 저고리를 입으며 침상에 걸터앉았다.

"그만 해, 엄마. 문상 할아버지 말씀대로 난 아무 이상 없어. 누차 말했지만 악인궁 놈들한테 잡힌 적도 없다구. 그저 싸우다가 반검무적의 도움으로 피신한 거야. 엄마가 자꾸 그러면 문상 할아버지만 난처해지잖아? 엄마가 멀쩡한 날 중환자 취급하는 바람에 오히려 내가 병이 나겠어."

남궁현이 나직한 웃음을 흘리고는 몸을 일으켰다.

"고독이나 잠독의 증상도 전혀 없소. 이 늙은이의 목숨을 걸고 장담할 수 있으니 천후께서는 믿어주시오. 소공녀의 내외상은 말끔히 치유

됐으니 가벼운 산책이라도 시키는 것이 오히려 건강에 도움될 것이오."

위지운설은 그제야 노파심을 떨치고는 남궁현을 향해 공손히 포권지례를 올렸다.

"세상이 시끄러워 문상께서 하실 일도 많은데 너무 많은 시간을 뺏은 것 같군요. 천주의 유일한 혈육이기에 소첩이 결례를 하게 되었어요. 부디 헤아려 주세요."

남궁현은 송구스런 표정을 지으며 마주 포권의 예를 취했다.

"이르다 뿐이겠소, 천후? 소공녀의 안위는 태양천과 직결되니 천후의 우려가 지나친 것은 아니오. 다행히 천주와 소공녀가 무사하시니 마음 편히 가지시오."

그가 단목비연의 처소인 연화각을 나서자 두 모녀는 문까지 따라 나가 배웅했다.

위지운설이 넌지시 부탁했다.

"문상, 천주께서 출관하시더라도 연아 때문에 문상을 열흘 내내 청한 일은 말씀드리지 말아주세요. 천주께서 소첩의 진중하지 못함을 질책하실까 걱정됩니다."

"허허. 알겠소, 천후."

남궁현은 이내 우거진 소나무 사이로 사라졌다.

단목비연은 모처럼 외부로 나서서인지 심호흡을 하며 온몸을 흔들었다.

"아유, 그동안 엄마 때문에 꼼짝도 못해 좀이 쑤셔 미치겠어."

"연아야, 너 엄마와 긴히 얘기 좀 해야겠다."

위지운설이 그녀의 소매를 잡아끌자 그녀는 잔뜩 짜증스런 표정을 지었다.

"왜, 또?"

아늑한 접견실로 딸을 이끈 위지운설은 정색을 하며 물었다.

"너, 솔직히 얘기해야 한다."

"뭘 말하라는 건데?"

"환유성이란 자가 널 구한 후 하룻밤을 함께 보냈다면서? 아무 일 없었던 거니?"

"무슨 일?"

"소문에 의하면 그는 유곽에서 하룻밤에도 여자를 열셋이나 바꾸는 색골이라 들었다. 그런 사람과 산동에서 하루를 보냈는데 어찌 걱정이 되지 않겠느냐?"

단목비연은 피식 실소를 지었다.

"만일 그와 어떤 일이 있었으면 어쩔 건데?"

위지운설은 아주 엄한 표정을 지었다.

"너, 지금 엄마의 심정이 어떤 줄 알아? 한 치의 숨김도 없이 사실대로 말해 봐, 어서!"

단목비연이 짜증 섞인 말투로 말을 받았다.

"엄마, 반검무적이 대체 어떤 사람인 줄 알아? 강호인들은 그를 흉악한 현상범 추적자로 알고 있지만 그는 전혀 흉악하지 않아. 그렇다고 자상하면서도 의협심 넘치는 열혈남아도 아니야. 그 사람이 내가 태양천의 소공녀라서 구해준 줄 알아? 천만의 말씀이야."

"……."

“그는 날 구해준 것이 아니라 사대악의 목에 걸린 황금 때문에 싸움에 나선 거야. 혼자서 오대악인과 싸웠으니 얼마나 고지식한 사람이겠어? 그 사람은 죽음에 대해서도 두려움이 전혀 없어. 내가 사정하지 않았으면 오대악인과 싸우다 죽었을지도 몰라.”

위지운설은 직시하는 눈빛으로 딸을 응시하다 찻잔에 차를 따랐다.

“그래, 계속해 봐라.”

“그 사람과 나는 산동에서 잠깐 함께 잤어. 혼내지 마. 난 졸린 건 못 참잖아? 일어났더니 그 사람은 그냥 떠나려 했어. 애초부터 날 구해줄 생각도 없었던 거였지. 내 신분을 알고서도 마찬가지였어. 난 말이야, 태양천의 소공녀라는 신분이 그렇게 별 볼일 없는 것인 줄 처음 알았어.”

“그뿐이냐?”

“그래, 내가 계속 같이 지내면서 보호해 달라고 하자 귀찮다면서 날 밀치고 저 혼자 가버렸어. 정말이지 감정이라고는 눈곱만치도 없는 무정한 인간이었다구.”

위지운설은 차를 한 모금 들이키고는 잠시 생각을 굴리다 물었다.

“네게 다른 어떤 것도 요구한 것은 없었니?”

단목비연은 어깨를 으쓱해 보였다.

“전혀.”

위지운설은 비로소 안도의 숨을 내쉬고는 딸을 안아 등을 다독여 주었다.

“다행이구나, 정말 다행이야.”

“그래, 다행이긴 한데…….”

단목비연은 포옹을 풀고는 장난기 어린 표정으로 눈을 찡긋해 보였다.

"내가 여자로서 너무 매력이 없는 거 아닐까?"

3

태양천의 문무상과 십대전주와 사대각주, 강무영과 벽소군은 잠양동(潛陽洞) 돌 계단 아래에 서서 누군가를 기다리고 있었다.

그들이 출관을 기다리는 대상은 물론 태양천주 단목휘다.

단목휘는 무사히 단목비연을 태양천으로 데려온 후 곧바로 잠양동에 들었다. 그곳은 태양천주만의 연공실이다. 그가 잠양동에 입동한 일은 사중악을 모두 격파한 이후 처음이었다. 태평성대를 누리는 당세까지 그가 나서 해결해야 할 일이 없었기 때문이다.

그가 이번 섬북의 대결에서 다소 내상을 입은 사건은 무림계에 있어 엄청난 충격이었다.

그는 오랜 세월 불가침의 존재로까지 추앙되어 온 무신(武神)이었다. 그런 그가 상처를 입는다는 건 누구도 상상 못할 일이었다. 그의 부상은 그 자신만의 상처가 아니라 태양천 전체의 상처이기도 했기 때문이다.

그그긍!

무거운 굉음과 함께 잠양동의 육중한 돌문이 갈라졌다.

단정한 백삼 차림의 단목휘가 잠양동에서 걸어나오자 모두가 일제히 포권의 예를 올렸다.

"천주를 뵈오이다!"

단목휘는 담담히 미소를 지으며 손을 모았다.

"본인의 미흡함으로 많은 분께 심려를 끼쳐 송구하오."

연풍헌이 우렁찬 음성으로 응대했다.

"아니오, 천주. 천하에 누가 있어 백 년 전의 대마신을 격파할 수 있었겠소? 더군다나 단신의 몸으로 네 명의 대마신들을 물리쳤으니 이는 능히 삼천공(三天公)을 뛰어넘을 업적이외다."

"무상, 굳이 본인을 위로할 필요 없소. 물론 본인은 최선을 다했기에 부끄럽지는 않소. 아쉬운 것은 그 흉측한 마물들을 모두 파괴하지 못한 일이오."

단목휘는 돌 계단을 내려서며 모두에게 권했다.

"자, 의사청으로 가십시다."

그가 앞서 걷자 문무상이 우측에서 따르고, 강무영과 벽소군이 좌측에서 따랐다. 십대전주와 사대각주가 서열대로 뒤를 이었다.

남궁현이 공손히 입을 열었다.

"소공녀는 완쾌되었소이다, 천주."

"문상께서 애써주셨군요. 고맙소."

"천주의 용태를 보니 내상을 깨끗이 씻은 것 같아 다행이외다."

"큰 부상은 아니었소. 잠양동에서 이틀 운공조식을 하자 충분히 회복되었소. 하지만 이번 대결에서 크게 느낀 바가 있어 잠시 연공을 하느라 지체한 것이오."

"아, 그러셨구려."

남궁현이 다행스럽다는 표정을 짓자 연풍헌이 수염을 쓸며 호탕한 웃음을 터뜨렸다.

"허헛! 과연 천주시오. 새로이 신공을 터득하셨다니 천하를 위해서도 크나큰 홍복이외다."

단목휘가 강무영에게로 시선을 돌리자 강무영은 몹시 송구스런 표정을 지었다.

"사부님, 제자가 불민하여 사부님께 심려를 끼쳐 황송한 마음 금할 수 없습니다."

"아니다. 천으로 귀환하는 도중 비합전문을 통해 네 보고를 받았지 않았더냐. 연아를 구하다 부상을 당한 반검무적을 구출하였다니 정말 큰 공을 세웠다. 만일 그가 백마성의 마두들 손에 죽었다면 이 사부는 통한을 금치 못했을 것이야. 내 딸로 인해 그런 영웅이 죽었다면 어찌 천하인들 앞에 얼굴을 들 수 있었겠느냐."

"소생 역시 벽 소저 덕분에 목숨을 구할 수 있었습니다."

강무영이 옆의 벽소군에게 공을 돌리자 그녀는 얼른 화제를 바꾸었다.

"천주, 파천공자가 이끈 암흑사마신이 과거 천마제국의 사대마신이 분명하옵니까?"

"철강시는 살아생전의 무공을 펼칠 수 있는 마물이지. 저들의 병기와 마공 수법을 감안한다면 확실하다. 만일 암흑마국에서 십대마신을 모두 철강시로 부활시켰다면··· 천하는 또 한 번 대혈겁을 맞게 될 것이야."

단목휘의 표정이 흐려지자 벽소군이 시원스런 음성으로 말을 받았다.

"소녀가 알기로 천마대제와 다른 육대마신은 삼천공과 더불어 분사한 것이 분명합니다. 저들이 어떻게 사대마신을 찾아내 철강시로 부활시켰는지 모르지만, 사대마신 이외에는 없을 것입니다. 만일 또 다른 철강시들이 있었다면 완벽을 기해서라도 모두 동원했겠지요."

"음, 그렇군. 역시 소군다운 판단이야."

단목휘는 힘있게 고개를 끄덕이고는 의사청의 대리석 계단으로 올랐다.

"소군도 같이 회의에 참석해 다오. 지금은 한 사람의 지혜도 더 필요한 시국이니까."

4

두 시진에 걸친 회의를 마친 강무영과 벽소군은 연화각으로 들어섰다.

연화각 주변은 천후가 파견한 태양천의 정예 삼십육비가 겹겹이 에워싸고 있었다. 그녀들은 본래 천후의 호위들이었지만 단목비연을 보호하기 위해 일시적으로 투입된 것이다.

"차앗!"

단목비연은 목검을 들고 혼자서 넓은 정원을 뛰어다니며 월영검법을 수련하고 있었다.

월영검법은 날렵한 신법과 함께 펼쳐 내는 독특한 검술이다. 신법이 빨라질수록 검술 또한 빨라져 상대를 압박한다. 이 검법은 월영서시가 창안했는데, 삼천공 중 월영검후(月影劍后)의 검법과 소수무황(素手武皇)의 보법을 배합했기에 태양천주의 의천검법과 더불어 천하양대절학으로 손꼽힌다.

단목비연은 허공을 빙글빙글 회전하며 검초를 펼치다 느닷없이 강무영을 향해 날아들었다.

"월낙대지!"

비록 목검에 의한 수법이었지만 검초는 지극히 쾌속하고 화려했다. 쏟아져 내리는 달빛이 대지를 뒤덮는 광경이었다. 목검에 진기가 실리지 않았음에도 상대를 압도하기에 충분했다.

"좋은 수법!"

강무영은 빙긋 미소 지으며 손끝을 세워 의천검법으로 맞섰다. 그의 손은 수검(手劍)이 되어 쏟아져 내리는 목검의 변화를 모두 막아냈다.

파파팟—!

일초의 격돌이었지만 사위로 뿜어지는 예기에 주변의 꽃송이들이 낙엽처럼 훨훨 날았다.

검을 거둔 단목비연은 잔뜩 울상을 지었다.

"뭐야, 너무 쉽게 막아내잖아?"

"하하, 월영검법을 수련해서인지 사매의 검술이 월등하게 늘었구나."

"치이, 놀리지 말아요."

단목비연은 귀엽게 눈을 흘기고는 강무영의 품으로 와락 달려들었다.

"사형은 나빠요. 내가 그런 위험에 처했는데 대체 어디 있었던 거예요?"

"그래, 정말 미안하구나. 너무 부끄러워 고개를 들 수가 없어."

강무영은 옆에 있는 벽소군을 의식하고는 슬며시 그녀를 떼어놓았다.

단목비연은 벽소군의 손을 쥐며 반갑게 흔들었다.

"소군 언니도 함께 왔네? 정말 반가워. 우리 얼마 만이지?"

"꽤 됐지? 이제 어엿한 요조숙녀가 되었구나."

"자, 어서 누각으로 가요. 할 얘기가 너무 많아."

세 남녀는 작은 가산과 인공 연못으로 조성된 정자에 올랐다.

노송 위로는 백로가 활개를 치고 연못 주변에 가득한 꽃밭에서는 벌, 나비가 어우러져 춤을 춘다. 연못 수면 위로는 어미를 따라 헤엄치는 물오리 떼가 더없이 한가해 보인다.

섬북에서의 긴박했던 상황을 서로 주고받은 세 남녀는 연신 감탄과 놀람 어린 탄성을 터뜨리며 당시를 회상했다. 각기 떨어져 있었지만 그들은 섬북에서 전개되었던 대격돌의 현장에 있었던 것이다.

벽소군은 국화 향 가득한 차를 한 모금 음미하며 입술을 떼었다.

"소문에 들으니 반검무적은 소천주 덕분에 무사히 탈출해 벽향원에서 상처를 치유했다 하더군. 워낙 심한 중상이었지만 의독성수의 뛰어난 의술 덕분에 열흘 만에 거뜬히 회복되었대."

"벽향원?"

"왜 있잖아? 장안제일의 기녀가 있다는 기루 원앙각 말이야. 벽향원은 옥잠화의 처소이지."

단목비연의 표정이 샐쭉해졌다.

"치이, 색골은 어쩔 수 없다니까. 언제 장안제일의 기녀는 후렸던 거야?"

강무영이 나직이 헛기침을 하며 꾸중했다.

"후리다니? 그게 무슨 소리야, 사매. 소공녀답게 고운 언사를 쓰지 못하고."

"알았어요, 사형. 하여간 재주도 좋아. 언제 그 도도한 옥잠화를 꼬셨을까?"

벽소군이 실소를 지었다.

"호호, 서릿발 같은 월영궁에서 삼 년을 보냈지만 비연의 성격은 여전하군. 월영서시한테 꽤나 혼났겠어."

"천성인 걸 어쩌겠어. 한데 그 매정한 인간은 벽향원에서 나왔대?"

"물론 나왔지. 겨우 회복이 되었을 텐데 또 엄청난 사건을 터뜨렸어."

"엄청난 사건?"

"천사신검과 맞대결을 벌인 거야."

단목비연은 눈을 동그랗게 떴다.

"맙소사! 천하오대신검 중 하나인 막사검을 지녔다는 천사신검과 말이야?"

환유성과 천사신검의 격돌은 의사청에서 태양천주에게 보고된 내용 중 하나다. 환유성의 행적은 중원무림에서 가장 흥미로운 일이라 사소한 일까지 태양천에 속속 전해진다.

벽소군은 향긋한 청포도를 한 알 따먹으며 얘기를 계속했다.

"다행히 결정적인 순간에 의독성수가 나서 중재하는 바람에 대결은 무산되었대. 천사신검이 비록 소인배이지만 천하에서 손꼽히는 절세 고수임은 분명하지. 그런 고수와 평수를 이뤘다니 반검무적의 검술은 그 한계를 모르겠어."

"한데 왜 천사신검과 같은 거물이 그를 찾아온 거지?"

"옥잠화와 연관이 있는 것 같아. 은살귀서가 옥잠화를 겁탈하려다 그에게 팔이 잘렸다는 거야. 사부로서 제자의 복수에 나선 것은 당연한 일 아니겠어?"

단목비연은 냉소를 치며 포도 씨까지 아작아작 씹어 먹었다.

"흥, 겉으로만 냉혈한이야. 기녀와 창녀들과는 아주 잘 어울리나 봐. 언니도 만나봤다니까 잘 알 거야. 도대체 그 꿍심이 뭘까? 왜 그렇게 무정한 체하는 거야? 또 뭐가 잘났다고 그렇게 오만할까?"

강무영이 대신 대답했다.

"사매는 목숨을 구해준 은공에 대해 고맙게 생각하지 않고 왜 그렇게 비하하는 거냐? 환 형은 진정한 대장부다. 그는 풍진기인과도 같은 존재야. 만일 그가 중원 출신이고 훌륭한 사문을 가졌다면 천하의 대영웅으로 추앙받았을 것이다. 솔직히 난 그가 존경스러워."

"사형, 말도 안 되는 소리 말아요. 사형은 천하제일공자고 그자는 천하최악의 검사라구요."

벽소군이 은방울이 굴러가듯 맑은 웃음을 터뜨렸다.

"호호호, 비연 동생의 표현은 정말 재미있어. 천하최악의 검사라.

뭐, 틀린 말은 아니지."

강무영이 몸을 일으켰다.

"허어, 내가 끼어들 자리가 아닌 것 같군. 내 마음속의 친구가 도마 위에 오르는 것 같아 차마 들을 수가 없어."

"그래요. 난 언니와 둘이서만 얘기하는 게 더 좋아."

"그럴 시간이 없어. 사부님의 명으로 벽 소저와 함께 천기자 어른을 뵈러 가야 해."

단목비연이 얼른 몸을 일으켰다.

"나도 같이 가겠어요. 나도 천기자 할아버지를 뵙고 싶어."

그러자 난데없이 질책 어린 음성이 터져 나왔다.

"가긴 어딜 간다는 게냐!"

어느새인가 정자 계단 아래로 위지운설이 다가와 있었다.

강무영과 벽소군은 급히 계단을 내려서며 예를 올렸다.

"천후를 뵈옵니다."

"미처 와 계신 줄 몰랐습니다, 천후."

위지운설은 벽소군의 손을 쥐며 다정한 미소를 지었다.

"나도 얘기는 들었네. 소군 덕분에 무영이 백마성의 마왕들로부터 위기를 모면했다더군. 정말 고마워."

"과찬의 말씀입니다, 천후."

"천기자 어른을 뵙게 되면 이 증손녀가 안부 전한다고 말씀 여쭈게."

"알겠습니다, 천후."

위지운설은 단목비연의 소매를 쥐며 엄하게 일렀다.

"연아는 당분간 천에서 한 발자국도 떠날 수 없다."

"사형과 언니가 함께 있는데 무슨 걱정이야?"

"정 가고 싶다면 네 아버님의 승낙을 받아야 할 것이다. 물론 절대 허락하지 않으시겠지만."

단목비연이 잔뜩 울상을 짓자 벽소군이 그녀를 가볍게 포옹하며 위로했다.

"비연, 지금은 상황이 좋지 않아. 하지만 다음번에는 함께 갈 수 있을 거야. 내가 약속할게."

"정말이지?"

"물론이야, 비연."

위지운설이 떠나기를 재촉하자 강무영과 벽소군은 서둘러 연화각을 나섰다.

대문까지만 따라나선 단목비연은 못내 아쉬운 표정을 지었다.

"천기자 할아버지는 나도 꼭 뵙고 싶었는데……."

"명년에 네가 무영과 혼례를 올리게 되면 이 엄마가 나서서라도 그분을 모셔올 거다."

위지운설이 그녀의 어깨를 감싸며 위로하자 그녀는 멀어지는 두 남녀를 응시하며 뜬금없이 중얼거렸다.

"엄마, 나보다는 소군 언니가 사형과 더 잘 어울리는 것 같아. 그렇지 않아?"

■ 제27장

마국(魔國)의 쾌검수들

1

수중에 은자 한 푼 없다는 것은 역시 불편한 일이었다.

잠이야 토굴을 찾아 자면 되고 먹는 거야 산열매나 토끼로 때울 수 있지만, 강을 건널 뱃삯이 문제였다. 은자 세 푼도 안 되는 돈이지만 빈털터리로 원앙각을 나선 환유성으로서는 난감한 일이었다.

넉살이나 좋으면 뱃사공을 찾아 사정을 얘기하고 공짜로 탈 수도 있는 일이지만 그에게 그런 융통성은 없었다. 남의 아쉬움을 무시하며 살아온 그이기에 남에게 아쉬운 소리를 할 줄도 모른다.

가장 확실한 건 목에 몇 푼이 걸렸든 현상범을 하나 찾아 목을 베는 것이다.

물론 전장(錢場)을 찾아가 그의 신분을 밝히면 그의 명성만으로도 수백 냥은 쉽게 대부를 받을 수 있지만, 그 또한 그로서는 전혀 상상도 못할 일이다.

결국 그는 궁여지책으로 사냥을 해서 약간의 은자를 수중에 쥘 수 있었다.

사냥으로 은자를 벌어보기는 그가 장백산에서 지내던 어린 시절 이후 처음이었다. 물론 당시 그가 잡은 사냥물은 매사냥을 통한 토끼나 꿩, 올무를 이용한 노루 정도였다.

환유성은 동면을 준비하기 위해 마음껏 먹어대 살이 투실투실하게 오른 곰 한 마리와 사나운 멧돼지 두 마리를 잡아 은자 열 냥에 넘겼다. 흥정만 잘하면 은자 오십 냥은 족히 받을 사냥물을 고작 열 냥에 넘겼으니 그의 수완을 대단하다 칭찬해야 할까.

그는 천사신검과 대결하다 갈기갈기 찢어진 옷을 벗어 던지고 헌 옷을 한 벌 사 입었다. 옷이 때에 찌들고 냄새가 나도 갈아입지 않는 그였지만 갈가리 찢겨진 바에야 어쩔 수 없는 일이었다.

때마침 강풍이 불어 그는 포구에서 사흘을 머물러야 했다.

평소 같으면 발길을 돌렸겠지만 그는 황하를 건너고 싶었다. 그렇지 않으면 그도 모르는 새에 소추가 옥잠화를 찾아갈 것 같았기 때문이다. 수중에 황금 삼백 냥이 있다면 손님으로 당당히 벽향원에 들 수 있겠지만 빈털터리로 찾아가 또다시 신세를 질 수는 없는 일이었다.

겨우 바람이 잦아들고 화물선과 나룻배가 연이어 손님을 부르자 상인들부터 앞 다투어 배에 올랐다. 개중에는 급한 일을 다투는 무림인도 꽤 있었다.

환유성은 소추의 등에 올라탄 채 멀뚱하게 서 있기만 했다. 포구마다 북새통을 이루어 비집고 타려는 사람들로 가득했기 때문이다.

다행히 그를 눈여겨보던 뱃사공이 그를 불러들였다.

"이보슈, 강을 건널 거요 말 거요? 어서 타슈."

뱃사공이 다른 사람들이 오르는 것을 막자 환유성은 소추를 이끌고 겨우 배에 오를 수 있었다.

수십 척의 배가 줄을 지어 황하를 건너고 있었다.

배들의 일부는 황하를 따라 내려가 호북으로 향했고, 일부는 약간 거슬러 올라 사천으로 향했다. 환유성이 탄 배는 사천으로 향하는 중이었다.

환유성은 선미에 선 채 거세게 흐르는 탁한 물살을 굽어보고 있었다.

그가 중원에 들어선 지도 석 달이 넘었다. 돌이켜보면 참으로 사연이 많은 나날이었다. 예상보다 많은 현상범들의 목을 벨 수 있었지만 그 외적인 사건이 더 많았다.

마검노인을 방면시키기 위해 화옥군주 주화령을 구출한 일, 탕마추적대와 격돌하면서까지 백마성주의 딸인 풍요원을 탈출시킨 일, 예기치 않은 파문삼절과의 격돌, 우연히도 구출하게 된 옥잠화, 그리고 단목비연을 돕게 된 일 등은 본래 그가 의도했던 목적과는 너무도 거리가 멀었다.

가장 큰 소득은 마검노인의 가르침으로 배운 절대쾌검술이다. 만일 그를 만나지 못했다면 환유성은 이미 한해의 사막에서 덧없는 최후를 마감했을 것이다.

두 번째 행운은 악인궁의 악도들과 겨루다 얻게 된 만년인형설삼의 신령스런 기운이다. 덕분에 그는 몸이 절단 나지 않는 한 죽지 않는 강인한 신체를 가지게 되었다. 백 년 내공의 잠재력으로 언제나 기운은 충만했고 부상도 쉽게 회복된다.

그러나 많은 것을 얻은 만큼 고민도 많아졌다.

예전보다 몇 배는 빠른 쾌검을 구사하게 되었지만 그때마다 더 강한 적을 만나면서 한계를 느껴야 했다.

'현재 나의 쾌검은 거의 최고조에 이르렀다. 상대의 약점을 찾아내는 심안 역시 더 이상 한계 이상을 보지 못한다.'

이것이 그의 고뇌였다.

그가 유일하게 추구해 온 검도의 길이 막바지에 이르렀다는 생각에 착잡한 기분까지 들었다. 그는 뱃전에 부딪치는 물결을 바라보며 마검 노인을 떠올렸다.

'평생 동안 검 하나에 심취해 온 그 역시 나와 같은 기분이었을까? 나 또한 그처럼 한계를 벗어나려 몸부림을 치다 결국은 제풀에 지쳐 버리는 것은 아닐까?'

그의 손이 절로 불끈 쥐어진다.

살아오면서 좌절이나 낙담을 몰랐던 그였지만 이제는 조금씩 깨닫게 되었다.

그가 느끼는 한계의 벽은 무공을 수련하는 모든 사람들이 겪는 필연적인 과정이다. 대다수 그 한계 앞에 무릎을 꿇고 만다. 지상최강의 검을 추구했지만 중도에 검을 꺾는 자가 태반이고, 일부는 비분을 이기지 못하고 스스로 목숨을 끊기까지 한다.

그것은 인간 한계에 접한 자만이 절감하는 번민이며 고뇌였다.

환유성은 머리가 지끈지끈 아파오자 길게 숨을 들이켰다. 만추(晩秋)

의 찬 공기가 폐부 깊숙이 스며들자 뇌리를 압박하던 복잡한 상념이 씻은 듯 사라졌다.

이것이 그의 성격의 장점이었다. 어떤 심각한 상황에서도 그의 고민은 아주 짧다.

고민하여 해결될 문제가 아니라면 굳이 머리 속에 담지 않는다. 해결의 실마리는 예기치 못한 상황에서 스스로 찾아든다. 그때를 놓치지만 않으면 되는 일이다.

배가 황하의 중심부를 지나 건너편으로 다가가자 조금이라도 앞서 내리려는 사람들로 갑판이 부산해졌다.

이때, 팔짱을 낀 채 뱃전에 서 있던 한 중년 검객 쪽으로 청년 둘이 다가섰다.

"혹시 점창파의 사일검절(射日劍絶)이 아니십니까?"

중년 검객은 청년들을 훑어보고는 가볍게 고개를 끄덕였다.

"그렇소."

"아, 역시 사일검절 장 대협이셨군요. 저희들은 당문(唐門)의 제자들입니다."

"이런, 사천당가(四川唐家)의 고수들이셨구려."

중년 검객은 팔짱을 풀고 포권을 취해 보였다.

사천성은 무림계에서 가장 많은 문파를 보유하고 있는 지역이다.

구파일방 중 아미, 청성, 점창이 사천성에 적을 두고 있다. 무당파 역시 사천과 호북의 경계지에 위치한다. 그 외에도 사천 당문을 비롯해 다수의 문파들이 사천성을 주무대로 활동한다. 사천성은 평지보다 산악 지역이 많아 비밀이 많은 무림인들이 활동하기에 적합하기 때문이다.

사일검절 장제는 점창파의 장로로 사천에서는 알아주는 고수다. 현 점창파 장문인의 사제인 그는 점창의 절학인 사일검법에 정통했다. 수 년 전 백마성의 마두 중 하나인 은마(隱魔)의 목을 벤 후 그의 명성은 한껏 높아졌다.

당문의 제자들은 장제를 알아보았지만 함께 타고 있는 한 명의 절세 고수는 전혀 알아보지 못했다.

명성으로 논하자면 반검무적으로 불리는 환유성은 웬만한 문파의 지존들을 능가한다. 하지만 그의 모습을 보고 반검무적임을 간파할 수 있는 사람은 흔치 않다. 권태로운 듯 나른한 모습 외에 그는 별 특징이 없는 용모다. 의복과 차림새로 본다면 그저 떠돌이 무사에 불과할 뿐이었다.

장제는 당문의 제자 둘과 무림 정세에 대해 얘기를 주고받았다. 그들 대화의 대부분은 암흑마국이란 신비 집단에 관한 것들이었다.

"태양천주께서 어떤 조치를 취하지 않겠소?"

장제가 짐짓 태양천을 거론하자 당문의 제자 중 하나인 당중삼이 정색을 하며 불만을 털어놓았다.

"태양천이 무림천하의 맹주로 등극한 지 십수 년이 지났습니다. 이미 중천을 지나 서산으로 지고 있다고 봐야 합니다. 사실 태양천이라고 횡포가 없었겠습니까? 태양천의 하급무사들에게 수모를 당한 문파들이 얼마나 많았습니까?"

당중삼의 동생인 당중오가 말을 이었다.

"천하의 주도권은 다시 구파일방이 쥐어야 합니다. 점창파 역시 그

주역 중 하나가 되어야지요."

"무슨 말씀을. 천하에 태양천주만한 의협이 어디 있겠소?"

"태양천주야 존경스런 분이지만 그 휘하들이 어디 의협이라 할 수 있겠습니까? 사천 지부장은 마치 자신이 사천무림의 맹주인 듯 강권을 휘두르는데, 정말 눈꼴시어서 못 봐주겠습니다."

장제도 내심 그들과 같은 마음이었다.

태양천의 출현 이후 수백 년 전통의 명문정파들은 이류급으로 전락하고 말았다. 태양천의 강렬한 광휘 아래 그저 현판만 달고 있을 뿐이다. 강호 대소사의 중재는 대부분 태양천이 도맡아 했기에 천하인들은 세상에 태양천만이 존재하는 것처럼 알고 있었다.

빛이 강하면 그늘이 짙기에 모든 영광이 한군데로 집중되면 불만이 터져 나오는 건 자연스런 현상이다.

장제도 은근히 불만을 토로했다.

"이번에도 태양천에서 암흑마국이란 자들을 어떻게 상대할지 두고 봅시다. 태양천에서 힘이 부친다면 우리 구파일방에서 나설 수밖에."

배가 건너편 포구에 닿자 상인들은 서둘러 배에서 내렸다.

앞서 도착한 상인들은 벌써 수레마다 짐을 가득 실은 채 관도로 나서고 있었다. 세찬 바람 때문에 사흘 동안이나 발이 묶여 있었으니 손해가 이만저만이 아니었다. 부족한 물품을 목이 타도록 기다리고 있을 상점들을 찾아 비싼 값에 넘기려면 남들보다 서둘러야 했다.

환유성은 소추의 말 고삐를 쥔 채 사람들이 모두 내리기를 기다렸다.

갑판을 청소하던 뱃사공이 그를 보며 혀를 찬다.

"쯧쯧, 정말 한가한 분이군. 거 젊은 사람이 왜 그렇게 기백이 없소?"

환유성은 아무런 대꾸도 하지 않고 배에서 내렸다.

그가 포구를 지나 막 관도로 접어들 때였다.

두두두—!

흙먼지를 일으키며 상인들이 되돌아오고 있었다. 그들은 지옥사자라도 만난 듯 사색이 되어 있었다. 그들은 서둘러 길을 떠나려는 다른 상인들을 향해 고래고래 소리쳤다.

"다른 길로 가시오!"

"사람을 마구 죽이는 잔악한 놈들이 앞에 있소!"

"벌써 몇몇 무사들의 목이 달아났소이다!"

되돌아온 상인들은 강변을 따라 달아났고, 몇몇은 다시 배에 올라타기도 했다. 그들이 하도 겁에 질려 하자 대다수 상인들과 행인들은 발걸음을 돌렸다. 호기심 많은 무사들 몇이 잠시 망설이다 관도를 피해 수림으로 뛰어들었다.

딸랑딸랑…….

넓은 관도를 지나는 사람은 환유성을 태운 소추뿐이었다.

그는 붐비던 관도가 비로 쓴 듯 깨끗해지자 오히려 기분이 상쾌해졌다. 앞에 누가 있든 그가 상관할 바가 아니었다.

얼마 지나지 않아 뒤늦게 돌아오던 상인들이 그를 막아섰다.

"가, 가지 마시오."

"어서 말을 돌리시오."

"무서운 마귀들이 마구 사람을 죽이고 있소."

환유성은 잔뜩 권태에 젖은 표정으로 한마디 던졌다.

"비키시오."

상인들은 기껏 위험을 통보해 주려다 면박당하자 잔뜩 인상을 긁으며 길을 비켜주었다.

말 방울을 울리며 소추가 멀어지자 상인들은 욕설을 퍼부었다.

"뭐 저런 놈이 다 있어?"

"젊은 놈이 꼴에 검객이라고 한번 겨뤄보겠다는 건가?"

"그래도 그렇지… 퉤엣, 재수없는 놈."

2

바닥에 즐비한 시체는 모두 목이 베어졌다. 뛰어난 쾌검에 의한 수법이었는지 베어진 자리가 깨끗하다.

넓은 관도를 막아서고 있는 자들은 하나같이 검은색 복장의 무사들이었다. 표정은 냉막했고 눈빛은 얼음장처럼 차가웠다. 그들의 소매 깃에는 붉은색이 둘러져 있었다.

그들의 우두머리로 보이는 자 역시 검은 장삼을 걸쳤는데 소매 깃에는 금테가 두 줄 둘러져 있었다. 아마도 직위를 상징하는 표식인 듯싶었다. 눈두덩이 유난히 깊고 눈매가 몹시 날카로웠다.

그 좌우로는 소매 깃에 은색 테를 두른 청년 둘이 시립해 있었다.

"잔악한 놈들, 백주대로에서 대체 이 무슨 살인 행각이냐!"

사천당문의 제자 둘이 소매 깃에 붉은 테가 둘러진 검수들과 대치해 선 채 호통을 쳤다.

"대체 네놈들은 누구냐?"

소매 깃에 금테를 두른 중년인이 냉막하게 영을 내렸다.

"혈사(血四), 혈칠(血七), 싸워봐라."

검수들 중에서 둘이 앞으로 나섰다. 그들은 당문의 제자 둘과 마주 선 채 허리춤의 검을 가볍게 거머쥐었다. 쾌검의 기수식이었다.

당문의 제자 둘은 지켜보고 있는 사일검절 장제를 철석같이 믿고 있었기에 그다지 두려움이 없어 보였다. 게다가 당문의 암기술은 독보적이라 웬만한 상대도 그들과 겨루기를 꺼려한다.

당문의 제자 둘은 사슴 장갑을 손에 끼고는 허리춤의 주머니에서 독암기를 꺼내 들었다. 당문의 암기에는 극독이 발라져 있어 맨손으로 쥐었다가는 그대로 손이 썩고 만다.

"우리는 사천당문의 제자들이다."

"순순히 물러서지 않으면 독 암기에 죽고 말 것이다."

그들과 맞선 청년 둘은 여전히 한마디 대꾸도 하지 않은 채 발검 자세만 취했다.

당중삼은 동생을 힐끔 보며 말했다.

"아무래도 쓴맛을 보여줘야겠군."

"그러게 말이오, 형님. 감히 사천 땅에서 우리의 앞길을 막는 놈이 있을 줄은 몰랐소."

본거지인 사천 땅에서 당문의 명성이 통하지 않았다는 건 그들로서도 수치였다. 그들은 좌우로 갈라서며 수중의 암기를 획 내던졌다.

나비 형상의 암기가 예리한 파공성과 함께 허공 가득 비산한다.

사천당문은 암기와 독술로 천하에 명성을 떨친 문파다. 특히 수백 년 전통의 암기술은 독보적인 절기였다. 그들의 암기는 독특하게 제작돼 한번 뿌리면 제각기 호선을 그리며 날아간다. 하기에 당문의 암기를 막아내기는 지극히 어렵다.

쐐애액—!

수십 개의 철나비들이 어지럽게 날며 두 검수를 향해 내리 꽂혔다.

순간, 두 검수의 손에서 쾌검이 발출되었다.

번쩍—

아주 빠른 쾌검이었다. 모든 변화를 배제한 채 오로지 속도에만 주력한 검초였다. 그들의 쾌검은 암기 속을 헤집고 당문의 제자들을 향해 뻗어갔다. 암기를 쳐내 몸을 보호하는 방어적인 수법은 애초에 없었다.

당문의 제자 둘은 이런 무모한 공격을 받을 줄은 꿈에도 생각지 못했다. 상대가 암기를 쳐냈을 때 재차 공세를 펼칠 궁리를 하다 느닷없이 쾌검을 맞게 된 것이다.

비명 소리도 없었다. 당문의 두 제자의 목은 몸과 분리된 채 허공 높이 솟구쳤다.

"어엇?"

장제는 경악성을 토하며 한 걸음 물러섰다. 당문의 제자 둘이 이렇듯 어처구니없이 목이 달아날 줄은 미처 예상치 못한 것이다. 검수들의 쾌검이 워낙 빨라 도움을 펼칠 겨를도 없었다.

당문의 제자들을 벤 검수 둘은 어느새 허리춤에 검을 꽂고 있었다.

그들의 몸 여러 곳에는 독 암기가 깊숙이 박혀 있었다. 하지만 고통을 모르는 목각 인형처럼 그들의 표정에는 전혀 변화가 없었다.

금색 테를 두른 중년인이 건조한 음성으로 내뱉었다.

"혈사는 팔을 베면 목숨은 건지겠다. 혈칠은 어렵겠구나."

혈사라 불린 청년 검수는 검을 빼 들고 주저없이 자신의 왼팔을 내려쳤다. 독이 퍼지기 전에 중독된 팔을 베어낸 것이다.

아무리 목숨을 보존하기 위한 수단이라지만 눈 하나 깜짝하지 않고 스스로 팔을 베어낸 독한 손속에 장제는 가슴이 떨리지 않을 수 없었다.

더한 사람은 혈칠이었다. 그는 서쪽을 향해 부복하고는 정중히 절을 올렸다.

"암흑제일천!"

그는 힘차게 외치고는 자신의 검을 빼 들고 심장에 힘껏 꽂았다. 그는 울컥 피를 토하고는 그대로 바닥에 쓰러졌다.

장제는 이들의 독랄한 행동에 등줄기가 축축이 젖어들었다.

수하를 살리기 위한 어떤 배려도 하지 않고 죽음을 명한 자도 악랄했지만 가차없이 자결한 수하 또한 독하다 아니 할 수 없는 일이었다.

장제는 지금 자신이 악몽을 꾸고 있지 않나 생각했다.

'으으… 이자들은 인간이 아니다. 인간의 탈을 쓴 마귀들이야!'

그가 두려움에 젖어 슬금슬금 뒷걸음질을 칠 때였다.

딸랑딸랑…….

말 방울 소리와 함께 산모퉁이를 돌아오는 한 사람이 보였다. 환유성을 태우고 오는 소추였다. 소추는 머리를 늘어뜨린 채 몹시 권태로운 걸음을 옮기는 중이었다. 주인을 닮아서인지 그의 태도 역시 갈수록 권태로워졌다.

장제는 달아날 수도 없었다. 누군가 지켜보고 있다면 그야말로 점창파의 명예에 치명적인 먹칠을 하는 비겁한 행위로 소문이 날 것이다. 그렇다고 인간 같지 않은 자들과 겨루고 싶은 마음은 추호도 없었다.

그는 검수들의 쾌검보다 악랄한 독심에 질려 버린 것이다.

환유성을 태운 소추는 그를 지나쳐 검수들 쪽으로 다가섰다. 말이나 주인이나 주변에 널린 시체 따위는 안중에도 없는 태도였다.

'그래, 이자도 곧 죽는다. 내가 달아났다 하여 손가락질할 사람은 없다. 놈들은 내 신분도 모른다. 점창의 명예가 더럽혀질 일은 없어.'

장제는 멀찌감치 물러선 채 상황을 지켜보기로 했다.

검수들이 관도를 막아서 있자 소추는 그제야 고개를 쳐들며 걸음을 멈추었다.

환유성은 검수들을 내려다보며 한마디 던졌다.

"비키시오."

검수들은 대꾸도 하지 않고 물러서지도 않았다.

환유성의 얼굴에 짜증이 피어올랐다. 하지만 그도 더는 말하지 않고 소추의 고삐만 쥔 채 제자리를 지켰다. 그들이 비켜설 때까지 기다리겠다는 의도였다.

무언의 대치는 향 한 자루가 탈 시간 동안 지속되었다. 그러자 금색 테를 두른 중년인의 눈빛에 차디찬 한광이 피어올랐다.

"놈일 가능성이 있군. 은삼(銀三), 네가 나서라."

좌측에 시립해 있던 은색 깃의 테를 두른 청년이 앞으로 나섰다. 그가 나서자 다른 검수들은 관도 좌우로 물러섰다.

환유성은 피할 수 없는 싸움이라 생각해서인지 소추의 등에서 내렸다. 소추는 눈을 깜빡이며 뒤로 물러섰다. 숱한 싸움을 보아왔기에 소추 역시 어떻게 행동해야 할지를 알고 있었다.

환유성과 은삼으로 불리는 검수가 대치해 섰다.

참으로 어처구니없는 대결이 아닐 수 없었다. 싸움을 거는 자나 싸워야 하는 자나 서로 상대를 모른다. 싸워야 할 이유조차도 모른다. 묻지 않는 자도 답답하지만 길을 막는 이유를 밝히지 않는 자 역시 마찬가지다.

또 한 가지 공통점이 있다면 그들과 환유성 모두 죽음에 무관심하다는 것이다.

은삼으로 불린 검수는 은색으로 빛나는 검의 손잡이를 쥔 채 환유성을 직시하고 있었다. 발검으로는 최상의 자세였다. 반면 환유성은 양손을 늘어뜨리고 있었다. 그의 손이 어깨의 반검을 쥐기까지의 시간을 감안한다면 아주 불리한 자세였다.

서로를 응시하는 둘의 눈빛은 무심했지만 색깔에서 다소 차이가 났다. 은삼은 감정이 삭제된 회색이었지만 환유성의 눈빛은 투명한 무채색에 가까웠다.

둘은 대치한 자세 그대로 일각 이상을 유지했다.

환유성의 표정에는 별반 변화가 없었지만 은삼의 얼굴 근육은 파르르 떨려온다. 은검의 손잡이를 쥔 그의 손등에 푸른 힘줄이 두둑 돋아난다. 혹독한 수련을 통해 죽음의 공포를 극복한 그였지만 본능까지 완전히 말살할 수는 없는 일이었다.

은삼은 무형의 압박감에 심장이 터질 것만 같았다. 그것은 참을 수 없는 고통이었다.

그는 상대의 허점을 찾아 속히 일검을 날리고 싶었다. 그것이 성공하든 실패로 돌아가든 빠른 출수를 통해 어서 이 고통 속에서 벗어나고 싶었다. 하지만 상대는 허점투성이다. 너무도 많은 허점을 노출하고 있기에 어느 곳을 노려야 할지 선뜻 결정을 내릴 수가 없었다.

그러는 사이 다시 반 각이 흐르며 그의 이마에 땀방울이 송골송골 맺혔다.

장내에 십수 명이나 있었지만 숨소리 하나 들려오지 않는다. 모두의 시선은 둘의 대결에 고정돼 있었다.

환유성은 상대의 심장 고동을 느낄 수 있었다. 은삼의 심장 뛰는 소리가 갑자기 빨라졌다. 그것은 무형의 압박감을 이기지 못하고 억지로 쾌검을 펼치려는 출수의 신호였다. 그러자 환유성의 호흡이 정지한다.

번쩍—

마침내 눈부신 섬광과 함께 은삼의 쾌검이 발출되었다. 기도에서 다소 압도되었지만 일초의 쾌검식만 이십여 년 동안 수련해 온 그였기에 그 속도는 빛살처럼 빨랐다. 당문의 제자들을 벤 하급 검수들의 쾌검식과는 비교도 안 될 만큼 빠른 속도였다.

그의 쾌검식 역시 붉은 테를 두른 검수들의 검식처럼 아주 단순했다. 오로지 상대를 죽이기 위한 공격적인 수법만 극대화시킨 쾌검식이었다.

그가 발검하는 순간 환유성의 반검도 허공을 갈랐다. 두 개의 쾌검이 펼쳐졌지만 워낙 빨리 교차했기에 섬광은 한 번밖에 피어오르지 않았다.

섬광이 스러지는 순간 이미 쾌검은 결판이 났다.

서로 노리는 부위가 달랐기에 검끼리 마주치지도 않았다. 은삼은 뽑은 검을 채 거두지 못하고 있었다. 아니, 검집에서 뽑혀진 그의 검은 채 환유성을 향해 뻗지도 못했다. 그는 검을 휘두르기 직전의 자세로 굳어져 있었던 것이다.

환유성은 어느새 반검을 회수한 상태였다. 어찌 보면 막 검을 뽑으려는 자세이기도 했다.

은삼의 겨드랑이서부터 목과 턱을 타고 얼굴까지 붉은 혈선이 그어졌다.

퍼억!

혈선이 터지며 일시에 피가 쏟아진다. 그의 상체가 비스듬히 베어진 채 뒤로 꺾이자 하반신도 함께 쓰러진다.

"허억! 절대쾌검!"

멀리서 관전하고 있던 장제는 놀람에 찬 탄성을 터뜨렸다.

그는 비로소 떠돌이 검사로만 여겼던 자의 정체를 깨닫게 되었다. 그것도 모르고 그 앞에서 거드름을 피웠으니 눈이 있어도 보지 못한 봉사에 불과했던 것이다.

'아… 과연 세상의 소문이 헛된 것이 아니군. 내 평생 검을 연마했지만 이처럼 빠른 쾌검이 존재하리라고는 상상도 할 수 없었다.'

소매 깃에 은테를 두른 또 하나의 청년이 한 걸음 나섰다.

"이번에는 제가 상대해 보겠습니다."

금테를 두른 중년인이 뒷짐을 진 채 그보다 앞서 나섰다.

"그만둬라, 은일(銀一). 네 상대가 아니다."

그는 쓰러져 죽은 은삼은 쳐다보지도 않은 채 환유성을 직시하며 물었다.

"물어볼 것도 없이 반검무적이 분명하겠군."

"맞아."

"네놈을 찾기 위해 쓸데없이 여럿 놈을 베었는데 이제야 만나게 되었구나. 너 한 놈을 잡기 위해 본국의 파천마검대(破天魔劍隊) 절반이 무림으로 출동했다."

"그럼 날 찾아올 것이지 무고한 사람들은 왜 죽였느냐?"

중년인은 검수들에 의해 목이 베어져 죽은 시체들을 죽 둘러보았다.

"수일 전 반검무적임을 자처하는 놈을 잡았는데 본국에 송환해 확인해 보니 아니었다. 결국 문책만 받게 되었지."

"그자가 나를 사칭했단 말이냐?"

"그놈 외에도 명성을 탐해 네 이름을 사칭하는 자가 몇 있었다. 결국 네놈임을 확인하는 가장 확실한 방법은 대결이라 판단했다. 은검수(銀劍手)를 간단히 죽일 정도의 쾌검으로 미루어 가짜가 아님을 알 수 있겠다."

환유성은 냉막하게 굳어 있는 검수들을 하나씩 둘러보았다.

"왜 나를 찾으려는 것이냐?"

"네놈이 단목휘의 딸년을 구하는 바람에 태자님의 계책이 실패로 돌아가고 말았다. 네놈은 본국으로 송환돼 중벌을 받아야 한다."

"도대체 무슨 소리를 하는지 모르겠군."

"한심한 놈. 무지한 것이냐 아니면 무식한 것이냐? 네놈은 암흑마국도 모른단 말이냐?"

환유성은 암흑마국이란 이름을 듣고도 눈썹 하나 까딱하지 않았다.

"들어본 적은 있는 것 같군."

정작 가슴이 철렁 내려앉은 사람은 사일검절 장제였다.

그는 검은 복장의 검수들이 신비스런 암흑마국에서 왔다는 말에 다리가 와들와들 떨려왔다. 평소 천하를 활보하고 다니던 그였지만 암흑마국은 당금 무림에서 가장 공포스러운 호칭이었다.

'이들이 바로 암흑마국의 마인들이었단 말인가?'

그는 그들과 대적하지 않은 것을 천만다행으로 여겼다. 공연히 객기를 부렸다면 이미 그의 혼은 구천을 헤매고 있었을 것이다.

금테를 두른 중년인은 안광을 폭사시켰다.

"크흣, 들어본 적이 있다고? 단지 그뿐이냐?"

"그렇다. 너희들이 무슨 짓을 하든 난 상관할 바 아냐."

"미친놈. 본국의 파천마검대는 정파무림을 괴멸시키기 위해 만들어졌다. 본국에 대항하는 놈들은 무조건 죽인다. 넌 이미 본국의 일에 끼어들었으니 살아남지 못한다."

환유성의 표정에 잔뜩 짜증이 피어오른다.

"귀찮군."

"순순히 포박을 받아라. 네놈을 생포하라는 지시만 없었다면 진작에 네 목을 베었을 것이다."

"그럴 자신이라도 있느냐?"

"큭, 나는 암흑마국 파천마검대 휘하의 금검총령(金劍總令)이다. 혈검대와 은검대, 금검대를 총괄하는 위치지. 네놈의 쾌검이 제법이다만 본국의 금검수와 대등할 정도다."

금검총령에 의해 암흑마국의 신비가 한 겹 벗겨졌다.

검수들은 소매 깃의 색깔로 신분이 구분된다. 붉은 테를 두른 자들이 혈검대, 은색 테를 두른 자들이 은검대였다. 중년인의 소매 깃에 둘러진 금테는 두 줄이라 금검대를 지휘하는 총령의 신분임을 대변해 주었다.

환유성은 금검총령을 응시하며 담담하게 한마디 던졌다.

"너만 죽이면 이들이 길을 비켜주겠느냐?"

금검총령의 깊숙한 눈에서 번갯불 같은 살광이 피어올랐다.

"감히 날 죽이겠다고?"

"널 못 죽이면 내가 죽으면 되는 일이다."

"큭. 단순하군, 정말 단순해."

"맞아, 난 복잡한 걸 싫어한다."

"지독히도 오만한 놈이군. 좋다! 내 태자께 죄를 짓는 한이 있더라도 네놈의 시체를 끌고 가겠다."

금검총령은 장삼 자락을 옆으로 밀쳤다.

황금색으로 빛나는 검의 손잡이가 모습을 드러냈다. 그는 은검수처럼 검의 손잡이에 먼저 손을 얹지 않고 오른손을 늘어뜨렸다.

"네놈이 날 쓰러뜨릴 수 있다면 지나갈 자격이 있다."

두 사람은 이 장 거리를 둔 채 대치해 섰다.

장제는 자신의 능력으로는 도저히 끼어들 상황이 못 되기에 지켜볼 수밖에 없었다. 만일 환유성이 쓰러지면 냅다 튈 요량이었다.

환유성과 금검총령의 대치 국면은 좀 전과 확실히 차이가 있었다.

환유성은 이 장 거리를 유지한 채 느릿느릿 걸음을 옮겼다. 그가 이동하자 금검총령 역시 가볍게 미간을 찡그리다 역시 걸음을 떼었다. 두 사람은 커다란 원을 그린 채 서서히 맴돌았다. 걷는 속도가 똑같기에 방향만 달라질 뿐 이 장의 거리는 전혀 좁혀지지 않았다.

쾌검의 대결치고는 아주 기이한 상황이었다.

통상 쾌검의 대결은 발검에서 결판이 난다. 최대한 빠른 속도로 검을 발출하기 위해서는 극한의 정신력을 집중시켜야 한다. 움직이는 건 금물이며 숨조차 쉬어서도 안 된다. 상대에게 한순간도 시선을 떼어서도 안 된다. 한데 두 사람은 서로에게 시선만 고정시킨 채 몸을 움직이고 있었다.

환유성이 이런 변칙적인 방식의 대결을 선택한 건 이미 자신의 쾌검식을 드러냈기 때문이다.

이자는 누구보다 강하다. 이자가 나의 무흔쾌섬을 보고도 자신만만해하는 건 나만큼 빠른 쾌검을 지녔기 때문이다. 하지만 난 아직 이자의 쾌검식을 보지 못했다. 그렇다면 대결 방식을 바꾸어야 한다. 은검수를 상대할 때와는 다른 상황을 연출해야 한다. 나 스스로도 예측할 수 없는 변수를 만들어야만 이 대결에서 이길 수 있다.

이것이 그 나름대로의 판단이었다.

쾌검으로만 평가한다면 그는 아직 자신보다 빠른 쾌검을 본 적이 없었다. 최강의 상대였던 천사신검과의 대결은 무산됐지만 천사신검은 강력한 패검의 소유자였다.

쾌검 대 쾌검!

그것은 마치 지척을 두고 서로를 향해 화살을 겨누고 있는 처절함 그 자체였다. 외견상 탐색전을 펼치듯 원을 그리며 돌고 있지만 이미 두 사람의 머리 속에는 수백 번의 쾌검이 펼쳐진 것과 진배없었다. 다만 서로의 목이나 심장에 검을 꽂지 않았을 뿐이다.

금검총령은 그를 따라 원을 그리며 내심 당황하지 않을 수 없었다.

몸을 움직이면서 쾌검을 전개해 본 적은 극히 드물었다. 그는 왼손으로 장삼 자락을 젖힌 채 언제라도 검을 발출할 만반의 태세를 갖추고 있었지만 보법을 펼치다 보니 집중력이 다소 흐트러졌다.

'좋지 않군. 놈의 술수에 말려들었다.'

그는 환유성을 따라 움직이던 걸음을 멈추었다. 그가 움직임을 멈추자 환유성도 내딛던 걸음을 멈추었다.

순간, 두 사람은 동시에 쾌검을 발출했다.

번쩍—

여명의 안개를 헤치고 모습을 드러낸 태양처럼 눈부신 광휘였다.

두 사람은 빛이 차단된 암흑의 공간으로 빠져들었다. 너무도 강렬한 빛에 서로의 존재가 묻혀 버린 것이다. 지독한 암흑 속에서 두 줄기 섬광이 교차한다.

가까이서 관전하던 은검수와 혈검수들도 어떤 상황이 전개되었는지 알 수가 없었다.

두 사람이 발검 자세를 취하는 순간 피어오른 광휘에 장내의 현장이 묻혀 버린 것이다. 멀리서 지켜보던 장제 역시 눈 한 번 깜빡이지 않고 주시하고 있었지만 그가 본 것은 교차하는 금빛과 푸른빛의 검기뿐이었다.

눈부신 광휘가 스러지며 비로소 장내의 현장이 모습을 드러냈다.

금검총령의 금검은 환유성의 심장 옆을 꿰뚫고 있었다. 그는 몹시 만족한 표정이었다. 자신의 승리를 확신한 그런 표정이었다. 반면 환유성은 반검을 채 뽑지도 못한 자세였다. 그의 반검은 어깨의 검집에서 절반쯤 뽑혀져 있을 뿐이었다.

환유성은 심장 부근에 꽂힌 검을 보며 가볍게 눈살을 찌푸렸다. 만일 두 치만 더 안쪽으로 꽂혔다면 그는 심장이 관통된 채 즉사했을 것이다.

철컥!

환유성은 반쯤 뽑힌 검을 다시 검집에 꽂았다.

"커어억……!"

그때 금검총령의 입에서 지극히 고통스런 신음이 흘러나왔다.

만면 가득 미소를 짓고 있던 그의 표정이 점차 일그러진다. 급기야 얼굴 근육 전체가 세차게 요동 친다. 이마에서부터 피어난 한줄기 혈흔이 콧날을 지나 인중으로 흐른다. 실낱처럼 가늘었던 혈흔은 점점 붉은 기운을 발하더니 퍽 하며 핏물을 쏟아냈다. 그의 머리통이 터지며 좌우로 갈라진 것이다.

쨍그랑!

금검이 바닥에 떨어지고 그 위로 금검총령의 참혹한 시체가 풀썩 엎어졌다.

"으윽……!"

환유성은 답답한 신음을 흘리며 비틀비틀 뒤로 물러섰다. 가슴을 움켜쥔 손가락 사이로 붉은 피가 뭉클뭉클 새어 나왔다.

산 자와 죽은 자가 분명한 만큼 승패도 결정이 났다.

환유성으로서는 생각만 해도 아찔한 순간이었다. 그와 금검총령의 발검 속도는 거의 같았다. 그러나 그의 검은 길이가 짧은 반검이었기에 보다 빠를 수 있었다. 그는 뽑는 자세 그대로 상대의 머리를 향해 검을 내려쳤다. 검을 틀어 상대의 목을 베는 것보다는 보다 빠를 수 있기 때문이다.

그와 동시에 금검총령의 검이 그의 심장으로 날아들었다. 그러나 환유성의 반검이 극미한 차이로 금검총령의 머리통을 이미 베었기에 금검은 위력을 잃은 상태였다. 검극이 흐트러진 금검은 심장을 빗겨 갈비뼈를 찌르고 만 것이다.

이것이 눈 깜빡할 사이에 전개된 대결의 전모였다.

금검총령이 쓰러지자 혈검수들은 빠르게 몸을 날려 환유성을 둥그렇게 에워쌌다. 그들은 일제히 허리춤의 혈검을 쥐며 발검 자세를 취했다. 만일 그들이 일시에 쾌검을 전개한다면 환유성으로서는 도저히 막아낼 방법이 없을 것이다.

이때, 멀리서 지켜보던 장제가 입술을 질끈 깨물며 몸을 날렸다.

'그래, 명색이 점창파의 원로인 내가 아니냐? 당세의 영웅을 혼자 내버려 둘 수는 없다. 차라리 명예롭게 죽자!'

그는 허공에 뜬 상태로 검을 뽑아 들며 위엄있게 외쳤다.

"멈춰라! 아무리 마도의 무리라지만 약조도 모른단 말이냐!"

그는 혈검수들의 포위망을 넘어 환유성 옆으로 내려섰다.

"반검무적이 네놈들의 상전을 이겼으니 분명 지나갈 자격이 있다! 이는 너희들 상전과의 약속이다."

환유성은 혈도를 찍어 상처를 지혈하고는 한마디 던졌다.

"물러서시오. 이건 내 싸움이오."

"환 대협, 이미 대결은 끝났소. 환 대협의 승리요. 만일 놈들이 약조조차 어기고 무더기로 덤벼든다면 나도 목숨을 바쳐 싸울 것이오."

"우리는 모르는 사이인데 왜 나서려는 것이오?"

"환 대협은 무림의 영웅이오. 같은 무림인으로서 부당한 싸움에 뛰어드는 것은 당연한 처사외다."

장제는 검을 비껴 든 채 당당하게 외쳤다.

"난 점창의 사일검절이다! 누구든 환 대협을 해치려 한다면 점창의 사일검법이 용서치 않을 것이다!"

은검수인 은일이 앞으로 나섰다.

"물러들 서라. 금검총령께서 자초한 대결이다. 저자의 말대로 반검무적은 지나갈 자격이 있다. 놈을 제압하려면 팔대마공(八大魔公) 중 한 분이 나서야 할 것 같구나."

그는 머리가 쪼개진 시체로 변한 금검총령을 안아 들었다.

"환국한다!"

그가 앞서 몸을 날리자 혈검수들도 은삼과 혈칠의 시체를 회수해 뒤를 따랐다. 암흑마국의 검수들이 모두 사라지자 비로소 긴박했던 분위기가 해소되었다.

장제는 겨우 안도의 숨을 내쉬며 검을 꽂았다.

'휴우, 잘됐어. 정말 잘된 일이야.'

죽음을 각오하고 나선 그로서는 최상의 상황이었다. 만일 그대로 달아났다면 평생 죄책감과 회한을 안고 살았어야 했을 것이다. 어쨌든 그는 명예를 지켰고 환유성을 돕는 데도 일조를 한 셈이다.

저편에서 소추가 빠르게 달려왔다.

장제는 환유성을 향해 정중히 포권을 취했다.

"과연 환 대협의 쾌검절기는 천하일절이었소. 이 사람은 크게 감명을 받았소."

"그래 봐야 마국의 졸개를 하나 베었을 뿐이오."

"졸개가 아니지 않소? 마국검수들의 수뇌를 베었으니 천하로서도 다행한 일이오."

장제는 품속에서 작은 약병을 꺼내 들었다.

"상처를 아물게 하는 데 효능이 뛰어난 금창약이오. 부상이 심한 듯하니 어서 바르시오."

"됐소. 이 정도는 절로 아물 것이오."

환유성은 소추의 안장 위로 훌쩍 올라앉았다.

장제는 그의 무심한 성격에 대해 익히 들었지만 자신의 성의가 대번에 무시되자 다소 당황스러웠다. 하지만 이미 그를 존경할 만큼 우러러보게 된 상황이라 감히 불만을 토로할 수가 없었다.

그는 안장 옆의 주머니에 금창약을 넣어주었다.

"변변치 않지만 받아주시오."

환유성은 굳이 그의 성의를 마다할 할 이유도 없기에 그대로 두었다.

장제는 굳게 손을 마주 쥔 채 허리를 굽혔다.

"마국의 악도들과 당당히 맞선 환 대협을 보니 너무 부끄러워 얼굴을 들지 못하겠소. 이 사람은 점창파의 사일검절 장제라 하오."

"알고 있소. 황하를 건너는 배에서 우연히 들었소."

"괜찮으시다면 대협을 잠시 점창으로 모시고 싶소. 부상을 치유하실 동안 정성껏 시중을 들겠소."

환유성은 옷자락을 찢어 가슴의 상처를 동여맸다.

"난 남에게 신세 지는 것을 몹시 싫어하오."

그가 가볍게 소추의 엉덩이를 치자 소추는 성큼성큼 걸음을 옮겼다.

장제는 그를 붙잡을 수 없는 것이 너무도 아쉬웠다. 한번 그에게 호감을 느끼자 그의 무심한 성격까지 호감이 갔다.

"아, 내 생애 언제 저런 영웅을 또 만날 수 있단 말인가?"

■ 제28장

무림의 성현 쌍뇌천기자(雙腦天機子)

1

황산(黃山)의 단풍은 천하절경으로 일컬을 만큼 아름답다.

그다지 가파르지 않은 산세를 타고 붉고 누런 단풍이 꽃이 무색할 만큼 화려한 색채를 자랑하고 있었다. 북방은 이미 초설이 내릴 겨울로 접어들었겠지만 강남 땅은 아직도 가을빛이 한창이다.

황산 준령을 타고 안으로 들어가면 갑자기 산세가 험해진다.

자욱한 운무가 피어오르는 곳에 끝도 모를 벼랑이 길을 가로막는다. 운무 저편으로 우뚝 솟아 있는 봉우리가 이채롭다. 마치 천신의 거대한 검(劍)을 세워놓은 듯한 형상이었다.

이름하여 검봉(劍峰).

검봉은 산속 깊이 약초를 캐러 다니는 약초꾼 정도나 알 뿐 일반 사람들은 구경도 할 수 없기에 그 존재조차 몰랐다. 하지만 한 기인이 검봉을 은신처로 삼으면서 천하에서 가장 유명한 지명 중 하나가 되었다.

그 기인은 바로 쌍뇌천기자였다.

멀리 검봉이 바라보이는 벼랑 위로 두 남녀가 내려섰다.

옥황상제를 모시는 선남선녀처럼 수려한 용모의 청년과 여인이었다. 바로 강무영과 벽소군이었다. 그들은 태양천주의 영을 받고 쌍뇌천기자를 찾아온 것이다.

벽소군은 바다처럼 펼쳐진 운해를 향해 길게 휘파람을 불었다.

삐이익—!

맑은 휘파람 소리가 울려 퍼지자 멀리 검봉에서 하나의 검은 그림자가 솟아올랐다. 한 마리 거대한 학이었다. 펼친 양 날개의 길이가 삼 장에 달했다. 전체적으로 하얀 깃털로 덮였으며 머리 윗부분만 붉은 반점이 새겨져 있었다.

단정학(丹精鶴)으로 불리는 영물이다.

천 년을 넘게 살아온 단정학은 인간의 말을 이해할 만큼 영특하다. 한번 날아오르면 천 장 높이로 솟구치고 하룻밤에 만 리를 비월할 수 있기에 전설의 붕(鵬)에 견줄 정도다.

단정학은 크게 울음을 터뜨리고는 벼랑가로 내려섰다. 날갯짓에 한 바탕 강풍이 피어오른다.

단정학이 긴 목을 구부리며 벽소군의 몸에 금빛 부리를 비벼대자 벽소군은 단정학의 볼 부위를 어루만지며 반가워했다.

"학 공(鶴公), 잘 있었어요?"

강무영은 단정학을 향해 가볍게 포권을 취해 보였다.

"학 공, 신세를 좀 져야겠소."

단정학은 맑은 울음을 터뜨리며 양 날개를 활짝 펼쳐 보였다. 어서 타라는 뜻이었다.

벽소군이 먼저 단정학의 등에 내려앉았다.

"어서 타세요, 소천주."

강무영은 벽소군의 등 뒤로 내려앉았다. 하지만 남녀가 유별하기에 반 자 정도 거리를 두었다.

"괜찮으니 소녀의 허리를 안으세요. 오늘은 바람이 좀 세차군요."

"하지만 어떻게……."

"행여 소천주께서 낙상을 입을까 걱정이 되는군요."

"하면 결례를 하겠소."

강무영은 벽소군의 가는 허리에 팔을 둘렀다. 벽소군은 내심 꼭 끌어안아 주기를 원했지만 그러기를 요구할 수도 없는 일이었다.

"가요, 학 공."

벽소군이 단정학의 등을 어루만지자 단정학은 사뿐히 날아올랐다.

검봉에 세워진 검각(劍閣)으로 갈 수 있는 길은 단정학을 타고 가는 방법뿐이다. 사방이 운해로 덮여 있는 검봉은 가장 가까운 벼랑에서도 무려 오백여 장이나 떨어져 있다. 아무리 뛰어난 답공술과 비천술을 펼친다 해도 인간의 능력으로는 삼십 장을 건너뛰는 것이 한계다.

그토록 먼 거리지만 단정학으로서는 날갯짓 서너 번으로 충분했다. 벽소군이 강무영의 탄탄한 가슴을 느끼기도 전에 단정학은 검봉의 정상에 이르렀다.

정상 바로 아래에는 백 평 넓이의 평지가 펼쳐져 있었다.

단정학이 평지에 내려앉자 강무영과 벽소군은 바닥으로 내려서며 고맙다는 인사를 했다. 단정학은 고개를 끄덕이고는 커다란 날개를 활짝 펼치며 운해 속으로 날아갔다.

동굴 앞에 작은 전각이 세워져 있었다. 말이 전각이지 사찰 입구에 세워진 일주문과 같은 형태였다. 전각 뒤로는 커다란 석실이 펼쳐져 있는데 바로 쌍뇌천기자의 은신처였다.

그곳이 바로 검각이며 천기동부였다.

강무영은 옷깃을 가다듬고는 벽소군을 따라 조심스럽게 석실 안으로 들어섰다.

석실의 삼면은 바닥에서부터 천장까지 서가로 둘러져 있었다. 고대의 죽편서부터 양피지 책자와 당세의 서적, 그리고 두루마리까지 서가 가득히 채워져 있었다.

무려 삼만 권에 달하는 방대한 장서였다.

한 노인이 낡고 닳은 책상 앞에 앉아 책을 읽고 있었다. 이미 여러 번 손을 거친 듯 책장마다 손때가 묻어 반질반질 윤이 났다.

참으로 볼품없는 몰골이었다.

유난히 큰 두개골은 비스듬히 일그러졌고, 눈은 기괴한 짝눈이었다. 얼굴빛도 한쪽은 희고 한쪽은 거무튀튀했다. 체구도 기형으로 한쪽 팔은 길고 한쪽 팔은 짧았다. 더군다나 허리까지 꾸부정한 꼽추였다.

실로 세상 사람들의 비웃음과 손가락질을 한 몸에 받을 만큼 흉측한 골상이었다.

강무영과 벽소군은 노인 앞에 정중히 절을 올렸다.

"노선배님을 뵈옵니다."

"사부님, 제자가 문안 여쭙니다."

그러했다. 사람으로 태어나 도저히 지니기 힘든 추한 몰골의 노인이 바로 천하의 성현(聖賢)으로 불리는 쌍뇌천기자(雙腦天機子)였다.

세수 이 갑자가 넘어 그의 나이를 정확히 아는 사람도 드물다. 그는 선천적으로 두 개의 뇌를 갖고 태어난 대천재였다. 한 번 보면 모든 것을 암기할 수 있고, 눈을 들어 하늘을 보면 천기를 읽었으며, 고개를 숙여 땅을 보면 지리를 헤아린다.

무림 사상 그보다 더 뛰어난 지혜를 지닌 자는 존재한 적이 없었다.

과거 천마대제는 그를 초빙해 천마제국의 총상으로 삼으려 했지만 그는 단호히 거절했다. 그는 사상 최강의 집마궁인 천마제국이 칠 년도 못 가 무너질 것을 예언한 것이다. 과연 불세출의 영웅인 삼천공의 출현으로 천마제국은 칠 년 만에 붕괴되고 말았다.

이후 그는 가문인 위지세가를 떠나 황산의 검봉을 은신처로 삼아 세상과 멀리 떨어져 살았다.

너무도 많은 사람이 그를 찾아 곤란한 문제를 물어왔기 때문이다. 그런 사람들을 일일이 상대할 수도 없는 일이며, 그렇다고 어렵사리 찾아온 사람을 모두 돌려보낼 수도 없는 일이었다. 때로는 위지세가의 혈육을 인질로 삼아 그의 지혜를 요구하기도 했기에 그는 가문과도 인연을 끊은 채 검각에서만 은신해 살아왔다.

백 년 이래 많은 사람들이 그의 제자가 되기를 청했지만 그는 누구도 문하로 받아들이지 않았다.

그런 그가 벽소군을 제자로 삼은 것은 아주 뜻밖의 일이었다.

그녀가 강보에 싸인 어린아이였을 때 단정학이 물어오는 바람에 쌍뇌천기자는 어쩔 수 키우게 되었다. 하늘이 내린 아이답게 그녀는 아주 영특했기에 쌍뇌천기자는 그녀를 기꺼이 제자로 삼았다.

벽소군은 불과 열다섯 살 때 삼만 권의 장서를 모두 독파해 쌍뇌천기자를 흡족하게 해주었다. 그녀는 불철주야로 배우고 깨달았지만 뇌가 하나뿐인 정상인이었기에 그의 진전을 모두 전수받기에는 무리가 있었다. 하지만 그 정도로도 충분했다.

그녀는 출도 즉시 어려운 난제를 해결해 당세 최고의 재녀로 인정받았다. 그것은 쌍뇌천기자의 제자로서가 아니라 그녀의 능력으로 얻은 명성이었다.

쌍뇌천기자는 둘을 쳐다보지도 않은 채 책장을 넘기며 마른기침을 토했다.

"쿨럭쿨럭, 어서들 오너라."

강무영은 무릎걸음으로 다가가 한 통의 서찰을 공손히 올렸다.

"사부님께서 안부를 여쭈시며 이 서신을 전해 드리라 하셨습니다."

쌍뇌천기자는 거무튀튀한 왼손으로 서찰을 받아 들었다. 그는 서찰을 펼쳐 보고는 이내 접어서 내려놓았다. 장문의 서찰이었지만 그는 순식간에 읽은 것이다.

그의 피부 색깔은 흑과 백으로 극명했다.

몸의 좌측은 검고 우측은 희다. 짝눈 또한 유별나 왼쪽 눈은 금세라도 튀어나올 듯 불거졌고, 오른쪽 눈은 아이처럼 맑고 깨끗했다. 눈만 갖고 평가한다면 그의 반쪽은 핏빛 어린 악귀였고, 반쪽은 선인이었다.

"소군아, 먹을 갈아라."

쌍뇌천기자가 읽던 책을 덮자 벽소군은 커다란 벼루에 먹을 갈았다.

먹이 갈릴 때마다 은은한 향기가 피어 나왔다. 난향묵(蘭香墨)이라는 명품으로 이 먹으로 씌어진 서찰은 물이 묻어도 번지지 않는다.

쌍뇌천기자는 붓을 놀려 일필휘지로 글을 써 내려갔다.

그의 필체는 유림(儒林)의 학자들도 극찬할 만큼 뛰어났다. 신필로 불리는 왕희지나 구양순을 능가할 만큼 유려한 필체이기에 문인들에게 있어 그의 글씨는 보물과도 같았다.

글을 써 내려가면서도 그는 연신 기침을 했지만 필체는 단 한 점의 흐트러짐도 없었다.

쌍뇌천기자가 붓을 내리자 벽소군은 서찰을 잘 접어 강무영에게 건넸다.

"감사하옵니다, 노선배님."

강무영은 쌍뇌천기자를 향해 사은숙배하고는 서찰을 받아 들었다.

그와 쌍뇌천기자의 대면은 항상 이런 식이었다. 삼천 리 먼 길을 찾아왔지만 그에게 따뜻한 차 한 잔 권한 일이 없었다. 그에게 한두 마디 말을 건네는 것이 고작이었다.

"가봐라."

"예, 노선배님. 만수무강하십시오."

강무영은 공손히 읍을 올리고는 뒷걸음으로 물러섰다. 벽소군이 그를 따르자 쌍뇌천기자는 빈 잔에 차를 따르며 한마디 던졌다.

"쿨럭, 소군은 남아 있거라."

"예, 사부님. 학 공만 불러 드리겠어요."

강무영을 따라나선 벽소군은 몹시 우울한 표정이었다. 그와 헤어지는 것이 너무도 서운했기 때문이다. 예전에는 그와 다시 만날 날을 손꼽아 기다리는 것이 행복했지만 오늘따라 유난히 가슴이 저려왔다.

다시 만날 때면 그는 한 여인의 남편이 되어 있을 것이다.

그녀는 선뜻 단정학을 부르지 못하고 애잔한 눈빛으로 그를 응시했다.

"왠지 먼 이별이 될 것 같아요."

"그렇지 않을 것이오. 암흑마국의 실체가 드러나는 대로 무림대전이 벌어질 것이오. 그때 벽 소저의 지혜가 절실히 필요하오."

"태양천에는 문무에 뛰어난 인재들이 넘치는데 소녀가 무슨 힘이 되겠어요."

"그런 말씀 마시오. 문상이 뛰어난 경륜을 지닌 것은 사실이지만 지략과 전술에서는 벽 소저가 앞설 것이오. 향후 천하의 운명은 벽 소저에게 달려 있다 해도 과언이 아니오."

"소녀에게 중요한 것은 천하가 아닙니다."

벽소군은 체면불구하고 그의 가슴에 안기며 허리를 부여 안았다.

"강 공자, 한 번만 소녀의 이름을 불러주세요."

강무영은 몹시 당황했다.

천하에서 가장 정의롭고 협심이 깊은 그였지만 역시 뜨거운 가슴을 가진 사내였다. 그녀처럼 아름답고 지혜로운 여인에게 호감을 갖지 않는다면 인간도 아니다. 하지만 단목비연과 정혼한 그로선 그녀를 가까이 대할 수가 없었다. 그것은 사부에 대한 배신이기에 그의 품성상 절대 용납될 수 없는 일이기도 했다.

하나 강무영은 차마 그녀를 억지로 떼어낼 수가 없었다.

"소저, 이… 이러지 마시오."

"잠시만 이대로 있게 해주세요. 처음이자 마지막이 될 겁니다."

"……."

"소녀의 이름을 불러주세요."

"소군… 우리는 계속 좋은 친구로 남게 될 것이오."

강무영은 다소 떨리는 손으로 그녀의 윤기 흐르는 모발을 어루만졌다.

벽소군은 눈물을 글썽이며 겨우 그의 가슴에서 몸을 떼었다.

"그래요, 좋은 친구가 되겠죠. 그것이 소녀의 한계이니까요."

강무영은 그녀의 안타까운 눈빛을 대할 수 없어 옆으로 몸을 돌렸다.

"소군, 이만 가봐야겠소."

그녀는 다소 야속한 눈길로 그를 바라보다 길게 휘파람을 불었다.

청아한 울음소리와 함께 단정학이 구름바다를 뚫고 솟아올랐다. 강무영은 단정학이 내려서기를 기다리지 않고 경공을 펼쳐 날아올랐다. 그는 유연하게 회전하며 단정학의 등에 내려앉았다.

"다시 만나기를 기다리고 있겠소!"

강무영은 저만치 내려다보이는 벽소군을 향해 손을 흔들었다.

그녀도 손을 쳐들어 흔들어주었다. 참을 수 없는 눈물이 매끄러운 볼을 타고 주르륵 흘러내린다.

"그래요… 조심히 가세요."

강무영을 태운 단정학은 커다란 날개를 휘저으며 멀리 벼랑을 향해 날아갔다.

벽소군은 단정학이 하나의 점으로 멀어져서야 비로소 손을 내렸다.

그녀는 축 늘어진 어깨를 하고 검각으로 향했다. 하지만 사부 앞에서 눈물을 보일 수는 없는 일이었다. 그녀는 소매로 눈물을 닦고는 애써 본래의 신색을 회복했다.

그녀가 검각 내의 석실로 들어섰을 때 쌍뇌천기자는 절뚝거리며 서가를 향해 걷고 있었다.

"사부님, 소녀가 찾아드리겠어요. 어떤 책이죠?"

쌍뇌천기자는 손에 쥔 책을 그녀에게 건네주었다.

"꽂아만 놓고 오너라."

그는 절뚝이며 화롯가로 걸어갔다.

벽소군은 삼만 권의 장서를 모두 암기하고 있었기에 어느 책이 어느 서가에 꽂혀 있는지 정확히 알고 있었다. 그녀가 책을 꽂고 다가서자 쌍뇌천기자는 흔들의자에 앉아 몸을 편안히 눕혔다.

"쿨럭, 인연이 아닌 곳에 뜻을 두면 네 마음만 아플 뿐이야."

"아, 아니옵니다, 사부님."

"무영은 절대 태양천을 벗어날 수 없는 몸이다. 물론 네가 독한 마음을 먹는다면 못 이룰 것은 없겠지만."

"어찌 그럴 수 있겠어요. 제자 역시 강 공자의 행복을 진심으로 기원합니다."

"그래, 성니(聖尼)는 잘 있더냐?"

성니란 남해 보타암의 보타 성니를 말함이다. 벽소군의 자질을 높이 평가해 무공을 전수해 준 또 다른 사부다. 그녀의 배분은 무림에서 아주 높지만 쌍뇌천기자에 비하면 두 배분이나 아래다.

"사실 보타암에는 가지 못했습니다. 도중에 환유성이란 사람을 만나게 되었는데, 사부님께서 예견하신 영웅이 아닐까 싶어 그를 좇는 바람에……."

벽소군이 말끝을 흐리자 쌍뇌천기자의 툭 불거진 왼쪽 눈에 묘한 기운이 서렸다.

"환유성이라면… 반검무적을 만났단 말이냐?"

그는 하늘 높은 곳에 은신해 있었지만 당금 천하의 흐름을 정확히 알고 있었다. 좌견천리란 말대로 그는 앉아서 천하를 굽어보는 선인이었다.

"예, 사부님."

"네가 보기에 어떤 인물이더냐?"

"아주 특별한 부류의 사람이었습니다. 행보는 더디지만 한번 검을 뽑으면 빛살처럼 빠릅니다. 심성은 사악하지 않지만 의협심은 별로 없습니다. 전신에 가득한 권태로움은 세상을 조소하는 듯한 오만으로 보였습니다. 색깔로 구분한다면 회색인 듯싶습니다."

"잘 보았다."

벽소군을 눈을 동그랗게 떴다.

"사부님께선 그자를 아십니까?"

"쿨럭쿨럭… 모른다. 본 적도 없지. 하지만 네가 파악한 안목이라면 틀리지 않을 것이다."

쌍뇌천기자의 아이처럼 맑은 오른쪽 눈에서 신비로운 기운이 흘러나왔다.

"이 사부가 예견한 푸른 별은 천랑성(天狼星)이다. 하늘에서 가장 밝은 별이지. 예전에 신관(神官)들은 동쪽 하늘에서 천랑성이 빛을 발하면 불길한 징조라 예견했다. 그때마다 홍수와 가뭄이 일어났으니까. 과거 천마제국이 무림천하를 피로 물들였을 때에도 천랑성은 빛을 발했다. 오십 년 전 정사대혈전 때에도 천랑성이 밤하늘을 밝혔지."

"그렇다면 소녀가 사부님의 혜안을 잘못 읽었군요. 소녀는 동방의 별이 중원을 구원한다는 뜻으로 해석했었습니다."

"아니야, 정확히 본 거다."

"하지만 그가 천랑성의 정기를 타고났다면 천하를 피로 물들일 대마왕이 된다는 말씀이 아닙니까?"

쌍뇌천기자는 편안히 기댄 채 두 눈을 감으며 의자를 흔들거렸다. 그는 가슴이 답답한 듯 자주 손으로 쓸었다.

"쿨럭, 이 사부는 그가 천랑성체란 말을 한 적이 없다."

"예… 그렇군요."

"물론 천랑성을 타고났다 하여 반드시 대마왕이 되는 건 아니다. 천랑성은 태양이 지고 나면 비로소 모습을 보이니 또 하나의 태양이기도 하다. 흉한 기운이 가득하면 길한 기운이 찾아오는 것이 세상의 이치니 천랑성은 흉과 길 두 가지 기운을 동시에 가졌다고 볼 수 있지."

"양면성을 지녔다는 말씀이십니까?"

"그렇다. 하지만 아직 천랑성은 나타나지 않았다. 천랑성은 태양이 져야 빛을 발하는데, 태양이 지기에는 다소 이르지. 쿨럭쿨럭……."

벽소군은 사부의 은유적인 표현을 어느 정도 파악하고는 등골이 오싹해졌다.

'태양이 진다고? 태양천의 붕괴를 말함일까? 아니면 태양천주께 어떤 변괴라도 생기는 것일까?

쌍뇌천기자는 흔들의자에서 몸을 일으켰다.

그는 뱀이 똬리를 튼 듯한 형상의 지팡이를 집어 들고는 절뚝절뚝 석실 밖으로 걸음을 옮겼다. 벽소군은 조심스럽게 그를 따랐다.

쌍뇌천기자는 벼랑가에 서서 운해를 내려다보고 있었다.

아기처럼 맑은 오른쪽 눈에서 슬기가 넘쳐흐른다. 두 개의 뇌를 갖고 태어났지만 천형(天刑)과도 같은 지독한 불구의 몸이기에 어찌 보면 그의 탄생은 불운이기도 했다.

한참 동안 운해를 내려다보던 그는 밭은기침을 토해냈다.

"욱……!"

그는 소매로 입을 가리며 피를 토했다. 검붉은 각혈로 그의 장삼 자락이 흥건하게 젖는다.

벽소군은 놀라 급히 그를 부축했다.

"사부님……!"

"괜찮다. 아직은… 견딜 만해."

"바람이 찹니다. 어서 안으로 드세요."

"아니야. 가끔은… 맑은 공기를 마셔야 가슴이 편안해진다."

쌍뇌천기자는 피를 토해낸 것이 오히려 후련한 듯 연신 심호흡을 하며 안정을 되찾아갔다.

인간으로 이 갑자가 넘는 삶을 살아왔으니 놀라운 장수다.

그러나 그의 오랜 삶은 오히려 불행과 고통의 연속이었다. 두 개의 뇌를 갖고 태어났다는 것은 형벌에 가까웠다.

그는 평소 지독한 두통에 시달려야 했고, 간혹 광기 어린 발작을 하기도 한다. 한번 발작하면 주변 사람들을 전혀 알아보지 못한다. 그가 사람들을 멀리한 진정한 이유도 사실은 그 자신도 주체할 수 없는 광증 때문이었다.

게다가 십여 년 전부터 노환 때문인지 자주 기침을 하고 때로는 피를 토하기도 했다.

물론 그는 천하에서 가장 뛰어난 신의 중 한 사람이었지만 자신을 위해서는 어떤 처방도 하지 않았다. 자신에게 주어진 운명으로 생각하고 고통을 감내할 뿐이었다.

"쿨럭… 머지않아 영면에 들 생각을 하니 기쁘기만 하구나."

"흑… 그런 말씀 마세요, 사부님. 아직도 일 갑자는 더 사실 겁니다."

"오래 산다는 것이 그리 중요한 문제는 아니니다. 어떻게 사느냐가 의미있는 삶이지."

쌍뇌천기자는 제자의 부축을 받으며 느릿느릿 검각 쪽으로 걸음을 옮겼다.

"너의 삶은 이 사부보다 훨씬 행복할 것이야. 다만 한동안 가슴앓이를 하게 될 테니 마음을 편히 먹고 기다리거라. 그리고 너의 반려자를 찾게 되면 중원을 떠나거라. 그로써 너는 행복해질 수 있어."

"아니옵니다, 사부님. 소녀는 사부님의 시중을 들면서 검각에서 지내겠습니다."

쌍뇌천기자의 아이처럼 맑은 눈에 자상한 기운이 흘러나왔다.

"네가 있어 말년이 행복했으니 이 또한 복연이었다. 하지만 이 늙은이 때문에 네 앞날에 먹구름이 끼는 것은 원치 않구나."

그녀는 불길한 마음을 금할 수 없었다. 사부의 한마디 한마디가 죽음을 앞둔 사람의 유언처럼 들려왔기 때문이다.

'사부님이 너무 약해지셨어. 내가 곁에서 지켜 드렸어야 했는데 너무 내 욕심만 부린 거야.'

검각으로 들어선 쌍뇌천기자는 돌 침상에 몸을 눕혔다.

벽소군은 서둘러 화로에 숯을 더 넣어 불길을 높였다. 그녀는 사부의 팔다리를 주물러 주었다.

"사부님, 제자를 내치지 마십시오. 어린 핏덩이를 이렇게까지 키워 주신 사부님의 은혜에 조금이라도 보답하고 싶습니다."

"쿨럭… 네가 있어 이 사부의 진전을 이었으니 여한은 없다."

"흑, 사부님……."

"네게 한 가지 일러줄 말이 있구나."

"하교하십시오, 사부님."

"이 사부는 한동안 깊은 잠에 들 것이다. 그러니 내일 날이 밝는 대로 검각을 떠나거라."

"싫습니다, 사부님. 제자 사부님 곁에 있겠습니다."

벽소군은 쌍뇌천기자의 바싹 마른 흰 손을 쥐어 볼에 댔다. 그녀의 이슬 같은 눈물이 그의 손을 적신다. 그가 말한 깊은 잠은 곧 죽음을 의미한다. 그녀는 알고 있었다. 그녀의 사부는 홀로 임종을 맞으려는 것이었다.

"소군아, 이 사부의 지시에 따르거라."

"분부를 거둬주십시오, 사부님. 소녀는 절대 검각을 떠나지 않겠어요, 흑흑흑……."

그녀의 애절한 울음이 석실 가득 울려 퍼진다.

"제자를 어찌하고 떠나시려 하옵니까, 사부님."

벽소군은 울고 또 울며 애통해했다. 그녀의 가득한 슬픔에 세상마저 음울해지는 듯 검봉 전체가 짙은 구름에 덮였다.

쌍뇌천기자는 천장에 시선을 고정시킨 채로 한동안 있었다.

아이처럼 맑은 오른쪽 눈에서 물기가 고인다. 그 역시 어린 제자를 혼자 남겨두고 떠나는 것이 못내 가슴 아픈 것이다. 아무리 죽음에 초연한 사람이라도 막상 죽음에 임하면 회한이 남는 법이다.

반면 툭 불거진 혈안에서는 무시무시한 기운이 폭사되었다. 다소 광기 어린 강렬한 혈광이었다. 죽음을 앞둔 사람에게서는 도저히 느낄 수 없는 그런 눈빛이었다.

그것은 실로 기괴한 현상이 아닐 수 없었다.

두 개의 극반된 눈빛을 발하던 쌍뇌천기자는 핏빛으로 빛나는 왼쪽 눈을 감았다.

그는 그녀의 볼을 어루만지며 길게 탄식했다.

"쿨럭쿨럭, 이 사부에게는 어떤 약도 무용지물이다. 하지만 널 위해서라도… 십 년 생을 연장할 수밖에 없구나."

"예에? 그럴 성약이 있습니까?"

"약이 아니다. 웬만한 사람은 복용하는 즉시 절명하는 극독이지. 하긴 약과 독을 분별할 필요는 없다. 효능을 볼 수 있다면 그것이 곧 약이니까."

벽소군은 사부의 수명을 연장할 수 있다는 희망에 가슴이 설레었다. 그녀는 요동 치는 가슴을 억누르며 물었다.

"그것이 무엇이옵니까? 제자 목숨을 바쳐서라도 구해오겠습니다."

"그 독을 제련할 수 있는 자는 오직 한 명뿐이지."

"누구죠? 말씀해 주세요, 사부님."

쌍뇌천기자는 맑은 한쪽 눈만 뜬 채로 그녀를 바라보았다. 그의 눈망울에 비친 그녀의 모습은 너무도 순수하고 아름다웠다. 그는 한참을 망설이다 입을 열었다.

"그자는 인간이기보다 악귀에 가깝다. 그자는 사람의 장기를 빼내 약재로 쓸 만큼 사악한 자다. 너의 지혜로도 상대하기가 어려울 게야."

"악마라도 상관없습니다. 제자는 반드시 사부님의 병환을 치료할 약을 구해오겠어요. 대체 누구입니까?"

쌍뇌천기자는 제자의 간절한 소망에 탄식하며 한쪽 눈마저 감았다. 그는 바싹 마른 흰 손을 들어 제자의 머리카락을 어루만져 주었다.

"그자는… 귀심신의(鬼心神醫)다."

■ 제29장

그가 술을 마셔야 하는 이유

1

사천성은 산이 높고 물이 깊다. 손가락처럼 치솟은 봉우리들은 세상의 모든 형상을 닮은 만물상이 되어 구름 속에 절반은 몸을 감추고 있다.

이런 고산 지대에도 산세에 둘러싸인 드넓은 고원이 대평원처럼 펼쳐져 있어 보는 이를 놀라게 만든다.

사천 지역은 삼림이 우거지고 물자가 풍족해 외부와의 교역이 없이도 살아가기에 충분하다. 또한 요새처럼 둘러싸인 산세가 외적을 막아주기에 평온하기 그지없다.

사천은 과거 한중(漢中)으로 불리던 곳이다.

한 고조 유방은 항우를 피해 이곳 한중 땅에서 천하통일의 기반을 갖출 수 있었고, 촉한을 세운 유비 역시 한중을 차지하면서 위오와 더불어 삼국시대를 열게 되었다.

이후로도 새로운 세상을 열고자 하는 자들이 사천에서 세력을 운집하는 일은 다반사로 이어졌다.

와운현은 아담한 동산을 등진 제법 규모있는 마을이었다.

추수를 끝낸 들판은 다소 황량해 보였지만 동산 빽빽이 자란 대나무 숲은 아직 그 푸른빛을 잃지 않고 있었다.

"아아, 정말 용 같지 않아?"

"선생님 글씨는 정말 근사해."

"서예를 좋아하는 왕 아저씨한테 가져다 주면 맛있는 음식을 실컷 먹여줄 거야."

아이들이 긴 화선지를 머리 위로 쳐들면서 조심스럽게 걷고 있었다. 화선지에는 '용(龍)' 자가 예서체로 씌어졌는데 꼬리 부분을 길게 그어 마치 용이 나는 듯 멋져 보였다.

환유성은 운천객잔 옆에 세워진 방문 앞에 서서 현상범들의 수배 전단을 살피고 있었다.

천하 악인들의 이름이 적힌 금살명부와 은살명부가 세상에 뿌려진 지 십 년이 넘었지만 아직 추살되지 않은 자들이 더 많다. 무공이 강한 자들은 웬만한 현상범 추적자들로서는 범접키 어렵고, 무공이 약한 자들은 이름을 감추고 용모까지 바꾸어 숨었기에 찾아내기가 쉽지 않다.

현상범 추적자들의 손에 걸려 목이 베어지는 자들은 대다수 사악한 본성을 참지 못하고 세상으로 나선 자들이다.

산과 계곡이 깊은 사천성은 현상범들이 가장 많이 은신해 있는 곳이다. 하기에 태양천의 열세 곳 지부 중 사천 지부는 다른 지부에 비해 두 배는 많은 무사들을 보유하고 있었다. 삼십에서 오십 명씩 구성된 분타만도 열 곳이나 되었다.

환유성은 대충 전단을 훑어본 후 요기를 할 요량으로 객잔으로 향했다.

화선지를 치켜든 아이들이 객잔 입구에서 어슬렁대고 있었다. 객잔의 주인인 왕얼에게 글씨를 넘겨 요리라도 한 접시 얻어먹으려 했지만 손님이 많아 눈치를 살피는 중이었다.

환유성은 객잔으로 들어서려다 화선지의 글씨를 보고는 갑자기 걸음을 멈추었다.

"……?"

화선지에 씌어진 '용(龍)' 글자를 보는 그의 눈빛에 드물게 이채가 감돌았다. 그는 잠시 글씨를 살피다 아이들에게 물었다.

"이 글씨는 누가 썼느냐?"

"누구겠어요. 이곳 와운현 최고의 명필인 죽현(竹賢) 선생님이시죠."

"그 사람은 어디에 사느냐?"

아이 하나가 마을 외곽에 있는 동산 쪽을 가리켰다.

"저리로 가면 청죽림이 있어요. 왜요, 아저씨도 글씨를 부탁하게요?"

환유성은 아무런 대꾸도 없이 소추의 말안장에 올랐다.

2

청풍헌(靑風軒)은 글씨를 가르쳐 주는 학당이다.

글 선생 죽현은 약간의 사례를 받고 아이들에게 글씨를 가르쳐 준다. 그의 필체는 워낙 뛰어나 와운현에서 새로 개업을 하는 사람들은 그의 글씨를 받아 현판을 새기곤 한다. 망자를 위한 제문(祭文)도 상당수 그의 손에서 만들어진다.

슥슥……!

사방이 판자로 둘러진 넓은 모래판 위로 대나무가 춤을 춘다. 평평한 모래판 위에 대나무 끝이 닿으면 이내 수려한 필체가 형성된다.

죽현 선생은 모래판 주변으로 둘러서 있는 아이들에게 글씨에 대해 설명해 주었다.

"글씨는 곧 마음이다. 한 자 한 자 정성껏 써 내려가다 보면 자신의 마음이 붓을 통해 화선지에 새겨지는 것을 볼 수 있게 될 게야. 글을 쓴다는 것은 마음을 쓴다는 말이지. 알겠느냐?"

"예, 선생님!"

아이들은 큰 소리로 대답했다.

죽현 선생은 긴 밀대로 모래판을 문질러 글씨를 깨끗하게 지웠다.

"자, 오늘은 이만할까?"

강론이 끝나자 아이들은 재잘거리며 청풍헌을 나섰다.

죽현 선생은 아이들이 어지럽힌 실내를 정돈하였다. 붓과 벼루를 모아 벽에 세워진 서가에 올렸다.

중년의 나이였지만 그의 용모는 여전히 수려했다. 글 선생의 풍모를 지키기 위해서인지 검은 수염을 한 자나 길렀다. 눈빛은 맑았고 손은 여인처럼 고왔다.

서가에다 먹과 벼루를 쌓아 올리던 그는 갑자기 등 뒤에서 느껴지는 서늘한 기운에 움찔하며 고개를 돌렸다.

언제 들어섰는지 남루한 복장의 청년이 문기둥 옆에 서 있었다.

환유성이었다.

죽현 선생은 소매로 옷자락을 툭툭 털며 물었다.

"어떻게 오셨소?"

"글씨 두 자를 부탁하겠소."

죽현 선생은 그의 행색을 쓸어보고는 나직이 웃음을 지었다.

"글자 하나에 은자 닷 냥은 주셔야 하는데, 그만한 돈은 있으시오?"

"먼저 선생의 글씨를 보고 싶소."

"하하, 이 사람은 천하의 명필은 아니지만 제법 뛰어나다 자신할 수 있소. 틀림없이 마음에 들어할 것이오."

죽현 선생은 모래판에 글씨를 쓰는 죽필을 집어 들었다. 그는 붓을 잡기 전에 죽필을 통해 충분히 연습을 한다. 그래야 실수없이 글씨를 쓸 수 있기 때문이다.

"어떤 글씨를 원하시오?"

환유성이 모래판 옆으로 다가섰다.

"살(殺)!"

죽현 선생은 움찔하며 눈길을 들어 그를 직시했다. 환유성은 다소 권태 어린 표정으로 그를 마주 보았다. 어떤 감정도 실려 있지 않은 담담한 눈길이다.

죽현 선생은 죽필을 모래판에 푹 꽂았다.

"유감이지만 그런 불길한 의미가 담긴 글씨는 쓸 수 없소."

"……."

"다른 글씨를 말해 보시오."

"악(惡)!"

죽현 선생의 표정이 심하게 일그러졌다. 그는 집어 든 죽필을 와직 분질렀다.

"이보시오, 지금 나와 장난을 하자는 게요?"

"내가 원하는 글씨는 살과 악, 두 글자요. 내일 오겠소."

환유성은 그의 답변도 기다리지 않고 몸을 돌렸다.

죽현 선생은 청풍헌을 나서는 그를 향해 냉랭하게 외쳤다.

"그런 글씨는 쓸 수 없으니 올 것 없소! 다른 데나 가보시오!"

환유성은 문을 나서며 한마디 던졌다.

"꼭 써야 하오. 내일 오겠소."

그가 사라지자 죽현 선생은 창백한 안색이 되어 전신을 부르르 떨었다. 흐르던 땀도 말라 버릴 건조한 날씨였지만 그의 얼굴 전체로 식은 땀이 비 오듯 쏟아져 내렸다.

그는 대나무 의자에 앉아 골똘히 생각에 잠겼다. 한 식경을 고뇌하던 그는 길게 한숨을 내쉬며 몸을 일으켰다.

'놈은… 틀림없는 인간 사냥꾼이다!'

3

청풍헌이 문을 닫았다. 그렇다고 죽현 선생이 멀리 여행을 떠나거나 다른 곳으로 이사한 것도 아니었다. 청풍헌의 굳게 닫힌 문에는 단지 와병중(臥病中)이란 글씨가 멋지게 씌어져 있을 뿐이었다.

죽현 선생은 청풍헌에서 약간 떨어진 냇가의 바위 위에 앉아 낚시를 즐기고 있었다.

맑은 냇물에 긴 대나무 낚싯대를 드리운 그는 깊은 시름에 빠져 있었다. 눈은 수수깡으로 만든 낚시찌에 고정돼 있었지만 그의 머리 속은 복잡한 상념으로 터질 것만 같았다.

새벽부터 나와 낚싯대를 드리우고 있었지만 대나무로 엮은 망태는 여전히 비어 있었다.

그는 지금 평생에 걸쳐 가장 중대한 결정을 해야 할 순간에 처해 있었다. 벼랑 사이에 걸린 외줄을 타고 있는 아슬아슬한 상황이었다. 외줄은 너무 가늘어 가벼운 바람에도 끊길 것 같다.

그에게는 삶보다 죽음이 더 가까웠다.

태앵……!

낚싯줄이 팽팽하게 당겨진다. 큰 물고기가 걸렸는지 낚싯대가 부러질 듯 크게 휘어진다. 그래도 죽현 선생은 낚싯대만 쥐고 있을 뿐이다. 급기야 물고기의 몸부림을 이기지 못한 낚싯대가 우직 부러지고 만다.

부러진 낚싯대를 쥔 그는 땅이 꺼져라 크게 탄식했다.

"후우… 이것이 운명이란 말인가?"

이때, 말 방울 소리와 함께 환유성을 태운 소추가 천천히 다가섰다.

죽현 선생은 그를 보자 이를 악물며 진저리를 쳤다. 그에게 있어 환유성은 넋을 거두러 온 저승사자와 같았다. 부러진 낚싯대를 쥔 그의 손이 부들부들 떨린다.

내려선 환유성은 느릿한 걸음으로 죽현 선생의 뒤로 섰다. 그는 주변의 수려한 경관을 감상하며 담담한 어조로 물었다.

"글씨는 썼소?"

"못 썼소. 아니, 그런 피 냄새나는 글씨는 절대 쓸 수 없소. 게다가 난… 그런 글씨가 어떤 건지도 모르오."

"글 선생인 당신이 그 정도 글씨를 모를 수는 없소."

죽현 선생은 벌떡 몸을 일으켰다.

"대체 왜 이러는 거요? 당신이 뭔데 날 괴롭히는 거요?"

"글씨 두 자만 써주면 되는 일이오."

죽현 선생은 그의 무심한 눈빛을 차마 대할 수 없는 듯 애써 눈길을 피했다.

"안 쓰겠소. 다른 사람을 찾아가 보시오."

"난 당신이 쓴 글씨를 꼭 봐야겠소."

환유성이 집요하게 요구하자 죽현 선생은 몸을 홱 돌리며 망태를 집어 들었다.

"젠장, 끈질기군."

그는 빈 망태를 어깨에 메고는 걸음을 옮겼다.

환유성은 소추를 타고 그를 따랐다. 거리는 이십여 장이나 떨어져 있었기에 각기 길을 가는 사람들처럼 보였다.

청죽림에 이른 죽현 선생이 갑자기 걸음을 멈추었다. 그가 걸음을 멈추자 환유성 역시 소추를 세웠다. 그는 석상이 된 듯 한참을 그 자세로 서 있었다. 환유성 역시 자리를 지키며 그를 지켜보기만 했다.

이윽고 죽현 선생이 홱 돌아서며 환유성을 직시했다.

그의 표정은 돌처럼 딱딱하게 굳어져 있었다. 아이들을 가르칠 때의 자상한 모습이 아니었다. 그의 눈빛은 악귀처럼 충혈된 채 강렬한 살기를 뿜어냈다.

"여기 있어라! 내 아내가 너를 보고 두려워할까 걱정이 된다."

"……."

"부탁이다. 영원한 이별이 될지 모르니 아내와 아이들에게 작별 인사라도 할 시간을 다오."

환유성은 푸른 하늘로 시선을 올릴 뿐 뭐라 답변하지 않았다.

죽현 선생은 그것을 수락으로 받아들이며 가볍게 목례를 취했다.

"고맙다."

그는 몹시 무거운 걸음을 옮겨 청죽림 안으로 들어갔다.

청죽림 안에는 대나무를 쪼개 기와로 얹은 아담한 대나무 집이 있었다.

열 살쯤 되어 보이는 사내아이는 대나무로 바구니를 짜는 엄마를 돕겠다고 대나무 살을 납작하게 문지르는 중이었다. 그보다 어린 나이의 계집아이는 대나무 공을 차며 신나게 놀고 있었다.

바구니를 짜던 아낙은 마당으로 들어서는 남편을 보고는 빙그레 미소를 지었다. 산골의 여인치고는 뛰어난 미색이다.

"벌써 와요? 늦을 것 같다더니만."

죽현 선생은 대나무로 만든 평상에 걸터앉으며 주먹으로 어깨를 툭툭 쳤다.

"한동안 여행을 다녀와야겠소."

"여행이요?"

"음, 좀 긴 여행이 될 것 같아."

죽현 선생은 양팔을 활짝 펼치며 달려드는 계집아이를 번쩍 치켜들었다.

"하하, 홍아야. 귀여운 것."

"아빠, 물고기 많이 잡아왔어?"

"미안하구나. 아주 큰 놈을 잡았는데 낚싯대가 부러지는 바람에 놓쳤지 뭐니."

"치이, 생선 먹고 싶었는데."

죽현 선생은 계집아이를 품에 안고는 아이의 뺨에 볼을 비볐다. 오늘따라 아이가 너무도 사랑스럽게 느껴졌다.

"오냐, 다음에는 꼭 물고기 잡아올게."

그는 계집아이를 내려놓고는 사내아이의 머리를 어루만져 주었다.

"청아 이 녀석, 아버지가 없는 동안 엄마를 잘 도와야 한다."

"아버지, 어디 가세요?"

"응, 성도에서 서예대회가 열린다더구나. 이 아비도 참석해 보려고."

아낙은 옷에 묻은 대나무 조각을 털며 몸을 일으켰다.

"성도라면 천릿길이나 되니 행장을 단단히 꾸려야겠군요?"

"친우들이 마차를 준비했으니 몸만 가면 되오."

죽현 선생은 뒤뜰로 가서 기다란 대나무 장대를 들고 나왔다. 그가 장대를 쥐고 나서자 아낙은 새파랗게 질리며 그를 막아섰다.

"여보……?"

죽현 선생은 대수롭지 않은 표정으로 응수했다.

"별일 아니오. 먼 길이다 보니 그냥 호신용으로 가져가는 것뿐이오."

아낙은 미심쩍은 표정을 지으며 그를 살폈다.

"정말이세요?"

죽현 선생은 뛰노는 아이들을 살피며 목소리를 낮추었다.

"허어, 내 목을 노리는 놈을 만났다면 내가 이렇게 태평스레 당신과 얘기를 나누겠소?"

아낙은 그제야 안도의 한숨을 내쉬며 그의 손을 쥐었다.

"제발 몸조심하세요. 당신은 혼자 몸이 아니잖아요? 우리의 아이들과 제가 있어요."

"알고 있소. 나도 이제 와운현의 명사가 되었는데 누가 날 의심하겠소."

죽현 선생은 함께 대문까지 따라나서는 아이들의 머리를 쓰다듬어 주고는 은자 부스러기를 건네주었다.

"뭐라도 사 먹으렴."

아이들은 좋아해하며 나란히 손을 잡고 마을 번화가 쪽으로 뛰어갔다.

죽현 선생은 아낙이 계속 따라나서자 가슴이 덜컥 내려앉았다. 다행히 청죽림 밖에 있어야 할 환유성의 모습은 보이지 않았다. 그는 내심 크게 안도하며 아낙을 향해 손을 내저었다.

"자, 어서 들어가시오. 바람이 차군."

아낙은 주변을 살펴도 별 수상한 기미를 느끼지 못하자 비로소 다정스런 미소를 지으며 안도했다.

"그래요. 꼭 장원하세요."

"하하, 물론이오."

죽현 선생은 서둘러 걸음을 옮겼다.

4

환유성은 소추를 탄 채 완만한 산비탈 아래 있었다. 주변은 온통 대나무 숲이었다. 넓디넓은 수림을 바다로 표현하는데 그는 마치 대나무 잎이 물결치는 바다에 떠 있는 외로운 섬처럼 보였다.

죽현 선생이 대나무 숲을 헤치고 들어섰다.

얼굴에 비장한 기운이 역력했다. 바싹 긴장한 그의 모습은 안쓰럽기까지 했다. 그는 대나무 장대를 바닥에 쿡 찍어 꽂고는 환유성을 향해 손을 모아 보였다.

"고맙다. 다행히 내가 이긴다면 네 시체는 후히 장사 지내주겠다."

"……."

환유성은 물끄러미 그를 내려다보다 소추의 등에서 내려섰다.

"왜 달아나지 않았느냐?"

"너 같으면 사랑스런 처자식을 버리고 저 혼자 살겠다고 구차하게 달아나겠느냐? 이곳은 나와 우리 가족의 터전이다. 나의 아이들은 마을의 글 선생인 날 무척 존경한다. 내가 죽을지언정 그 아이들에게 추악한 과거를 알려줄 수는 없다."

죽현 선생은 장대 끝을 끼릭끼릭 돌렸다. 끝 부분이 뽑혀지자 가늘고 뾰족한 창날이 모습을 드러냈다. 한 자루 죽창으로 변한 것이다.

그는 죽창을 비껴 쥐며 물었다.

"한 가지 궁금한 것이 있다. 도대체 어떻게 나를 찾아냈단 말이냐?"

"아이들에게 써준 글씨에서 피 냄새를 느낄 수 있었다."

"뭐, 뭐라고? 내 글씨에서 피 냄새를……?!"

죽현 선생의 눈알이 쉴 새 없이 좌우로 흔들렸다. 그는 상당한 충격을 받은 듯 한동안 말을 잇지 못했다. 환유성은 양손을 늘어뜨린 채 권태로운 표정으로 그를 바라볼 뿐이었다.

죽현 선생은 이마에 송골송골 맺힌 땀을 소매로 닦았다.

"그렇다 해서 내 정체까지 알 수는 없었을 텐데?"

"물론 몰랐다. 그래서 네 글씨를 좀 더 보려고 했던 것이었지."

"그, 그랬었단 말이냐?"

죽현 선생의 표정이 참담하게 일그러졌다.

도둑이 제 발 저린다는 심정이었을까. 그는 너무 쉽게 자신의 정체를 노출시킨 경망스러움을 자책했다. 좀 더 신중했어야 했다. 십 년 넘게 양민으로 살아온 그답게 최후까지 자신을 숨겼어야 옳았다.

그는 자신을 심하게 자책하며 허탈하게 내뱉었다.

"차라리 네가 원한 글씨를 써주고 말 것을……."

말끝을 흐린 그는 환유성을 직시하며 한 자 한 자 또박또박 내뱉었다.

"난 살심귀악(殺心鬼惡)이다."

환유성은 가볍게 고개를 끄덕였다.

"살심귀악이라… 그랬었군."

참으로 놀라운 일이 아닐 수 없었다.

와준현의 글 선생인 죽현 선생의 정체는 과거 악인궁의 집형당주였던 살심귀악이었다.

형벌을 집행하던 자답게 그의 독랄함은 천하인들의 분노를 사기에 충분했다.

그는 고문의 명수였다. 죄수의 살갗을 벗기고 소금을 쳐 불에 굽는 행위는 그나마 자비로운 고문이었다. 죽창을 죄수의 항문에 꽂아 머리까지 꿰뚫으면서도 죽지 않게 만드는 실로 잔악한 고문에 천하인들은 치를 떨지 않을 수 없었다.

이런 죄악 때문에 그의 목에는 무려 황금 삼백 냥이라는 거금이 걸려 있었다. 악인궁 무리들 중에서 오대궁주를 제외하고는 현상금이 가장 높다.

인간 사냥꾼들에게 있어 그의 목은 누구보다 우선 순위였다. 악인궁의 당주급이라면 절세적 고수는 아니다. 목에 걸린 황금은 많고 무공은 약하니 눈에 불을 켜고 그를 찾으려 하는 건 당연한 일이었다.

하지만 그는 악인궁이 풍비박산된 이후 오리무중이었다. 그런 그가 사천 땅 와운현에서 글 선생으로 변신해 있을 줄 누가 짐작이나 하겠는가.

살심귀악은 죽창을 비껴 쥐었다.

"난 네놈이 살(殺)과 악(惡) 두 글자를 원하기에 이미 내 정체를 파악하고 있는 줄 알았다."

"글씨를 써주었다 해도 결과는 마찬가지다. 너의 글씨에서 풍겨지는 피 냄새로 네 정체를 알아낼 수 있었을 테니까."

"으음, 믿을 수 없는 일이군. 과거 악중뇌 궁주께서 말씀하기를 상승무도에 이른 자만이 글씨나 그림에서 피 냄새를 찾아낼 수 있다 하셨다. 그렇다 해도 십 년 넘게 사악한 마음을 품어본 적이 없었는데 아직도 피 냄새를 풍겨낸단 말인가?"

환유성이 권태롭게 내뱉었다.

"악의 냄새는 시궁창과 같아 쉽게 가시지 않지."

살심귀악은 물끄러미 그를 직시하다 비로소 깨달은 듯 주춤 물러섰다. 그의 턱이 덜덜 떨려왔다.

"그, 그래, 여느 인간 사냥꾼답지 않게 서두르지 않는 느긋함… 나의 글씨에서 피 냄새를 느낄 수 있는 상승무도의 경지… 네가 설마 반검무적이란 말이냐?"

"그렇다."

"오오… 맙소사!"

살심귀악은 아득한 절망감에 젖어 털썩 주저앉았다. 그는 참담한 표정으로 손의 죽창을 와직 부러뜨렸다.

"어서 내 목을 베라. 다섯 분 궁주조차도 이길 수 없는 너의 절대쾌검을 내 어찌 상대하겠느냐."

"……."

살심귀악은 비분에 찬 눈빛으로 그를 쏘아보았다.

"어서 베라 하지 않았더냐, 더러운 인간 사냥꾼 놈아!"

"창을 들어라."

"악독한 놈… 지렁이처럼 꿈틀거려야 벨 맛이 난다는 거냐?"

살심귀악은 창날을 손에 쥐었다.

그의 마음 한구석에서 살고 싶은 욕망이 뭉클뭉클 피어올랐다. 눈에 넣어도 아프지 않은 자식들과 자신을 개과천선의 길로 이끈 사랑스런 아내와 더불어 조금 더 사람다운 행복을 느끼며 살고 싶었다.

그러나 현실적으로 불가능한 일이었다. 그의 무공으로는 환유성을 향해 죽창을 내지르는 순간 목이 달아날 것이다.

살심귀악은 품속에 손을 넣어 단단히 봉한 붉은 봉투를 꺼내 들었다.

"반검무적, 이 안에는 내 목 값에 해당되는 황금 삼백 냥짜리 은표가 들어 있다. 피 냄새가 나는 돈이 아니다. 십 년 동안 아이들을 가르치고 글씨를 팔아 번 값진 돈이다. 어차피 은자가 목적일 테니… 이 돈을 받고 날 살려다오."

그의 간절한 애원에도 불구하고 환유성은 눈썹 하나 까딱하지 않았다.

"창을 들어라."

살심귀악은 입술을 질끈 깨물었다. 마지막 희망마저도 끊어졌다면 이제 그에게 남은 건 죽음뿐이다.

"오, 오냐, 과거 수백 명을 고통스럽게 죽인 내가 행복한 삶을 누린다는 것은 사치일 테지. 죄를 지었다면 벌을 받는 게 세상의 이치이니까."

그는 손에 쥔 창날을 응시하다 느닷없이 자신의 심장을 향해 푹 꽂았다.

"……!"

환유성의 미간이 약간 좁혀졌다. 그가 갑작스레 자결을 선택할 줄은 전혀 예상치 못한 것이다.

"우욱… 이, 이렇게 처절한 고통을 무수한 사람들에게 안겨주었다니……."

살심귀악은 입으로 검붉은 선혈을 뭉클뭉클 쏟으며 환유성을 쏘아보았다.

"미안하구나… 다른 놈 같았으면… 가차없이 내 목을 베겠지만… 크윽, 너… 너는 그러지 못할 것이다……."

"왜 덤비지 않았느냐?"

"내 아이들에게… 아비가 추악한 악인임을 알리고 싶지 않구나. 목은 베지 말아다오. 으윽… 이 은표를… 가져가……."

살심귀악은 붉은 봉투를 쥔 손을 뻗다가 그대로 푹 쓰러졌다.

눈도 감지 못한 최후였다. 그러나 그의 입가에는 희미한 미소가 서려 있었다. 상대와의 대결에서 이겼다는 진정한 승리자의 미소였다.

그는 스스로 목숨을 끊어 자식들을 구하려 한 것이다.

자신의 목이 태양천의 지부에 전달되면 자신의 정체가 널리 공표될 것이다. 그리된다면 자신의 자식들은 추악한 악인의 자식으로 손가락질을 받으며 평생토록 고통과 비탄에 시달리게 될 것이다.

죽어 넋이 된다 한들 어찌 그것을 두고 볼 수 있단 말인가.

온전한 상태로 죽는다면 그의 과거는 영원히 묻혀질 수 있다. 그의 비밀을 아는 사람은 그의 아내뿐이다. 하지만 아내는 현명하다. 지극한 슬픔에는 빠지겠지만 자식들을 위해서라도 죽는 날까지 비밀을 밝히지 않을 것이다.

살심귀악의 자결!

그것은 환유성에게 엄청난 충격을 안겨주었다.

그는 살심귀악의 시체를 내려다보며 부글부글 끓어오르는 분노를 참을 수 없었다. 그의 분노는 현상범을 스스로 죽게 내버려 두었다는 방심에 대한 자책이었다.

살심귀악의 말대로 그는 죽은 자의 목을 벨 수는 없다. 그것은 인성마저 말살된 추악한 인간 사냥꾼들이나 하는 짓이다.

그가 현상범들의 목을 베는 이유는 황금 때문이 아니라 그들이 죽어야 할 죄인이기 때문이다. 그런 자를 편안히 자결하게 내버려 두었다는 것은 그의 관념상 용납될 수 없는 일이었다.

환유성은 치솟는 격분을 참지 못하고 반검의 손잡이를 불끈 쥐었다.

"차앗!"

번쩍—

눈부신 섬광이 폭발하며 대나무 숲을 휘감았다. 그가 검을 회수하자 주변의 대나무들이 요란한 소리를 내며 연이어 베어져 넘어졌다. 단 일 초의 검식이었지만 삽시간에 거대한 공터가 만들어진 것이다.

환유성이 이토록 분노를 느껴보기는 실로 오랜만이었다. 그의 눈에서 실로 믿기 힘든 살광이 무럭무럭 피어올랐다.

"기분… 더럽군!"

5

초겨울의 스산한 저녁 바람에 대나무 잎사귀들이 아우성을 친다.

청풍림은 난데없는 비보에 온통 슬픔에 잠겨 있었다. 졸지에 지아비를 잃은 아낙과 아비를 잃은 두 아이는 죽현 선생의 싸늘한 시체 앞에 주저앉아 통곡을 하고 있었다.

"아이구, 여보. 이게 웬 날벼락이란 말입니까!"

두 아이는 아비의 시체를 부여안고 서럽게 울어댔다.

"흑흑, 아버지! 아버지!"

"아빠, 일어나! 어서 일어나란 말이야!"

와운현 마을 사람들은 눈시울을 붉히며 혀를 찼다.

"쯧쯧, 대체 어떤 죽일 놈이 죽현 선생 같은 분을 해쳤단 말인가."

"하늘도 무심하셔라."

"애고… 아이들이 불쌍해 어쩔고."

살심귀악의 진정한 정체를 모르는 그들에게 있어 살심귀악은 여전히 존경받는 죽현 선생이었다.

죽현 선생의 시체는 지나가던 나무꾼에 의해 발견되었다. 그 소식은 이내 와운현 전체에 퍼졌고 많은 사람들이 찾아와 죽현 선생의 죽음을 애도했다. 명필로 이름이 높은 죽현 선생은 와운현의 자랑거리이기도

했기에 모두가 그의 죽음을 애석해했다.

졸지에 비명횡사한 그의 죽음에 대해 의견이 분분했다.

대체 누가 죽현 선생을 죽였단 말인가.

큰 재산이 없는 것으로 알려졌기에 도적의 소행이라는 의견은 그다지 신빙성이 없었다. 몇 사람은 성도에서 시행되는 서예대회에 참가하려는 다른 자들이 그의 재능을 시기해 죽였다고 주장하기도 했다. 조금은 설득력이 있는 의견이었다.

어떤 사람은 그의 가슴에 깊이 난 창날의 상처를 보고 사악한 무림인에 의해 재수없게 죽었다고 말하기도 했다. 만일 무림인에 의해 피살된 것이라면 관부보다 태양천의 사천 지부가 나서 사인을 밝혀낼 것이다.

죽현 선생의 아내는 슬픔과 충격을 이기지 못하고 혼절했기에 이웃들이 도와줘야 했다. 몇몇 유지가 은자를 추렴해 상(喪)에 필요한 물품을 구입하였다. 이어 제단이 만들어지고 문밖에 조등(弔燈)도 걸렸다.

염을 하던 장의사가 죽현 선생의 품속에서 붉은 봉투를 찾아내 죽현 선생의 아내에게 건네주었다.

깊은 상심에 빠져 있던 아낙은 제단 뒤에서 남편이 남긴 봉투를 열어보았다. 황금 삼백 냥에 상당하는 거액의 은표였다. 그녀는 평소 검소하게만 살아온 남편이 이토록 엄청난 거액을 지니고 있었다는 데 놀라지 않을 수 없었다.

그녀는 금액을 되뇌다 눈을 커다랗게 떴다.

'황금 삼백 냥… 이건 애 아버지의 목에 걸린 현상금과 같은 액수야! 만일의 사태를 대비해 지니고 있었던 게 분명해. 그렇다면 추악한 인

간 사냥꾼에 의해 피살된 것은 아니로군.'

그녀는 나름대로 확신할 수 있었다.

만일 현상범 추적자에 의해 살해되었다면 죽현 선생의 시체가 온전하게 돌아오지는 않았을 것이다. 물론 은표 역시 그녀의 손에 쥐어질 리가 만무한 일이다.

그녀는 상심과 고민 속에서 한 가지 희미한 가능성을 추리해 냈다.

'혹시 악인궁의 옛 동료들을 만난 게 아닐까? 그들과 다투다 끝내 악인궁으로 돌아가지 않으려 하자 암습에 의해 살해되신 건지도 몰라.'

그녀는 그나마 남편이 인간 사냥꾼에 의해 살해되지 않았다는 사실에 스스로를 위로했다.

십 년 넘게 가슴 졸이며 살아왔던 그녀로서는 남편의 죽음과 더불어 과거의 죄상이 밝혀지는 최악의 비극은 면한 것이다. 적어도 아이들이 잔악했던 악인의 자식이란 비밀이 밝혀질 일은 이제 없을 것이다.

'여보, 아이들이 장성하게 되면 기꺼이 당신 곁으로 가겠어요. 그때까지만 지켜봐 주세요.'

그녀는 한참을 오열하다 은표가 담긴 봉투를 품속 깊이 갈무리하고 제단 뒤에서 나왔다.

모두들 봉투의 내용물에 대해 궁금해하자 아낙은 그늘진 표정으로 대답했다.

"별것 아닙니다. 남편이 성도의 서예대회에서 장원하기를 바랐던 부적이지요. 차라리 무사귀환을 비는 부적을 드렸어야 했어요."

6

그가 이토록 술을 마셔보기는 처음이었다.

탁자 앞에는 독한 죽엽청이 무려 열 단지나 비워져 놓여 있었다. 안주로 딸려온 오향장압이란 오리 찜에는 젓가락 한 번 대지 않았다. 그는 마치 술에 미친 사람처럼 마시고 또 마셨다. 취선이라도 버티기 힘들 정도의 엄청난 폭음이었다.

그 주변의 탁자는 거의 비어 있었다. 그의 전신에서 뿜어지는 광기 어린 기세에 모두들 겁을 집어먹고 자리를 옮긴 것이다.

그렇게 술을 마셔댔지만 가슴을 가득 채운 분노는 가라앉을 줄 몰랐다.

'내 손으로 목을 쳤어야 했는데… 내 손으로!'

환유성은 주먹을 불끈 쥐며 탁자를 내려쳤다.

목에 현상금이 걸린 악인이 그 앞에서 자결하기는 처음이었다. 물론 여태 그가 만난 모든 현상범들은 최후까지 발악을 했고, 목숨을 부지하려 갖은 악행을 저질렀다. 여염집 아낙이나 아이들을 인질로 삼아 버티기도 했었다.

그런 자들이었기에 환유성의 반검이 그들의 목을 베는 데 한 치의 주저함도 있을 수 없었다.

현상금이 걸린 자들은 모두 죽여야 할 자들이다.

과거의 죄를 씻기 위해 불문에 귀의한 자들이나 개과천선하여 열심히 농사를 짓고 사는 자들 역시 예외는 아니다. 살려줄 것을 눈물로써 간절히 애걸하는 자들에게도 그의 반검은 결코 용서가 없었다.

그들을 찾아 죽이는 것은 그의 불우했던 과거에 대한 복수이기도 했기 때문이다.

한데, 이번 살심귀악의 당당한 자결은 그의 가치관에 큰 혼란을 주었다.

살심귀악은 여느 악인과 달랐다.

어제 그를 만난 이후 달아날 수도 있었지만 그는 가족을 지키기 위해 내빼지 않았다. 그의 자결은 어떤 의협도 흉내 낼 수 없을 만큼 기개와 신념 어린 자결이었다. 덕분에 그는 자신의 목도 잘리지 않았고 과거의 추악했던 신분도 숨길 수 있었다.

그는 죽었지만 진정한 승자였다. 패배자는 천하제일의 현상범 추격자라 할 수 있는 환유성이었다.

'차라리 놈의 팔을 베어 자결을 막고 살려주는 것이 나았어. 아니면 놈이 자신의 정체를 밝히는 순간 목을 베었던가.'

환유성은 단지째 들어 벌컥벌컥 들이켰다.

사실 그는 분노보다 괴로움이 더 컸다. 아무리 주변 상황에 무관심한 그였지만 그도 인간이다. 가족을 끔찍이도 아끼는 살심귀악에 대해 일말의 연민과 동정심을 느낀 것은 사실이었다.

그자가 과거 어떤 죄를 지었든 간에 살아가야 할 자격은 충분했다.

만일 그가 스스로 목숨을 끊지 않고 자신에 의해 목이 베어지기를 기다렸다면 환유성은 결코 그의 목을 베지 못했을 것이다.

환유성의 반검은 원치 않으면 절대 뽑히지 않는다.

죽기를 원하는 자를 죽이는 것은 오히려 상대를 돕는 자비일 수 있기 때문이다. 이미 살기를 포기한 자를 죽이는 것이 그에게 무슨 의미가 있단 말인가.

이것이 그가 분노한 이유였다.

처음으로 그의 부동지심을 뒤흔들어 놓은 살심귀악의 자결은 그의 가슴에 심한 갈등과 괴로움을 불러일으켰다.

그는 자신이 내키는 일만 한다. 바꿔 말하면 원치 않는 일은 결코 하지 않는다는 것을 말함이다. 그런데 그는 원치 않는 일을 저지르고 말았다. 죽이고 싶지 않은 자가 죽었으니 그의 심사가 좋을 리 만무했다.

게다가 살심귀악은 미소를 지으며 죽었다.

자신의 목을 절대 베어가지 못한다는 확신 어린 그 미소가 환유성을 더 화나게 만들었다. 자신이 한갓 악인의 의도대로 행동할 수밖에 없었다는 게 치욕이었다. 이번의 모멸감은 앞으로도 오랫동안 그를 괴롭힐 것이다.

환유성은 빈 술 단지를 세차게 내려놓았다. 술 단지가 박살 나며 파편이 사방으로 튀었다.

"술 더 가져와!"

사금파리가 일층으로 떨어져 내리자 몇몇이 욕설을 퍼부으며 일어섰다. 하지만 그들은 이층으로 향하는 계단을 오르다 환유성의 거친 기세에 주눅 들어 얼른 발걸음을 돌렸다.

환유성은 점소이들이 바로 다가서지 않자 탁자를 내려치며 술주정을 부렸다.

"이놈들, 어서 술 가져오란 말이다!"

대나무로 엮은 탁자라 어지간한 충격에도 부서지지 않는데 환유성의 주먹질 한 번에 산산조각이 났다. 정말이지 그답지 않은 행패였다.

점소이들은 서로 눈치를 보다 개중에 조금은 강단이 있어 보이는 자가 주춤주춤 다가섰다.

"저어… 대인, 많이 취하셨습니다요. 술은 그만 하시지요."

"그래, 취하려고 마신다. 술값은 걱정 마."

"그게 아니오라 너무 취하셔서……."

환유성은 눈을 들어 그를 직시했다.

점소이는 그의 강렬한 눈빛을 대하는 순간 간담이 떨려 벌벌 오줌을 지렸다. 환유성은 금세라도 폭발할 것만 같은 분노에 전신을 와들와들 떨었다.

"아, 알겠습니다요."

점소이는 동료에게 대신 주문을 넘기고는 그대로 줄행랑을 쳤다.

일층 계산대의 주인은 위층의 상황을 전해 듣고는 잔뜩 이맛살을 찌푸렸다. 고약한 손님을 만났다 싶은 것이다. 그로 인해 손님들이 대다수 달아났으니 이만저만한 손해가 아니었다.

그는 반질반질한 소갈머리를 긁적이다 입맛을 다셨다.

"일단 가장 독한 술로 왕창 갖다 줘라."

그는 비교적 걸음이 날랜 점소이를 불러들였다.

"아팔, 너는 어서 분타장을 모셔와라."

"분타장이라니요?"

주인이 점소이의 머리에 알밤을 먹였다.

"이놈아, 와운현에 분타장이 또 누가 있겠어? 맹룡철권 강 대협 말이다!"

점소이 셋이 낑낑거리며 커다란 술독을 들고 이층 계단으로 올라갔다. 그들은 환유성 옆에 술독을 내려놓고는 귀신이라도 만난 듯 뒤도 안 돌아보고 달아났다.

환유성은 사발을 들고 연신 술을 퍼마셨다.

물이라면 그렇게 마실 수 없을 것이다. 커다란 독의 술이 순식간에 절반으로 줄어들었다. 잔뜩 취한 상태에서 독한 술을 퍼붓듯 마셔댔으니 취하지 않으면 사람이 아니었다.

상체를 가눌 수 없을 만큼 취한 그는 게슴츠레한 눈을 하며 연신 몸을 흔들거렸다.

"젠장… 너무 화가 나… 참을 수가 없어… 빌어먹을……."

본래 그는 주량이 센 데다 정신력이 강해 웬만한 술에도 취하지 않는다. 아니, 그는 절대 취해서는 안 된다. 그가 현상범들의 목을 노리듯 그를 죽이지 못해 이를 가는 현상범들이 도처에서 그를 지켜보고 있기 때문이다.

단 한시도 방심할 수 없는 직업이 바로 인간 사냥꾼이다.

환유성이 힘겨운 숨을 내쉬고 다시 사발을 들어 술독에 넣을 때였다. 커다란 손이 그의 손목을 턱 쥐었다.

"형씨, 그만 들어가 자는 게 좋겠네."

환유성은 손목을 잡힌 채로 고개를 들어 상대를 올려다보았다.

아주 당당한 체구의 거한이었다. 삼십 대 중반의 나이인데 구릿빛 피부가 무쇠처럼 단단해 보였다. 그는 고리눈을 부릅뜬 채 엄한 표정을 지었다.

"어서 일어나게!"

"놔!"

"허어, 이 친구가? 자네 내가 누군지 모르나?"

"놓으라고 했지!"

환유성이 벌떡 몸을 일으키자 거한은 냅다 주먹을 휘둘렀다.

"이런 망나니 새끼를 보았나!"

면상에 주먹을 맞은 환유성은 그대로 뒤로 날아갔다.

와지끈—!

탁자와 의자를 부수며 그는 구석으로 나뒹굴었다. 코피가 터지고 입술이 찢어져 얼굴이 온통 피투성이가 되었다.

구릿빛 피부의 거한은 대동한 청년들에게 영을 내렸다.

"저 새끼를 당장 내쳐라! 길에서 얼어 뒈져도 제 팔자다!"

"예, 분타장!"

청년들은 빠르게 다가서서 환유성을 끄집어 일으켜 세웠다.

"미친놈, 어서 일어나지 못해!"

"감히 이곳이 어디라고 행패냐!"

"당장 나가자."

환유성은 신경질적으로 양 소매를 후려쳤다.

"꺼져!"

연이은 폭음과 함께 청년 셋이 동시에 날아갔다. 한 명은 창문을 깨부순 채 밖으로 퉁겨져 나갔고, 둘은 탁자를 부수며 한쪽으로 나뒹굴었다.

구릿빛 피부의 거한은 잔뜩 이맛살을 찌푸렸다.

그는 수하들의 능력을 잘 알고 있었다. 비록 이류고수에 불과했지만 그들 셋을 일시에 내칠 정도면 손쉬운 상대는 아니라 판단한 것이다.

환유성은 비틀비틀 걸음을 옮겨 거한과 마주 섰다.

그의 광기 어린 눈빛에 거한은 가슴이 뜨끔해졌다. 하지만 그는 와운현에서 가장 뛰어난 무공의 소유자답게 호기를 부렸다.

"이놈, 난 태양천 사천 지부에 소속된 와운현의 분타장 맹룡철권(猛龍鐵拳) 강평(姜坪)이란 사람이다! 나의 수하를 건드렸다는 건 곧 태양천에 대한 도전이다. 내쫓기는 것으로 용서될 일은 아니지."

그는 태양천이란 명호에 잔뜩 힘을 주었다. 웬만한 상대는 그 이름만으로 주눅이 들고 만다. 하지만 상대는 태양천을 전혀 겁내지 않는 많지 않은 사람 중 하나였다.

"그래서 어쩌라고?"

"뭐, 뭐야!"

강평은 커다란 주먹을 불끈 쥐었다.

"네놈이 정녕 머리통이 깨져 죽고 싶으냐!"

그의 주먹은 아주 강력하다. 맨 주먹으로 호랑이를 때려죽일 만큼 뛰어난 신력의 소유자다. 게다가 외문기공을 익힌 이후 그의 몸뚱이는 무쇠처럼 단단해졌다. 그는 사천 지부에 소속된 열 명의 분타장 중 가장 무공이 높기에 자부심이 대단했다.

환유성은 워낙 심하게 취해 입술이 터졌지만 아픔도 느끼지 못했다. 만일 그의 성품이 포악했다면 진작에 반검이 발출됐을 것이다. 하지만 그는 결코 감정 때문에 검을 휘두른 적은 없었다.

"꺼져. 난 지금 술을 마셔야 한다."

강평은 주변에서 자신을 지켜보는 눈을 의식하고는 냅다 주먹을 내질렀다.

"이런 쳐 죽일 놈!"

그의 주먹은 하나의 철퇴가 되어 환유성의 면상으로 날아들었다. 좀 전처럼 가벼운 주먹질이 아니었다. 공력이 실린 그의 주먹은 바윗덩이도 박살 낸다는 철권이었다.

환유성이 가볍게 고개를 틀자 강평의 주먹은 종이 한 장 차이로 빗나갔다. 동시에 환유성의 주먹이 그의 면상에 꽂혔다.

퍼억―!

구 척 장신의 거구가 대번에 날아갔다. 그의 몸은 이층 난간을 부수고 일층으로 떨어져 내렸다. 탁자 세 개가 연이어 부서지며 그는 큰대자로 나가동그라졌다. 안면 절반이 으깨졌지만 워낙 단단한 몸뚱이라 그래도 목숨은 건졌다.

와운 분타의 무사들은 일제히 병장기를 빼 들었다.

"어서 지부장님께 보고하라!"

"무서운 악적이 출현했다!"

"놈이 달아나지 못하게 포위하라!"

객잔 내는 삽시간에 아수라장이 되어버렸다. 그나마 남은 취객마저 모두 달아났다.

환유성은 아무 일도 없었던 듯 다시 자신의 탁자로 가 앉았다. 그는 커다란 술독을 번쩍 쳐들어 통째로 입에 쏟아 부었다. 절반은 목구멍으로 넘어갔지만 절반은 턱을 타고 흐르며 앞자락을 흥건하게 적셨다.

진정 술에 미친 자만이 행할 수 있는 객기였다.

무사들은 그를 에워싼 채 서로 눈짓을 보냈다. 분타장을 한 방에 보낸 고수였지만 잔뜩 술에 취해 있다면 두려워할 일은 아니라 판단한 것이다.

"차앗!"

"받아라!"

여섯 명의 무사들이 일제히 병장기를 날렸다. 가까운 거리였기에 그들의 병장기는 이내 환유성의 전신 여섯 요혈로 접근했다.

술독을 내린 환유성은 자신의 몸을 향해 내리 꽂히는 병장기를 보고도 아무런 행동을 취하지 않았다. 마치 죽기를 바라는 사람 같은 태도였다.

순간, 예리한 파공성과 함께 여섯 줄기의 지풍이 날아들며 무사들의 병장기를 대번에 퉁겨 버렸다.

태태탱—!

강력한 충격에 손아귀가 터져 병장기를 놓쳐 버린 무사들은 기겁하며 뒤로 물러섰다.

"어엇?!"

"누, 누가?"

하나의 신형이 연기처럼 객잔 이층으로 내려섰다.

마른 체구의 중년인이었다. 화려한 비단옷을 걸쳐서인지 위엄에 찬 풍모가 한결 돋보였다. 눈썹이 아주 짙었고 표정은 찬 서리처럼 냉막했다. 그는 쌍검을 등에 교차해 메고 있었다.

무사들은 일제히 한쪽 무릎을 꿇었다.

"지부장님을 뵈옵니다!"

그러했다. 쌍검을 교차해 멘 중년인은 태양천의 사천 지부장 냉면쌍검(冷面雙劍)이었다. 태양천 십삼지부장 중 으뜸인 초일류급 고수다. 그의 쌍검 아래 스러진 악도들은 헤아릴 수 없을 만큼 많다.

냉면쌍검은 수하들을 향해 매섭게 질책했다.

"한심한 놈들, 감히 뉘 앞이라고 함부로 병기를 휘두르는 것이냐!"

수하 하나가 아뢰었다.

"지부장님, 놈은 태양천에 도전한 악도입니다."

"닥쳐라! 네놈들이 죽으려고 환장을 해도 유분수지, 당세의 영웅도 몰라본단 말이냐!"

냉면쌍검은 환유성을 향해 정중히 포권의 예를 올렸다.

"수하들의 불찰을 용서해 주십시오. 모두 저의 불찰이외다."

와운 분타의 무사들과 몇몇 무림인들은 이 광경을 보고 입을 딱 벌렸다.

냉면쌍검이라면 사천성 내에서 가장 영향력있는 절정고수다. 명문정파인 아미파나 점창파의 장문인들조차도 한 수 접어주는 위치가 아닌가. 그가 이렇듯 먼저 몸을 굽힌 적은 근래에 없는 일이었다.

"이 사람은 사천 지부를 책임지고 있는 냉면쌍검이라 하오. 영웅께서 사천성으로 들어섰다는 전갈을 받고 영접을 위해 서둘러 달려왔소이다. 아랫것들이 몰라 범한 죄니 부디 용서해 주시오."

환유성은 물끄러미 그를 바라보다 몸을 일으켰다.

"됐소."

그는 비틀비틀 걸음을 옮겨 계단으로 향했다. 중심을 잡기도 힘든 듯 그는 난간을 잡고서야 위태롭게 계단을 내려갔다.

냉면쌍검은 객잔 주인을 향해 외쳤다.

"주인장, 어서 영웅께서 쉬실 방으로 안내하게!"

객잔 주인은 부리나케 나서며 몸소 환유성을 안내했다.

"어, 어서 따르시지요, 대협. 후원 별실로 안내하겠습니다요."

환유성은 은자 부스러기를 내밀었다.

"이게 다요. 싸구려 방으로 주시오."

주인은 어찌할 바를 몰라 울상이 되어 냉면쌍검 쪽을 올려다보았다. 사천 지부장이 깍듯하게 예우하는 영웅이니 당연히 상급 별채로 모셔야 했지만 본인이 거부하니 난감한 일이 아닐 수 없었다.

냉면쌍검은 잠시 생각하다 고개를 끄덕였다. 환유성에 대해 세세히 파악하고 있는 그로서는 굳이 부담을 주고 싶지 않았다.

"영웅께서 원하는 방으로 안내하게."

주인이 객실 쪽 복도로 향하자 환유성은 비틀거리며 주인을 따랐다. 벽을 짚으며 걷는 그의 발걸음은 금세라도 엉켜 넘어질 것만 같았다. 환유성이 사라지자 모두의 시선이 냉면쌍검에게로 쏠렸다.

냉면쌍검은 뒷짐을 진 채 난간가로 가 섰다.

"실망이군. 천하의 영웅이 술에 취해 싸움질이나 하다니……."

그는 수하들에 의해 들것에 실리는 맹룡철권을 내려다보며 물었다.

"괜찮을 것 같으냐?"

맹룡철권의 상세를 살피던 수하 하나가 대답했다.

"코뼈가 내려앉고 이빨이 상했지만 생명에는 지장이 없을 것 같습니다."

"그만하길 다행이군."

옆에 서 있던 수하들이 물었다.

"지부장님, 대체 저자가… 아니, 저 영웅이 누군데 이리도 후대하십니까?"

"누군지 몰라도 너무 무례하지 않습니까?"

냉면쌍검은 빈 의자에 엉덩이를 걸쳤다.

"정녕 모른단 말이냐? 내 총단으로부터 전갈을 받고 전 분타에 하달했건만 어쩌자고 이런 싸움질을 벌였단 말이냐."

수하들은 서로를 쳐다보다 비로소 깨달은 듯 안색이 하얗게 변했다.

"예에? 하, 하면?"

"저… 취객이 바로 반검무적?"

"그, 그럼 속하들이 반검무적 환 대협과 맞선 것이란 말입니까?"

냉면쌍검은 점소이가 갖다 바친 찻잔을 입으로 가져갔다.

"멍청한 놈들, 이제야 눈치를 챘단 말이냐."

무사들은 너무도 엄청난 충격에 숨을 쉴 수가 없었다. 그들은 이빨을 딱딱 마주치며 전신을 와들와들 떨었다.

반검무적 환유성!

무림인들에게 있어 그의 존재는 하나의 신화다. 그는 이제 요동의 별이 아니라 중원의 별로 추앙되는 영웅 중의 영웅이다. 그의 예기치 못한 행적과 믿기 어려운 대결은 천하인들에게 있어 가장 큰 관심사다.

단비사도, 백수마왕의 목을 벤 공적은 이제 무림계에서 모르는 사람이 없다. 단신으로 오대악인과 격돌해 그들을 격상시켰다는 무용담에는 모두가 혀를 내두른다.

파문삼절을 격패시킨 일은 사소한 사건에 불과했다. 게다가 천하오검 중 하나인 천사신검과의 대결에서 평수를 이뤘다는 소문도 이미 천하에 알려져 있다.

최근에는 신비 집단인 암흑마국의 금검총령을 죽여 그 공적에 빛을 더했다.

물론 그의 가장 큰 공적은 태양천의 소공녀를 구한 일이었다.

태양천에서는 마땅히 작위를 내리고 은사금전으로 답례를 해야 했지만 그리하지를 못했다. 그의 성격상 절대 받지 않을 것이라는 소천주 강무영의 반론 때문이었다.

태양천으로서는 그에게 커다란 빚을 진 셈이다.

하기에 태양천은 내부 지침을 통해 환유성에 대한 각별한 예우를 하달했다. 절대 그와 맞서지 말 것이며 행여 그가 무엇을 요구해도 반드시 들어주라는 지침이었다.

이런 천주령이 하달되었는데 사천성에서 충돌이 빚어졌으니 냉면쌍검으로서는 실로 난감한 일이었다. 사소한 충돌인 것이 오히려 다행이었다. 만일 다수가 죽거나 다쳤다면 그는 문책을 면치 못했을 것이다.

와운 분타의 무사들은 겨우 충격에서 벗어나게 되었다.

생각만 해도 끔찍한 일이었다. 만일 냉면쌍검이 적시에 그들을 저지하지 않았다면 이미 그들의 목은 바닥에 떨어져 있었을 것이다.

누가 감히 반검무적의 절대쾌검에 맞설 수 있겠는가.

냉면쌍검이 찻잔을 내려놓자 수하 하나가 물었다.

"지부장님, 환 대협께서 너무 취하신 것 같은데 속하들이 경호를 서야 하지 않을까요?"

"경호? 어떤 미친놈이 환 대협의 쾌검 반경 안에 뛰어들겠느냐? 환 대협은 독특한 성격이라 자신의 주변으로 누구도 끼어드는 것을 원치 않는다. 그를 번거롭게 해선 안 되는 것도 총단의 지침이니 모두들 모른 척해라. 그를 만나도 굳이 예를 차릴 필욘 없다."

냉면쌍검이 계단을 내려서자 수하들이 좌우로 늘어서서 정중히 포권의 예를 올렸다.

객잔을 나선 냉면쌍검은 대다수 등잔불이 꺼져 있는 객실 쪽을 올려다보았다. 그는 자신에게 접수되었던 소문과는 너무도 다른 그의 행동에 고개를 내저어야 했다.

'이해할 수가 없군. 철저히 자신의 행보를 지켜 흐트러짐이 없다던 그가 왜 이렇게 술에 취한 걸까?'

■ 제30장

위험한 비무(比武)

1

삼경이 넘은 시간이라 거리를 배회하는 사람도 없었다. 큰 마을이 아니기에 밤늦게 찾아드는 상인들도 없어 와운현 사람들은 대다수 등불을 끈 채 깊은 잠에 빠져 있었다. 간혹 개 짖는 소리만 들려올 뿐이다.

운천객잔 역시 적막감이 돌 정도로 조용했다. 본래 식사를 위주로 하는 곳이라 객실도 많지 않아 묵는 나그네는 한둘에 불과했다.

이때, 객잔의 담장을 넘어 한 명의 복면인이 내려섰다.

건장한 사내의 체구였지만 신법은 놀랍도록 날렵했다. 복면인은 빠르게 주변을 살피고는 객실 난간 위로 몸을 솟구쳤다. 미끄러지듯 복도를 가로지른 복면인은 환유성이 묵고 있는 객실 방문 앞에 이르렀다.

복면인은 슬며시 방문을 열었다. 안에서 걸어 잠그지 않았는지 문은 쉽게 열렸다.

'역시 문을 잠그는 일은 없어.'

방으로 들어선 복면인은 걸쇠를 내려 단단히 잠그고는 품속에서 예리한 비수를 꺼내 들었다. 어두운 방에서 빛나는 비수의 칼날이 섬뜩하도록 차가운 기운을 발한다.

복면인의 눈빛은 여인처럼 맑고 깨끗했다.

그는 휘장도 없는 허름한 침상 쪽으로 살금살금 다가섰다. 독한 술 냄새가 코를 찌른다. 고주망태가 된 환유성은 침상에 엎어진 채로 코까지 골며 깊이 잠들어 있었다.

복면인은 그의 헝클어진 머리카락을 콱 쥐며 목에다 비수를 들이댔다.

"넌 이제 죽었다."

환유성은 죽음의 순간이 목전에 이르렀는데도 깨어날 줄을 몰랐다. 복면인은 그의 목을 찌를 듯하다가 손을 멈추었다.

"젠장, 이렇게 죽이면 너무 재미가 없잖아?"

복면인은 그를 뒤집어 바로 눕혔다. 역한 술 냄새가 확 풍겨졌다. 너무 과도한 술을 마셔서인지 얼굴까지 붉게 달아올라 있었다.

복면인은 잠시 그를 내려다보다 복면을 홱 벗어 던졌다. 놀랍게도 사내가 아닌 여인이었다. 눈썹이 짙고 눈매가 다소 날카롭다. 들꽃 같은 매력을 풍기는 여인은 다름 아닌 금류향이었다.

그녀는 환유성의 양 볼을 찰싹찰싹 때렸다.

"야, 일어나! 어서 일어나란 말이야!"

몇 차례 뺨을 맞고서야 그는 잔뜩 인상을 찡그리며 게슴츠레 눈을 떴다.

"누구야……?"

금류향은 그의 멱살을 콱 감아쥐었다.

"정신 차려, 나쁜 새끼야! 내가 누군지 똑똑히 보란 말이야!"

야심한 시각에 비수를 손에 쥔 불청객을 대했지만 환유성의 표정은 태연하기만 했다. 술기운으로 벌겋게 충혈된 눈에 금류향의 모습이 서서히 새겨졌다.

"류향… 이구나?"

"그래, 이 악당아. 나한테 그토록 몹쓸 짓을 저지르고도 네가 제명대로 살 수 있을 것 같아!"

금류향은 환유성의 목에 비수를 바짝 갖다 댔다.

"죽더라도 누구 손에 죽는 줄은 알아야 했기에 널 깨운 거다."

"……."

"반검무적이 내 손에 목이 베어졌다면 천하가 뒤집힐 거야. 하여간 네놈만 죽인 후 난 요동으로 돌아갈 거야."

"요동… 좋지. 하지만 중원은 다 돌아봐야 할 것 아냐?"

"다 필요없어! 너란 인간 때문에 난 너무 망가졌어. 강무영이 보는 앞에서 발가벗겨진 채 거꾸로 매달려 있었으니 수치도 그런 수치가 없어, 이 천하에 다시없는 악당!"

환유성은 여전히 취기에서 깨어나지 못하고 귀찮은 듯 중얼거렸다.

"그럼 내가 강무영을 벗겨서 네 앞에 보여주지. 그럼 되겠냐?"

"미친 소리 마! 내 손에 곧 죽을 놈이 어디서 객기를 부려!"

금류향은 서슬 퍼런 표정으로 비수를 쥔 손에 잔뜩 힘을 가했다. 하안 손등에 퍼런 힘줄이 두둑 돋아났다. 약간의 힘만 가해도 환유성의 목숨이 끊길 순간이었다. 환유성은 반쯤 감긴 눈으로 담담하게 그녀를 올려다볼 뿐이었다.

금류향은 이를 악물며 나직이 외쳤다.

"멍청한 놈, 왜 살려달라고 애원하지 않는 거냐? 왜 이렇게 죽음에 무관심한 거야?"

"귀찮게 하지 말고 죽이려면 어서 죽여."

"오냐, 못 죽일 줄 알아?"

금류향은 비수를 번쩍 쳐들었다. 그대로 내리꽂기만 하면 그를 죽여 치욕을 씻을 수 있었다. 그러나 그녀의 비수는 더 이상 움직이지 않았다.

그녀는 입술을 파르르 떨며 잔뜩 울상이 되었다.

"젠장, 그렇게 독한 마음을 먹고 왔는데도 널 죽일 수 없다니……."

환유성은 그녀를 와락 잡아끌었다.

"바보 같은 계집, 그런 나약한 심성으로 어떻게 인간 사냥꾼이 됐나 모르겠군."

그는 그녀를 침상에 눕히고는 비수를 빼앗아 내던졌다.

"상대를 못 죽이면 자신이 죽는 게 우리의 직업이다."

금류향은 그를 밀치려 앙탈을 부렸다.

"저리 비키지 못해!"

환유성은 그녀의 손을 밀치며 앞자락을 부욱 뜯었다. 그녀는 화들짝 놀라 몸을 움츠렸다.

"무, 무슨 짓이야?!"

"넌 나만 만나면 하고 싶어했잖아?"

환유성은 거칠게 그녀의 옷을 벗겼다. 그의 거친 손길이 스칠 때마다 그녀의 옷이 갈가리 찢겨져 나갔다.

금류향은 그의 태도가 너무 달라졌다 싶어 두려움이 앞섰다. 그가 아닌 다른 사람처럼 여겨졌다. 그녀는 상체를 일으키며 그를 홱 밀쳐냈다.

"저리 꺼져!"

환유성은 침상 아래로 나가동그라졌다. 금류향은 이불로 알몸을 가리며 그를 쏘아보았다.

"이 악당아, 내가 지금 너랑 그 짓 하자고 찾아온 줄 알아?"

환유성은 그녀의 완강한 거부 따위는 전혀 개의치 않고 자신의 옷을 벗어 던졌다.

"네 의도는 상관없어. 내가 하고 싶으니까."

"뭐, 뭐야?"

금류향은 너무도 기가 막혀 말을 이을 수 없었다.

환유성은 그녀를 끌어안으며 침상에 눕혔다. 그의 체내에 남은 독한 술기운 때문인지 몸이 몹시 뜨거웠다.

금류향은 묘한 흥분을 느끼며 몸을 가늘게 떨었다.

그와 몇 차례 살을 섞은 적이 있었지만 대부분 그녀가 주도한 정사였다. 하지만 지금은 예전과 달랐다. 환유성의 벌겋게 충혈된 눈에는 은은한 욕정까지 서려 있었다.

오히려 금류향이 몸을 사려야 했다.

"시, 싫어. 너 갑자기 왜 이러는 거야?"

"내 뜨거운 피를 식혀야 하니까."

환유성은 거침없이 그녀의 몸에 자신을 밀착시켰다.

금류향은 호흡이 턱 막혀왔다. 마음은 은근한 반항심에 그를 밀쳐내려 했지만 그녀의 몸은 그렇지를 못했다.

환유성은 무척이나 거칠게 그녀를 다루었다. 흡사 겁탈이라도 하듯 그녀의 양손을 찍어누른 채 그녀의 얼굴에 대고 뜨거운 숨결을 토해냈다.

금류향은 두렵기도 했지만 그가 적극적으로 주도하는 정사는 처음인지라 몹시 흥분되었다.

그녀는 그를 부둥켜안은 채 허리를 놀리며 그와 보조를 맞추었다. 그녀는 생전 처음 느껴보는 쾌감과 희열에 몸을 떨어야 했다. 자신의 몸에 이토록 강한 성적인 욕구가 숨겨져 있을 줄은 처음 깨달았다.

남이야 듣든 말든 연신 쾌락에 젖은 신음을 흘렸다.

"아아… 유성."

2

창살을 통해 스며드는 여명이 빛에 금류향의 나신이 빛을 발한다.

그녀는 지금 꿈을 꾸고 있는 기분이었다. 한바탕의 격렬한 정사로 인해 그녀의 몸은 여전히 뜨거운 기운을 뿜어내고 있었다. 전신 가득 퍼지는 쾌감을 감안한다면 그녀는 뿌듯한 만족감에 젖어야 했다. 하지만 기분은 전혀 그렇지가 않았다.

'이게 무슨 꼴이람…….'

그녀는 스스로도 한심한 듯 고개를 돌려 환유성을 바라보았다.

그는 주섬주섬 옷을 걸쳐 입고 있었다. 지난밤 격정적인 정사를 벌이던 그의 모습은 씻은 듯 사라졌다. 오랫동안 보아왔던 예전의 그 모습 그대로였다. 세상에 대한 염증이 서린 권태와 다소 오만스레 보이는 나른함…….

그런 그를 보자 그녀는 왈칵 눈물이 쏟아졌다. 또 한 번 그에게 당했다는 생각에 수치스럽기까지 했다.

'내가 무슨 짓을 한 거야. 저 인간 같지 않은 놈을 죽이려고 사천 땅까지 쫓아와 놓고 살이나 섞다니…….'

환유성은 지난밤을 그녀와 함께 보냈다는 사실조차 잊은 듯 검을 메고는 그대로 방문으로 향했다.

금류향은 상체를 일으켜 앉았다.

"거기 서!"

그녀는 알몸을 고스란히 드러낸 채 외쳤다.

"너, 내가 그렇게 보잘것없는 계집으로 보이냐? 네가 내키면 하고 네가 가고 싶으면 가고… 내가 너한테 그런 계집밖에 안 돼?"

"너도 좋아했잖아?"

환유성의 덤덤한 한마디에 금류향은 입술을 질끈 깨물었다.

"나쁜 새끼, 넌 정말 지옥에 떨어질 거야."

그녀는 가슴을 들먹이며 서러운 눈물을 뿌렸다.

건장한 체구와 독한 손속을 지녔지만 그녀도 어쩔 수 없는 여인이었다. 그를 향한 애정은 깊어만 가는데 그는 한 걸음도 다가서지 않는다. 그를 향해 쏜 사랑의 화살은 빈 허공만 가를 뿐이다.

그녀는 이내 눈물을 거두었다. 눈물을 흘릴수록 자신이 너무 초라해지는 것 같았기 때문이다.

"그래, 한 가지만 묻자. 어제는 왜 그렇게 술을 마신 거야?"

"그럴 일이 있었어."

"이제… 어디로 갈 거야?"

"몰라."

환유성이 문을 열고 나서자 금류향이 빽 하고 소리쳤다.

"야! 옷을 다 찢어놓았으니 옷이라도 한 벌 사줘야 할 것 아냐!"

환유성은 뒤도 돌아보지 않고 복도로 나갔다.

"한 푼도 없어. 네 돈으로 사 입어."

3

성도로 향하는 길은 고원답게 바람이 찼다. 머리 위에서 쏟아지는 초동의 햇살은 살갗을 태울 듯 강렬했지만 옷 속으로 파고드는 바람은 칼날처럼 예리했다.

소추는 환유성을 태운 채 터벅터벅 관도 위를 걷고 있었다.

어쩌다 지나는 행인이나 봇짐 상인이 보일 뿐 관도는 비교적 한가했다. 한차례 세찬 바람이 지나칠 때마다 메마른 땅에서 피어오르는 황토먼지가 코를 찌른다.

환유성은 숙취로 인해 머리가 깨질 것만 같았다.

그가 금류향을 상대로 겁탈과도 같은 정사를 벌인 건 스스로 생각해도 어처구니없는 일이었다.

몽롱한 술기운 때문이 아니었다. 금류향에게 밝힌 대로 그의 피는 뜨겁게 끓어 있었다. 살심귀악의 자결이 가져다 준 괴로움이 분노로 화한 것이다.

만일 그가 의지로 억제하지 않았다면 와운 분타의 무사들은 모조리 그의 반검 아래 피를 뿜었을 것이다. 그만큼 그는 살의에 가득 차 있었다.

그는 자신의 폭음을 심하게 자책했다.

아주 오랜만에 그는 후회라는 것을 해보았다. 그것은 오랜 세월 잊었던 감정의 일부분이다.

중원을 종횡하면서 어린 시절 이후 흩어졌던 감정의 파편들이 한 조각씩 맞아가고 있었다. 그가 싫든 좋든 다수의 사람들과 충돌하고 부대끼면서 그의 가슴 밑바닥에 숨겨졌던 감정들이 되살아나고 있는 것이다.

예전에는 전혀 느끼지 못했던 분노, 연민, 호감, 괴로움 등이 그런 것들이었다.

그런 감정들은 사막처럼 메마른 가슴에 피어오르는 꽃과 같이 신선한 변화였다. 물론 그는 괴롭다. 세상을 흑백 논리로 단순하게 보려는 그의 의지가 뜻대로 펼쳐지지 않고 계속 감정이라는 벽에 부딪쳐 갈등을 일으키기 때문이다.

그의 감정의 벽에 최초로 균열을 일으킨 사람은 마검노인이었다. 그가 마검노인을 구하기 위해 한해야적의 소굴로 뛰어든 것은 절기를 가르쳐 준 사람에 대한 보답이라기보다 의협심에 가깝다. 화옥군주 주화령의 지극한 교활함은 그에게 경멸감을 일깨워 주었고, 백마성주의 딸 풍요원의 눈물과 저주는 연민을 느끼게 해주었다.

하나 그의 감정을 가장 크게 뒤흔든 여인은 옥잠화다.

애절하게 사랑을 호소하는 그녀를 유난히 냉막하게 대한 이유는 그녀 앞에서 자신이 무너질 것만 같은 위기 때문이었다. 그것을 극복하려는 반감이 강하게 치밀어 오르는 바람에 가녀린 여인을 슬프게 만들었지만 그녀는 분명 누구보다 사랑스럽고 매력적인 여인이었다.

태양천주의 딸 단목비연은 유달리 강한 친밀감을 불러일으켰다. 그가 앞서 남에게 호감을 느껴보기는 그녀가 처음이었다. 이유는 알 수 없었지만 그녀와 지낸 짧은 시간은 그에게 가장 편안했던 순간이었다. 하기에 그녀를 멀리 쫓아보내고 백마성의 마왕들과 겨루려 하지 않았던가.

강무영의 존재는 요동에서 함께 인간 사냥을 해온 영호찬과 비교가 되었다.

영호찬과는 그저 아는 사이일 뿐 우정을 느껴본 적이 없었다. 하지만 자신을 구하기 위해 무던히 애를 쓴 강무영의 의기는 확실히 존경스러웠다. 다시 만난다면 그와 더불어 술을 마시고 싶을 정도였다.

환유성의 뇌리에 주마등처럼 흘러가던 일들이 어제의 상황으로 이르렀다.

그 앞에서 수많은 사람들이 죽었지만 살심귀악은 그에게 상심을 일깨워 준 사람이다. 과거는 악인이었으되 지금은 아니다. 하지만 과거를 씻었다 하여 모든 죄가 씻겨지는 것은 아니기에 그의 죽음은 당연한 일이었다. 그런 자의 죽음에 분노를 느낀 것은 비애의 또 다른 표상이기도 했다.

환유성은 고개를 숙인 채 묵묵히 걷고 있는 소추의 목덜미를 다독여 주었다.

"소추, 요즘 왜 이렇게 혼란스러운지 나도 모르겠다. 내가 무슨 일을 하는지도 모르겠어. 현상범을 추격하는 일도 싫어졌어. 놈들의 목을 베도 예전처럼 상쾌하지가 않아. 내가 왜 이렇게 사는지도 모르겠어. 정말 모르겠어……."

소추는 난데없이 고충을 호소하는 주인의 말에 눈만 깜빡거렸다.

그는 구름 한 점 없는 푸른 하늘로 시선을 들었다.

뭇 새들이 떼 지어 날아가는 모습이 한가롭기만 하다. 높이 나는 자들의 여유로운 모습이련가. 이 넓은 세상도 높이 나는 새들의 눈에는 그저 손바닥만하게 보일 것이다.

문득 그도 날고 싶은 기분에 젖어들었다. 그의 겨드랑이에 날개라도 달려 새들과 더불어 하늘을 날고 싶었다. 그래서 새들처럼 세상을 관조하고 싶었다.

그러다 문득 그는 상념에서 깨어나 현실로 돌아왔다.

머리 속을 지끈거리게 하던 숙취가 사라져서인지 그는 본래의 맑은 정신을 되찾았다. 갑자기 시야가 환해지며 분명한 목적이 떠올랐다. 그의 가슴속에서 한줄기 뜨거운 기운이 솟구쳐 오른 것이다.

그는 어깨에 멘 반검의 손잡이를 불끈 쥐었다.

'그래, 내게도 가야 할 길이 있다! 그것은 검(劍)의 길이야! 운명처럼 주어진 반검을 나의 뜻대로 움직일 수 있게 만드는 것이 내 목표다. 마검노인처럼 좌절과 방황 속에서 괴로워하지는 않을 것이다. 그의 번민은 승패에 대한 집착 때문이었어. 하지만 죽고 사는 것조차 무관심한 내가 이기고 지는 것에 집착할 필요는 없지.'

갑자기 그의 심안이 밝아지며 한계에 이른 무도(武道)의 벽에 일격을 가했다.

물론 그 벽은 쉽게 깨뜨릴 수 없다. 고도의 정신 수련을 거친 자만이 뛰어넘을 수 있는 초극의 단계이기 때문이다. 그러나 영원히 넘을 수 없을 것 같던 거대한 산이 구름을 뚫고 희미하게 모습을 드러냈다는 것만으로도 희망을 가질 수 있었다.

'그래, 내가 가야 할 길은 검신(劍神)의 길이다! 여태 내가 걸어온 길은 그곳을 향한 행보였을 뿐이야. 이제 길이 보인다. 인간 한계를 넘어서야 도달할 수 있다는 검신. 무림 사상 누구도 도달한 적이 없다는 그 길이 내 앞에 펼쳐져 있어!'

그는 성도로 향한 고원의 관도 위에서 전혀 예기치 못한 소득을 얻게 되었다. 그것은 그가 수년 동안 검을 휘두르며 수련했어도 얻기 힘든 새로운 심득이었다.

그의 입가에 드물게 미소가 감돌았다. 뇌리 속에서 펼쳐지는 쾌검만으로 산 하나를 쪼갤 것만 같았다.

'그래, 태양천으로 가자. 태양천주와 맞서보는 거다. 천하제일검이라는 그와 겨뤄보는 거야!'

실로 과감한 결정이었다.

물론 그의 무공 수위로 태양천주를 격파할 수는 없을 것이다. 하지만 승패는 문제가 되지 않았다. 목숨을 잃을 수도 있지만 두려운 일은 아니다.

검신의 길을 가고자 한다면 누구와도 검을 겨뤄봐야 한다. 천하제일검의 검법을 상대하지 않고서 어떻게 검에 대해 논할 수 있단 말인가.

환유성은 홀가분한 기분이 되어 성도로 향하던 발길을 돌렸다.

"소추, 태양천으로 가는 거다. 과연 천하제일검이 어떤 경지인지 몹시 궁금해."

소추가 콧김을 뿜으며 방향을 틀 때였다.

두두두—!

그가 지나쳐 온 관도를 따라 한 필의 준마가 달려오고 있었다.

달리는 말에 채찍을 가하는 여인은 금류향이었다. 그녀는 산뜻한 경장 차림으로 갈아입은 상태였다. 옷을 찢어놓은 자가 그냥 갔으니 별수없이 새로 사 입어야 했다.

그녀는 소추 앞을 가로막으며 말 고삐를 확 잡아챘다. 놀란 준마는 앞발을 번쩍 치켜올리며 급히 멈춰 섰다.

환유성은 가볍게 눈살을 찌푸렸다.

"비켜."

"환가야, 오늘 너와 결단을 내야겠다! 날 죽이든 함께 다니든 결정을 내려야 돼."

"귀찮게 굴지 마."

금류향은 냉소를 치며 말을 받았다.

"흥! 여태까지는 네 마음대로 날 갖고 놀았는지 모르겠지만 이제는 아니야. 솔직히 말하지. 널 정말 좋아해. 너 없이는 못살아. 네가 어디를 가든 함께 다닐 거야. 난 그럴 자격이 있어."

"무슨 자격?"

"나, 난 널 알고서부터 다른 사내를 가까이 한 적이 없어."

"넌 처녀도 아니었잖아?"

금류향의 표정이 참담하게 일그러졌다.

"이, 이 나쁜 놈, 어떻게 그런 말을!"

그녀는 입술을 질끈 깨물었다. 그의 입에서 어떤 모진 말이 나와도 참겠다고 스스로 다짐했지만 그의 말은 면도날처럼 그녀의 가슴을 헤집었다. 그러나 어디 그런 수모를 한두 번 당했던가. 그녀는 솟구치는 분노를 애써 눌러 참았다.

'그래, 아무리 비양대도 널 놓치지 않겠어! 너도 인간이니 언젠가는 날 좋아하게 될 테니까.'

환유성은 방향을 틀어 그녀를 비껴갔다. 그녀는 말을 몰아 다시 그를 막아섰다.

"내가 말했지! 기어코 떨쳐 내고 싶으면 날 죽여!"

"난 이제 현상범을 추격하는 일 따위는 하지 않아. 그러니 너와 함께 다닐 이유가 없어."

금류향은 눈을 커다랗게 뜨며 그를 빤히 응시했다.

"뭐, 뭐라고?"

"너나 열심히 현상범들을 쫓아 은자나 챙겨."

"조, 좋아. 네가 하지 않겠다면 나도 인간 사냥을 그만두겠어. 넌 그냥 백수로 지내도 상관없어. 내가 어떻게든 널 먹여 살릴 테니까."

환유성은 집요하게 물고늘어지는 그녀를 물끄러미 바라보다 엉뚱한 말을 꺼냈다.

"너, 애 키울 수 있겠어?"

금류향은 놀란 토끼눈을 하다 밝은 미소를 지었다. 그녀는 겨우 그의 마음 한 귀퉁이를 잡았다 싶어 안색이 발그랗게 상기되었다.

"물론이야. 우리 둘을 쏙 빼닮은 아이를 낳겠어. 좋은 엄마가 되도록 노력할게."

"그럼 좋은 사내 만나서 애나 키우며 살아."

환유성은 한마디 던지고는 옆으로 지나갔다.

금류향은 한 방 먹은 듯 멍한 표정이 되었다. 그녀는 환유성의 의도를 잘못 읽은 것이다. 순간적으로 그의 아내가 되어 함께 살 수 있다는 희망에 가슴이 떨렸지만 결과는 너무도 참담했다. 그녀의 가슴은 깨진 유리병처럼 산산이 조각났다.

그녀는 폭이 넓은 광신검을 뽑아 들었다. 그녀는 환유성의 등을 향해 표독스럽게 외쳤다.

"나쁜 놈, 곱게 보내줄 것 같아!"

그녀는 안장에서 치솟아오르며 몸을 말아 회전했다. 표풍선자라는 별호답게 능숙한 신법을 구사한 그녀는 환유성의 등을 향해 냅다 검을 찔러왔다.

"죽어라!"

살기 어린 그녀의 검은 찬 대기를 가르며 환유성의 명문혈을 향해 날아들었다.

예전 같으면 위협에 그쳤겠지만 지금은 그렇지 않았다. 증오심으로 가득한 그녀는 진심으로 그를 죽이려 하는 것이다. 그를 죽이고 자신도 함께 목숨을 끊겠다는 생각이었다.

그녀의 검이 환유성의 등판에 꽂히기 직전이었다.

차앙—!

눈부신 섬광과 함께 그녀의 광신검이 동강 나버렸다. 검의 몸체는 날아가고 검의 손잡이 윗부분만 겨우 남게 되었다. 언제 검을 뽑아 금류향의 검을 베어버리고 다시 검을 꽂은 것인지 분별할 수 없을 만큼 빠른 쾌검이었다.

환유성은 아무런 일도 없었던 듯 저만치 멀어지고 있었다.

금류향은 절망하지 않을 수 없었다. 그녀의 능력으로는 그의 옷깃 하나 벨 수 없었다. 그가 떠나가는 것을 무기력하게 바라보아야만 했다. 가슴이 메어져 왔다. 쏟아지는 눈물을 참을 수 없었다.

그녀는 비 오듯 눈물을 뿌리며 외쳤다.

"이 나쁜 자식아! 차라리 날 죽이고 떠나!"

그녀는 극도의 상심을 견디지 못하고 울컥 피까지 토했다. 붉은 선혈이 그녀의 하얀 목을 타고 앞자락을 흥건히 적셨다.

"오냐, 너 같은 놈을 좋아했던 내가 바보였지."

그녀는 동강 난 광신검을 양손으로 움켜쥐었다.

"환유성! 내 죽어 귀신이 되어서라도 널 따라다니며 괴롭힐 것이다!"

환유성은 비로소 불길한 기분에 젖어 고개를 돌렸다.

"엇?!"

그는 놀라 경호성을 발하며 그대로 안장에서 몸을 솟구쳤다.

금류향은 자신의 심장을 향해 광신검을 꽂고 있었다. 그를 붙잡으려는 연기가 아니었다. 그녀는 극도의 상심과 자괴감을 이기지 못하고 스스로 목숨을 끊으려 하는 것이었다.

환유성은 그녀를 만류하려 했지만 거리가 너무 멀었다. 그가 이르기도 전에 그녀의 검은 심장에 닿고 있었다. 실로 안타까운 순간이었다.

'자결은 용납 못해!'

환유성은 허공에 뜬 자세에서 절대쾌검을 발출했다. 그녀의 팔을 벨지언정 그녀가 죽게 내버려 둘 수는 없는 일이었다.

번쩍—

눈부신 광휘와 함께 뻗어 나간 검기가 금류향의 어깨를 향해 날아들었다. 그의 출수는 더할 수 없이 쾌속했지만 오 장이 넘는 거리라 그녀의 자결을 막기에는 아슬아슬한 상황이었다.

순간, 냉랭한 일갈이 터지며 흰 빛이 내리 꽂혔다.

"멈춰라!"

백 장 밖의 철석도 관통한다는 탄지검(彈指劍)이었다. 탄지검은 손끝에 진기를 운집해 발출하는 지강과도 유사한 무공이지만, 내가진기로 검형을 만들어 퉁겨지는 탄지검은 어검술에 버금갈 초상승절기였다.

두 줄기 탄지검은 각기 환유성과 금류향을 향해 날아들었다.

한줄기는 금류향의 손에 쥐어진 부러진 검을 퉁겨냈다. 다른 한줄기는 환유성의 백회혈을 향해 내리 꽂혔다. 환유성은 듣도 보도 못한 절세지공에 전신의 피가 싸늘하게 냉각되었다.

만일 탄지검이 자신만을 노렸다면 그는 금류향을 구하기 위해서라도 쾌검을 거두지 않았을 것이다. 자신의 안위야 어찌 됐든 그녀를 살리는 것이 우선이기 때문이다.

그녀의 존재가 자신의 목숨보다 더 소중해서가 아니었다. 그의 눈앞에서 자신이 원치 않는 자결이 또 한 번 전개되는 것을 두고 볼 수 없어서였다.

그녀가 스스로 목숨을 끊는다면 그 충격과 괴로움은 살심귀악 때보다 열 배는 더 클 것이다.

환유성은 내뻗던 검극을 틀어 올렸다.

퍼엉!

가까스로 탄지검을 쳐낸 환유성은 손아귀가 터지는 통증과 함께 가슴이 답답해졌다. 단 일 초의 격돌로 내상을 입은 것이다. 내상의 상처는 가벼웠지만 가공할 절기에 그는 놀라움을 금할 수 없었다.

'대체 누가……?'

금류향 옆으로 섬세한 인영이 유령처럼 내려섰다. 얼마나 절묘한 신법인지 마치 땅에서 솟아난 듯싶었다.

이어 네 명의 여인들이 금류향의 뒤로 내려섰다.

"아……!"

금류향은 중년 여인의 섬세한 옆모습을 대하는 순간 입을 딱 벌린 채 감탄에 젖고 말았다.

이마에서 콧날을 타고 도톰한 입술로 흐르는 선이 너무도 아름다웠다. 마흔을 넘긴 중년의 나이였지만 그녀의 절세적 용모는 원숙미를 더해 완벽 그 자체였다.

'아… 세상에 이토록 아름다운 여인이 있었단 말인가? 십수 년 전이었다면 눈짓 하나로 천하를 굴복시켰을 것이야.'

금류향은 여인의 빼어난 자태를 멍하니 바라보다 여인의 눈부신 백발을 대하자 등줄기가 서늘해졌다. 그녀는 자신도 모르게 부르짖었다.

"아, 혹시… 월영서시……?"

그러했다. 독특한 백발을 나부끼는 절세적 미모의 중년 여인은 바로 월영궁의 주인인 월영서시 한소소였다. 검은 경장에 검은 피풍의까지 둘러 드러난 손과 얼굴이 유난히 희게 보인다.

금류향은 풍문으로 들은 용모와 무공만으로 그녀의 신분을 확신하고는 털썩 무릎을 꿇었다.

"말학 금류향이 월영서시를 뵈옵니다."

월영서시는 금류향은 무시한 채 한기가 풀풀 날리는 눈빛으로 환유성을 쏘아보았다.

"제법이구나, 나의 월영탄지검을 막아내다니. 과연 소문대로 쾌검 하나는 일품이다, 반검무적."

"날 아시오?"

"너의 반검과 쾌검절학을 보고 네가 누군지 알 수 있었다."

환유성은 믿을 수 없다는 표정으로 그녀를 직시했다.

"반검? 내가 쾌검을 펼치는 순간 검을 보았단 말이오?"

"너의 출수와 회수가 워낙 빨랐지만 반검임은 확실히 보았다."

"……."

"넌 내가 누구인 줄 아느냐?"

"류향이 월영서시라 하지 않았소?"

월영서시 뒤에 시립해 있던 월영사화(月影四花)가 그녀의 좌우에서 한 걸음 나섰다. 월영사화는 매난국죽(梅蘭鞠竹)으로 불리는 월영궁의 초절정급 고수들이었다. 삼십 대 초반의 나이로 모두 단정한 용모를 지녔지만 표정은 월영서시처럼 냉랭했다.

맏언니 격인 매향(梅香)이 환유성을 꾸짖었다.

"무엄한 놈! 궁주님을 알현하면서 어찌 예를 취하지 않는 것이냐! 어서 꿇어라!"

환유성은 가볍게 실소를 지었다.

"난 예의범절 따위는 모르는 사람이니 나한테 강요하지 마시오."

매향은 눈을 가늘게 뜨며 얼음장 같은 분노를 피워냈다. 쳐든 오른손이 하얗게 변하며 흰 기류가 뿜어진다. 월영궁의 절학 중 하나인 소수신공이었다.

"하면 네게 예의를 가르쳐 줘야겠군."

환유성은 원치 않는 싸움이었지만 상대가 공격해 온다면 굳이 회피할 생각은 없었다. 그가 양손을 늘어뜨린 자세를 취하자 월영서시는 매향에게 넌지시 일러주었다.

"매향아, 저자는 절대쾌검의 소유자다. 본 궁의 명예를 지키려면 최선을 다해야 할 것이야."

"예, 궁주님."

매향은 경시했던 마음을 싹 지우고 전신 공력을 끌어올려 극한의 소수신공을 운집했다.

소수신공은 극음지공으로 스치기만 해도 피가 얼어붙는 무서운 위력을 지녔다. 월영궁 제자들은 대다수 소수신공을 익혔기에 몸과 마음이 차갑다.

금류향은 둘의 대치를 지켜보다 불안한 표정으로 아뢰었다.

"궁주님, 싸움을 중단시켜 주십시오. 소녀 때문에 피를 볼까 두렵습니다."

월영서시는 팔짱을 낀 채로 대치 국면을 응시한 채 물었다.

"본 궁의 제자가 저자를 제압하지 못할까 봐 그러는 거냐?"

"그것이 아니오라……."

"하면 널 울린 저자를 걱정하는 것이냐?"

"소녀는……."

"흥, 난 여인을 울리는 자들을 경멸한다. 하지만 상처를 입고도 사내를 두둔하는 나약한 계집은 더욱 경멸하지."

월영서시의 표정이 워낙 냉막해 금류향은 더 이상 나설 수가 없었다. 그녀는 가슴을 졸이며 둘의 대치 상황으로 시선을 돌렸다.

매향은 월영절기를 믿고 기세 좋게 나섰지만 막상 그와 마주 서자 함부로 출수할 수가 없었다.

상대의 기도가 심상치 않았다. 상대의 기도는 잔잔한 수면처럼 가라앉아 있었다. 여느 고수처럼 칼날 같은 예기를 풍기지도 않는다. 그것이 오히려 그녀를 불안하게 만들었다.

그러나 대치 국면은 오래가지 않았다.

매향은 자신을 지켜보는 월영서시의 냉엄한 눈길을 의식하고는 지면을 미끄러지며 공세를 펼쳤다.

"차앗!"

맑은 기합성이 터지며 소수신공이 내리 꽂혔다. 하얀 섬광이 날아들기도 전에 차디찬 한기에 지표면이 얼어붙는다.

환유성은 전신의 피를 동결시키는 소수신공의 위력에 일순 당황하지 않을 수 없었다. 지독한 한기에 손가락이 일시 마비된 것이다. 그것은 쾌검을 펼치는 데 아주 치명적이다. 그의 출수가 촌각이라도 늦는다면 그는 소수신공에 적중돼 중상을 면치 못할 것이다.

콰류류류—!

매섭게 몰아치는 북풍한설처럼 소수신공이 그의 전신을 향해 내리꽂혔다.

순간, 환유성의 절대쾌검이 발출되었다. 섬광이 채 피어오르기도 전에 그의 쾌검이 소수신공을 갈랐다.

퍼엉—!

요란한 폭음과 함께 소수신공이 흩어지며 얼음 조각이 사방으로 비산되었다.

"흐윽!"

답답한 신음과 함께 매향이 비틀비틀 물러섰다. 그녀는 어깨서부터 가슴까지 길게 베어지는 자상을 입게 된 것이다. 목숨을 잃을 만큼의 치명상은 아니었지만 한동안 회복키 어려운 중상이었다.

환유성은 발출된 검을 회수하지 못한 채로 굳어 있었다.

그의 전신으로 허연 빙기가 서려 있었다. 소수신공을 쳐냈지만 워낙 강렬한 극한지기가 내포돼 있어 순간적으로 그의 몸이 얼어붙은 것이다.

다행히 그의 체내에는 만년인형설삼의 영기가 간직돼 있었다. 뜨거운 열기가 단전에서부터 피어오르며 그의 전신에 서린 빙기를 씻어냈다. 허연 빙무가 아지랑이처럼 피어오른다.

월영사화 중 다른 셋은 매향의 패배에 경악을 금할 수 없었다.

"아, 이럴 수가!"

"매향 언니가 패하다니!"

"진정… 절대쾌검이군."

금류향으로서는 웃지도 울지도 못할 난처한 상황이었다.

자신의 자결을 막아준 월영서시를 위해서라면 환유성이 쓰러졌어야 옳았다. 하지만 마음의 절반은 그가 다치지 않기를 원했다. 아무리 그가 밉고 증오스러워도 그가 타인에 의해 패배를 당한다는 건 즐거운 일이 아니었다.

매향은 월영서시 앞에 털썩 무릎을 꿇었다.

"본 궁의 명예를 더럽힌 죄 죽어 마땅합니다, 궁주님."

월영서시는 고운 아미를 살짝 찌푸렸다.

"상대는 상승무도에 이른 자다. 죽지 않은 게 오히려 다행이지. 어쨌든 패배는 본 궁의 수치이니 수련동에서 일 년을 지내라."

"감읍할 따름입니다, 궁주님."

삼화는 서둘러 매향의 상처를 지혈하고 약을 발라주었다.

월영서시는 손끝 하나 까딱하지 않은 자세로 미끄러지듯 환유성 앞으로 다가섰다. 환유성은 비로소 검을 거두며 그녀를 마주 응시했다.

"이제는 궁주가 나서겠소?"

"흥, 실로 오만한 녀석이군. 네가 아무리 상승무도에 의한 쾌검을 터득했다 해도 나의 적수는 아니다."

월영서시는 팔짱을 풀며 천천히 걸음을 옮겼다.

"본 궁의 제자를 다치게 했으니 마땅히 징계를 해야겠지만 연아를 구한 공로를 감안해 용서해 주겠다. 운이 좋은 놈이야."

다소 오만스런 언사였지만 그녀가 이런 자비를 베풀기는 드문 일이었다.

그녀는 한때 백발마녀로 불릴 만큼 무서운 살성(煞星)이었다. 그녀의 비위를 거스른 자는 누구든 그녀의 소수신공과 월영검법에 고혼이 된다. 태양천주에 버금갈 절세지공을 지닌 그녀와 맞설 수 있는 자는 천하에서 셋도 안 된다.

그녀는 환유성을 훑어보며 물었다.

"너의 쾌검은 혼자 터득할 수 있는 경지가 아니다. 그러기에는 너무 어리지. 대체 누구에게서 사사를 받았느냐?"

"말할 수 없소."

"그래? 그렇다면 그만둬라. 사실 너의 쾌검이 독보적인 것은 확실하지만 절대쾌검으로 불리기에는 아직 부족함이 많다. 네가 만일 정중히 무릎을 꿇고 청한다면 내가 몇 가지를 보완시켜 주겠다. 네 녀석이 좋아서가 아니라 연아를 구해준 공에 대한 보답이지."

환유성은 그녀의 배려마저 일축했다.

"필요없소."

"뭐야?"

월영서시의 보석 같은 눈망울에 은은한 살기마저 피어올랐다.

짜악!

순식간에 환유성의 볼에 손자국이 새겨졌다. 얼마나 빠른 출수였는지 그로서도 피할 겨를이 없었다. 만일 그녀가 죽이고자 했다면 이미 그의 머리통이 박살 났을 것이다.

"괘씸한 놈. 만일 오늘이 세 분 선사님의 기일(忌日)이 아니었다면 네놈의 목을 베어버렸을 것이다."

그녀가 말한 세 분의 선사는 천마제국으로부터 천하를 구한 열사(烈士)인 삼천공(三天公)을 말한다. 그녀가 터득한 무공이 정파무림의 절학인 것을 천하는 다행스럽게 여겨야 한다. 만일 그녀가 마공을 터득했다면 천하의 대마녀가 되었을 것이다.

월영서시는 홱 돌아섰다.

"네놈을 살려주었으니 연아를 구해준 보답은 한 셈이다. 또다시 내 손에 걸리면 죽을 줄 알아라."

지켜보던 금류향은 위태로운 상황에 가슴이 조마조마해졌다.

'저 미친놈이 어쩌자고 자꾸 월영서시한테 대드는 거야? 꼴도 보기 싫지만 네가 죽는 건 원치 않으니 제발 사라져!'

그녀는 그나마 자신의 자결을 막고자 달려온 그의 행동을 조금이나마 위안으로 삼았다. 예전 같았으면 죽거나 말거나 내버려 두었을 그가 아니었던가. 그녀로서는 그를 만나 처음으로 받아본 따뜻한 배려였다.

환유성은 검은 피풍의를 날리며 미끄러져 가는 월영서시를 향해 한마디 던졌다.

"월영궁주, 당신의 제자를 구해준 보답을 달리 받고 싶소."

월영서시가 우뚝 몸을 세우자 세상이 멈춰 서는 것 같은 냉기가 흘렀다. 그녀는 천천히 몸을 돌렸다. 그녀의 전신에서 뿜어지는 살벌한 기운에 월영사화와 금류향은 숨이 턱턱 막혀왔다.

"당신? 네놈이 정녕 제정신으로 한 소리냐?"

"그렇소. 당신과 한번 겨루고 싶소."

실로 충격적인 도전장이었다.

감히 월영서시에게 비무를 신청했다는 건 죽여달라는 말과 다름없는 일이었다. 그녀의 성격상 절대 손속에 자비를 베풀지는 않기 때문이다.

금류향은 새하얗게 질려 버렸다. 그녀는 환유성 앞으로 달려들며 와락 멱살을 쥐었다.

"이 미친놈, 어제 그렇게 술을 퍼마시더니 제정신이 아니냐! 당장 꺼지지 못해!"

환유성은 그녀의 손목을 쥐고는 홱 밀쳐 냈다.

"저리 비켜."

나가동그라진 금류향이 다시 일어서자 월영서시가 그녀를 막아섰다.

"너는 물러서라."

금류향은 그녀 앞에 털썩 무릎을 꿇으며 눈물로 호소했다.

"궁주님, 제발 저자를 용서해 주십시오. 요동의 촌놈이라 아무것도 모릅니다. 쾌검 하나 믿고 설쳐 대는 천방지축 같은 망나니일 뿐입니다. 저런 놈한테 궁주님의 고결한 손길이 닿는 건 명예스럽지 못합니다."

월영서시는 그녀를 내려다보며 차가운 한광을 발했다.

"한심한 것, 너를 상심에 빠뜨려 죽게 만들 뻔한 자를 아직도 두둔하는 것이냐?"

"모두 소녀의 잘못이옵니다. 소녀가 눈이 멀어 저렇게 무심한 자를 사랑했던 죄입니다. 이제는 잊을 것입니다. 다시 요동으로 돌아가던가 아니면 머리를 깎고 비구니라도 되겠습니다. 제발 저자를 죽이지 말아 주옵소서."

금류향은 뜨거운 눈물을 뿌리며 월영서시의 옷자락을 쥐었다.

월영서시는 화살과 같은 눈빛으로 환유성을 쏘아보았다.

"넌 정말 못된 놈이구나. 이렇듯 널 사랑하는 여인을 어찌 저버릴 수 있단 말이냐?"

"귀찮아서 그랬소."

"귀찮다? 내가 보기에 네놈은 살아 있는 것을 귀찮아하는 것 같구나."

월영서시는 금류향의 어깨를 쥐고 일으켜 세웠다.

"류향이라 했더냐?"

"예, 궁주님."

"놈을 잊어라. 여인의 애틋한 사랑을 무참히 짓밟는 저런 못된 놈은 세상 살 가치가 없다. 놈은 많은 여인을 슬프게 할 그런 잔인한 악당일 뿐이다."

월영서시가 눈짓을 하자 월영사화 중 죽설(竹雪)이 그녀를 잡아끌었다.

"물러서라. 궁주님께서 결정하셨다면 누구도 거역할 수 없다."

금류향은 눈물을 뿌리며 환유성을 향해 원망스럽게 외쳤다.

"환유성, 이 미친놈아! 결국 네가 죽는 꼴을 내 눈으로 보게 되었어!"

환유성은 그녀에게 눈길 한 번 주지 않고 월영서시만 직시했다.

"당신과의 대결을 통해 내 쾌검의 결점을 알고 싶소."

월영서시의 입가에 귀기 어린 미소가 감돌았다.

"그럴 기회가 없다, 네 쾌검의 결점을 깨닫기 전에 죽게 될 테니까."

"그래도 상관없소."

"배짱이 좋은 건지 아니면 삶이 권태로운 건지 모르겠군."

월영서시는 자신의 혈도 몇 곳을 찍었다. 환유성이 의아한 표정을 짓자 그녀는 냉담하게 이유를 말해 주었다.

"넌 매향과 겨루면서 소수신공에 내상을 입었다. 해서 내 스스로 혈도를 점해 삼성 정도의 공력을 폐쇄한 것이다. 너 같은 놈을 상대로 불공평한 대결을 벌였다는 소리는 듣고 싶지 않으니까."

오기와 자존심을 논하자면 그녀 역시 천하에 뒤질 게 없는 여인이었다.

둘은 삼 장 거리를 둔 채 마주 섰다.

환유성은 양손을 늘어뜨린 채 발검 자세를 취했고, 월영서시는 약간 고개를 쳐든 채 오만스레 그를 지켜보고 있었다. 그녀는 자신의 보검인 월광검(月光劍)을 뽑을 생각은 전혀 없는 듯 가볍게 오른손을 뻗었다.

츄리릭……!

그녀의 손아귀에서 진기로 형성된 검형이 피어올랐다. 출신입화의 경지에 이른 자만이 펼쳐 낼 수 있는 기검(氣劍)이었다.

"네 기개를 가상히 여겨 먼저 검을 뽑을 기회를 주겠다."

"난 공평한 승부를 원하오."

"독한 놈, 끝까지 고집을 부리는구나."

월영서시는 비스듬히 기검을 비껴 들었다. 그녀는 기검의 광휘 속으로 몸을 감추었다. 허공에 한 자루 기검만 둥실 떠 있을 뿐이다.

환유성은 눈을 반개한 채 기검에 시선을 집중시켰다.

최강의 상대를 눈앞에 두고 있었지만 그의 심정은 아주 편안했다. 그가 원한 대결이었기 때문이다. 그가 굳이 월영서시를 격동시켜 대결을 청한 이유는 태양천으로 가기에 앞서 자신의 쾌검을 시험해 보기 위해서였다.

월영서시는 태양천주에 버금갈 검법의 소유자다.

그녀와의 대결을 통해 새로운 심득을 깨우치지 못한다면 그는 태양천주의 일초 검법도 감당할 수 없다. 물론 그는 이번 대결에서 죽을 수도 있다. 그의 비무 상대가 월영서시인만큼 그럴 가능성이 훨씬 높다.

그러나 검신의 길을 걷고자 한다면 두려울 것이 없었다. 죽더라도 자신을 위해 의미있는 죽음이 될 것이기 때문이다.

그의 차분한 기도에 월영서시는 다소 놀란 표정을 지었다.

"제법이군. 모난 성격과 달리 상승무도를 터득했다니 기적이라 아니할 수 없구나."

"……."

"왜 죽음을 무릅쓰고 나와 비무를 하려는 것이냐? 명예를 탐해서냐?"

"아니오."

"그럼 뭐냐?"

"말하기 싫소."

환유성이 입을 다물자 월영서시도 더 이상은 묻지 않았다.

두 사람의 대치 국면은 일각 이상 계속되었다. 환유성은 눈을 반개한 모습으로 미동도 하지 않았다. 마치 참선에 든 노승처럼 그의 눈빛은 공허하기만 했다. 승부에서 이기겠다는 의지도 엿보이지 않았다.

목숨이 걸린 승부이건만 그는 상대가 아닌 자신과 싸우고 있는 중이었다.

그 앞에 서 있는 월영서시는 허공에 떠 있는 달과 같다. 월광은 자신을 비추지만 자신은 결코 달에 이를 수 없다. 그런 대결은 절대 이길 수 없다. 자신이 아무리 빠른 쾌검으로 가장 멀리 뻗어낸다 해도 달을 벨 수는 없다. 그저 빈 허공만 가를 뿐이다.

그것을 알기에 그는 선뜻 출수를 할 수 없었다.

하늘 높이 떠 있는 달을 베려면 마음의 검이 있어야 한다. 심검(心劍)이 있어야만 달을 벨 수 있다. 하지만 그는 아직 심검을 갖지 못했다. 그러한 심검은 검신만이 지닐 수 있는 검이 아닌가.

결국 그는 반검으로 달을 베어야 한다.

대치의 상황은 극한으로 치닫고 있었다. 월영서시는 느긋하게 기다리는 태도였다. 오랜 시간 기검을 발출하고 있었지만 워낙 심후한 공력을 지닌 그녀였기에 한 치의 흐트러짐도 없어 보였다.

잔잔한 호수에 던져진 돌에 파문이 일 듯 환유성의 가슴속에서도 동요가 일기 시작했다. 월영서시는 공력과 기도, 절기에서 그를 훨씬 앞선다. 그의 부동지심이 흔들리는 것은 너무도 강한 상대를 만났기 때문이다.

환유성은 일순 당황했지만 굳이 혈관을 타고 흐르는 기의 흐름을 막으려 하지 않았다. 억지로 제어하려 하면 오히려 위축이 된다. 심리적으로 위축된 상태에서 펼치는 쾌검으로는 상대의 머리카락 한 올 자를 수 없다.

그는 전신의 경맥을 타고 흐르는 기의 흐름을 본능에 맡겼다.

이제 중요한 건 마음이다. 자신감이 앞서서도 안 되고 위축감에 경직되어서도 안 된다. 무아지경 속에서 펼쳐 내는 쾌검으로 달을 베어야 한다.

순간, 허공 높이 떠 있는 달이 눈앞으로 바짝 다가섰다. 그것은 실로 기적 같은 일이었다. 그의 심안이 한 단계 높아지며 달을 끌어내린 것이다.

동시에 그의 반검이 무아지경 속에서 찬란한 광휘를 발했다. 마침내 결전의 검을 뽑아 든 것이다.

〈제4권에 계속〉